抓铁有痕，踏石留印
献给勇于先行先试、大胆实践探索的改革者

广东省正研智库咨询服务中心 出品

大型基层改革经验启示读本

NANYUE GUANCHAO

南粤观潮

陈红林 范国清 著

暨南大学出版社
JINAN UNIVERSITY PRESS

中国·广州

图书在版编目（CIP）数据

南粤观潮 / 陈红林, 范国清著. —广州：暨南大学出版社，2017.1
ISBN 978 - 7 - 5668 - 2045 - 7

Ⅰ.①南…　Ⅱ.①陈…②范…　Ⅲ.①新闻报道—作品集—中国—当代
Ⅳ.①I253

中国版本图书馆 CIP 数据核字（2016）第 326448 号

南粤观潮
NANYUE GUANCHAO
著　者：陈红林　范国清

· ·

出 版 人：徐义雄
责任编辑：史学英　黄　球
责任校对：黄志波
责任印制：汤慧君　周一丹

出版发行：暨南大学出版社（510630）
电　　话：总编室（8620）85221601
　　　　　营销部（8620）85225284　85228291　85228292（邮购）
传　　真：（8620）85221583（办公室）　85223774（营销部）
网　　址：http://www.jnupress.com　http://press.jnu.edu.cn
排　　版：广州良弓广告有限公司
印　　刷：佛山市浩文彩色印刷有限公司
开　　本：787mm×960mm　1/16
印　　张：14.75
字　　数：270 千
版　　次：2017 年 1 月第 1 版
印　　次：2017 年 1 月第 1 次
定　　价：35.00 元

聚广东精神　绘改革长卷（代序）

改革开放以来，我国经济社会发展取得了举世瞩目的成就，党的十八大召开，新一轮改革大潮开启。

2013 年 11 月，党的十八届三中全会对全面深化改革作出战略部署，从强调坚持和完善基本经济制度、加快完善现代市场体系、加快转变政府职能、健全城乡发展一体化体制机制、推进法治中国建设、加快生态文明制度建设等 15 个方面进行顶层设计，描绘出全面深化改革的新蓝图，合理布局深化改革的战略重点、优先顺序、主攻方向、工作机制、推进方式和时间表、路线图，成为党在新的历史起点上全面深化改革的科学指南和行动纲领。

广东是我国改革开放得风气之先的地方，在全面深化改革的历史征程中，广东肩负着光荣使命，承担多个国字号的改革事项。贯彻中央精神，按照"走在前列"的要求，广东省委、省政府进一步振奋精神、主动作为、奋力争先，加强改革统筹协调，加快改革举措落地，在南粤大地绘就出一幅波澜壮阔的改革画卷。

党的十八大以来，广东省以简政放权为突破口，充分激发市场主体活力，商事制度改革、企业投资负面清单管理改革、创新驱动战略实施等推动经济体制改革深化；稳妥推进大部门制改革，深化行政审批制度以及投资体制改革，完善网上办事大厅，通过建设法治政府、创新政府、廉洁政府和服务型政府，增强政府执行力和公信力；落实和创新珠三角地区与粤东西北地区全面对口帮扶机制，深化和扩大基本公共服务均等化及综合改革试点，区域协调发展成效显著；扎实推进自贸区建设，完善与"一带一路"沿线地区的合作机制，深度拓展粤港澳合作空间，构建开放型经济体制……在新起点上阔步前行的广东，已经形成了"全面发力，多点突破"的改革局面。

与中央顶层设计形成良性互动，广东全面深化改革的基层探索犹如燎原的星火，从南沙、前海、横琴自贸区到粤东西北地区，从政务服务窗口到网上办事大厅，从大型国有企业到民营科技创新企业，从沿海城市到美丽乡村，从前沿阵地到"最后一公里"，处处点燃了激情，并持续释放改革红利。

聚广东精神，绘改革长卷。捧读《南粤观潮》，该书通过深度报道、新闻纪实、改革对话等形式，见证和感悟了改革者的智慧、勇气，再现了广东基层改革风貌，诠释了先行先试、敢为人先的广东改革精神。如今，基层改革的探索路径和样本已成为可资借鉴的宝贵经验。随着改革进入深水区和攻坚阶段，广东将面临更多深层次矛盾和问题，未来也只有不断总结经验，开拓创新，以壮士断腕的决心和勇气，坚定不移地推进改革。

南粤大地的改革浪潮，奔流不息。当前，广东省委、省政府主动适应和引领经济发展新常态，集中力量打好供给侧结构性改革攻坚战。我们坚信，广东将会继续发挥排头兵的作用，种好"试验田"，在改革"大考"中书写精彩答卷。

广东省发改委原主任

2016 年 12 月

天风海雨弄潮来（代前言）

变则通，通则久。今天，改革是肩负民族复兴使命的伟大实践，改革也承载着千秋中国梦。

岭南春早，碧海生潮。多年前，一只蝴蝶在此扇动了翅膀，激荡滚滚创世纪改革大潮，引发中国社会的深刻变化，形成了历史拐点，中国由此迈入了民主富强的现代化征程。立足潮头上，敢为天下先，中共十八大以来，新一轮改革再次在广东这块试验田播种。

前无古人的崭新事业，唯有改革开创者才能赢取机遇和祝福，而我们有幸见证了这个时代潮头的传奇，参与、倾听、亲身感受到一波波强劲的改革与创新的脉动，也领略了弄潮者的胆魄与风采。

中共十八大召开前后以及全面深化改革的战略推进以来，我们行走在生机勃勃的南粤大地。

以"走基层、转作风、改文风"为路线指引，我们深入珠三角和粤东西北地区进行实地走访，倾听来自基层党政部门、行业主管部门、企业代表、广大群众的声音，记录广东各地市、县、乡镇面貌，深挖改革创新的亮点和举措，获得了大量的第一手新闻素材，经过精心提炼撰写，一篇篇反映广东先行先试的生动报道跃然纸上，诠释出敢于"亮剑"、不怕"断腕"、真抓实干的广东精神。

从珠三角制造业城市的产业转型升级到粤东西北地区突围振兴发展，从政府部门的行政审批制度改革到面向百姓的基本公共服务均等化，从粤北山区农村综合改革到沿海市县蓝色经济崛起，从筑牢城乡生态文明到加快法治化国际化营商环境建设，从基层践行"放管服"改革到全面吹响供给侧结构性改革号角，南粤大地的改革浪潮汇成澎湃之势，在这个改革的时代浩荡前行，涛声阵阵。

踏石留印，抓铁有痕。以先锋闯将之勇毅，为全国改革探路，为创新驱动抢滩，积淀弥足珍贵的先行先试改革经验。站在历史的新节点上去捧读这些篇章，我们没有"滚滚长江东逝水，浪花淘尽英雄"的伤逝之感，而是兴起"潮平两岸阔，风正一帆悬"的豪情壮志。

展望新前景，广东再出发。当前，全面深化改革正进入深水区，"坚决把改革一步一步往前推、一层一层往下落"，中共中央政治局委员、广东省委书记胡春华要求以实干精神，紧抓经济体制改革、加快转变政府职能、市场准入负面清单制度等重点改革进行集中攻坚，以重点突破带动改革全面推进，确保改有所进，改有所成。可以预见，这艘"南粤号"巨轮又将乘长风破万里浪。

凤凰于飞，翙翙其羽。是铭刻，更是砥砺。谨向弄潮者致敬。

在此，我们要特别感谢国家发改委以及广东省委、省政府有关领导的关心和支持，感谢广东省委改革办、广东省委宣传部、广东省发改委等部门的指导和配合，并向提供采访帮助的各级党政部门领导和社会各界人士致谢！

作者
2016 年 12 月于广州

目 录

基层面面观

走马看南粤

广东产业转型升级实现"双轮驱动"

广东产业转型升级成效明显，现代化产业体系建设日趋完善，基本形成了先进制造业和现代服务业"双轮驱动"的产业结构，新的经济增长点逐步形成。据悉，2008年以来，按照省委、省政府《关于加快建设现代产业体系的决定》的精神，广东省大力推动现代产业体系建设，综合实力实现新跨越，产业结构不断优化，产业布局不断完善，产业核心竞争力不断增强，建设世界先进制造业基地和现代服务业基地的基础进一步夯实。

形成"双轮驱动"产业结构

2007年底，广东省率先在全国开展了以落实科学发展观为重点的解放思想学习讨论活动，作出《关于加快建设现代产业体系的决定》，出台"双转移""三促进一保持"等相关配套措施，制定实施了《珠江三角洲地区改革发展规划纲要》，提出"加快转型升级，建设幸福广东"，明确了现代产业体系建设的目标和任务。经过不断宣传，特别是经过国际金融危机的洗礼，全省上下统一了思想认识，各地方各部门纷纷出台结构调整的有关政策措施，社会各界纷纷支持，形成了推动结构调整的强大合力，奠定了现代产业体系建设的思想基础。经过几年来的励精图治，广东现代产业体系逐渐形成。

形成"双轮驱动"的产业结构。2011年，广东省GDP达到53 210亿元，三次产业结构由2007年的5.3∶50.4∶44.3调整为5.0∶49.7∶45.3，基本形成了先进制造业和现代服务业"双轮驱动"的产业结构。服务业增加值继续在全国各省市中保持首位，现代服务业增加值占服务业增加值比重由2007年的53%提高到56.3%，已形成了金融物流、商贸、旅游、房地产等增长快、对经济拉动大的现代服务业行业，其中金融业占服务业增加值的比重由2007年的9.4%大幅提高到13.1%，广东省已成为华南乃至泛珠三角地区的金融中心、物流中心、商贸中心和旅游集散地；先进制造业增加值占规模以上工业增加值比重由2007年的45.1%提高到47.8%，汽车工业由潜力产业成长为支柱产业，石化、钢铁等重化产业战略布局基本形成，"一核、一带、一轴、三区"的先进制造业发展格局已具雏形；现代农业蓬勃发展，农业产业化水平不断提高。

形成新的经济增长点。广东省积极培育发展高端电子信息、新能源汽车、半导体照明、高端装备制造等战略性新兴产业，现代服务业新业态蓬勃发展，新的经济增长点已经逐步形成。2011年全省战略性新兴产业产值达1.29万亿元，占全部工业产值比重达12.8%。其中新型高端电子信息、新能源汽车、半导体照明三大产业率先发展，规模占全省战略性新兴产业6成左右，液晶电视模组产能占全球的1/4强，LED规模约占全国的一半，新能源汽车产能突破万辆大关，动力电池产量占全国的40%。高端装备制造业发展取得突破，引入了中国南车、中航工业、中海油、三一重工等行业龙头企业，发展轨道交通、通用飞机、海洋工程装备等高端装备制造业，初步形成装备制造"海陆空"全面发展的良好局面。电子商务、文化创意、研发设计等一大批现代服务业新业态不断成长壮大，据不完全统计，2011年广东省从事新业态服务的企业已经超过80万家。

形成创新驱动发展格局。深入实施科教兴粤战略，产业核心竞争力进一步增强。一是区域创新体系日益完善，率先出台了促进自主创新的地方性法规《广东省自主创新条例》，区域创新能力连续4年居全国第二，逐步形成以广州—深圳为主轴、辐射珠三角和连接全世界的区域创新网络布局，建立了13个国家高技术产业基地和9个国家级高新技术产业开发区，数量均居全国首位。二是自主创新能力稳步提升，2011年全社会研究开发（R&D）投入占GDP比例从2007年的1.30%提高到1.96%，珠三角地区研究开发（R&D）投入占GDP比例达到2.25%，相当于法国、澳大利亚的水平；发明专利授权量居全国第一，PCT国际专利受理量占全国一半以上，全省专利密度达562.3件/百万人，是全国平均水平的2.4倍；高层次人才队伍不断壮大，2009年以来分三次累计引进57个创新科研团队和49名科技领军人才，全省研究开发人员达41.08万人，比2007年翻了一番，规模跃居全国首位。三是科技成果转化步伐加快，通过实施科技重大专项，一批研发基础好、市场需求大的重大产品快速进入市场，一批重大原始性创新成果也开始涌现，在超材料、中微子、基因组、干细胞等领域跻身国际领先水平。

形成一批重大产业发展平台。积极推进重大项目和重大产业集聚区建设，构建了一批支撑现代产业发展的战略平台。一是重大项目已成为转型升级重要引擎。2008年以来，广东省共有106个重大产业项目获得国家批准建设，总投资10 918亿元，其中2012年湛江钢铁基地等8个项目获国家批准建设，总投资约1 648亿元。重大项目尤其是现代产业500强项目投资速度加快，2012 年上半年 500 强项目完成投资约 420 亿元，总体开工率为 94%，成为带动广东省投资增长的重要引擎。二是重大产业集聚区已成为产业持续快速发展的重要支撑。

2011 年，全省 30 个省级现代服务业集聚区和 20 个主要先进制造业集聚区实现增加值分别比上年同期增长 14% 和 13%，分别高出全省平均水平 4.9 百分点、0.8 百分点，占全省现代服务业增加值和先进制造业增加值比重分别为 8% 和 9%。

形成高端合作机制。积极探索建立适合现代产业体系发展的长效合作机制，在对外开放、创新、产业转移等方面取得突破。一是完善粤港澳合作机制。加强粤港澳全方位的合作，推动 CEPA 在广东省先行先试尤其是服务贸易自由化等工作，加快推进广州南沙、深圳前海、珠海横琴等重点合作区域建设，使其成为合作发展的新引擎。二是建立省部院合作机制。2005 年广东省在全国率先启动省部产学研合作，在建设国际科技合作大平台方面"先行先试"，省部联合共建"中国—乌克兰巴顿焊接研究院"。到 2011 年底，省部产学研合作累计实现产值 1.1 万亿元、利税 1 500 多亿元，获得专利 2.5 万件，培养各类人才近 8.3 万人。三是建立区域产业合作新机制。加快推进"双转移"，形成了扶持共建、合作共建、托管建设、股份合作等共建方式，有力地促进了区域协调发展。2011 年，全省 36 个省产业转移工业园实现工业增加值 822.6 亿元，约占欠发达地区规模以上工业增加值的 19%，推动东西北地区工业增加值占全省的比重由 2007 年的 15.2% 提高到 17.9%。

形成内外贸并重发展新局面。一是外贸结构继续优化。2011 年一般贸易进出口 3 208.8 亿美元，增长 19.5%，比加工贸易快 5.7 百分点。一般贸易出口占出口比重达 34.6%，自 1987 年以来首次超过 1/3。二是加工贸易转型升级加快。2011 年加工贸易项下机电、高新技术产品出口分别占 77.4% 和 47.7%。从事加工贸易业务的外资企业累计设立研发机构（含企业内设机构）达 501 个。三是境外投资合作实现新突破。2011 年境外投资经核准新增协议额 31.46 亿美元，对外承包工程新签合同额增长 36.2%。四是工业外向依存度逐步降低。工业产品内外销比例从 2009 年的 67.6 : 32.4 调整为 2011 年的 70.2 : 29.8。2011 年，广东省工业外向依存度为 29.8%，比 2008 年降低了 7.9 百分点。

产业转型升级将以重大项目等为支撑

当前国内外经济形势错综复杂，产业发展面临劳动力供给、土地、能源和环境容量等资源环境约束趋紧、缺乏核心技术等挑战，产业转型升级任重而道远。对此，广东将以重大产业集聚区、重大项目、重大科技专项为支撑，积极推广和总结现代产业体系建设经验，推动产业结构转型升级。

一是更加重视市场基础配置作用。充分发挥市场基础配置作用，加快体制机制创新和行政审批制度改革，放宽市场准入限制，营造规范活跃、诚信公平、竞争有序的市场环境。

二是更加重视自主创新。加快构建区域创新体系，进一步推进省部产学研合作，大力培育发展新一代信息技术、高端装备制造等战略性新兴产业，争取在关键技术产业化方面取得突破。

三是更加重视"两化"深度融合。充分发挥信息化在转型升级中的支撑和牵引作用，大力推进信息技术在制造业各领域的应用、渗透和融合，促进"生产型制造"向"服务型制造"转变，加强电子商务和服务品牌建设，提升产业发展水平。

四是更加重视装备产业发展。依托重点建设工程，加强政策支持和市场引导，大规模开展重大技术装备自主化工作，提高基础件技术水平，全面带动装备产业发展。

五是更加重视节能低碳发展。着力开展省首批低碳试点城市和县（区）示范建设工作，完善固定资产投资项目节能评估和审查制度，稳步推进污染物减排和落后产能淘汰工作。

（载于《中国改革报》，2012 年 10 月 8 日头版）

广东将继续先行先试推进行政审批制度改革

作为改革开放的先行地，广东 2013 年将继续坚持改革不停顿，为行政体制改革和政府角色转换投石问路，进一步推进行政审批制度改革先行先试，市县行政审批事项压减 40% 左右，实行行政审批事项目录管理制度、新设立行政审批事项公示听证制度，并扩大省直管县财政改革试点范围。

多项改革继续深化扩大

广东省省长朱小丹在作广东省政府工作报告时指出，广东在经济社会发展的重点领域和关键环节的改革一直走在全国前列。2012 年，国家批准广东行政体制改革先行先试，历来以"敢为天下先"著称的广东在行政体制改革方面再次担当起先锋角色，为全国的行政管理体制改革和政府角色转换投石问路。广东省行政审核制度改革共取消、下放、转移和调整审批事项 1 235 项，省以下财政体制、财政资金竞争性分配等改革成效明显。此外，大部制改革、社会管理改革、金融改革、国有企业改革、农村综合改革等都得到了推进与深化。

朱小丹表示，2013 年广东将继续推进行政审批制度改革先行先试，市县行政审批事项压减 40% 左右，实行行政审批事项目录管理制度、新设立行政审批事项公示听证制度。在全面总结试点经验的基础上，积极稳妥推进县级部门大部门制改革，深化富县强镇的简政强镇事权改革，加快实现县镇权责关系法定化，进一步探索省直管县（市）改革，加强政府绩效管理，深化事业单位改革，扩大商事登记制度改革试点，建立"宽入严管"的企业登记管理体制。在经济体制改革方面，广东将统筹推进重点领域和关键环节改革攻坚，完善激励型财政转移支付制度，健全县以下政权基本财力保障机制和财政生态保护补偿机制，扩大省直管县财政改革试点范围。

时任广东省发展改革委主任李春洪在接受记者采访时还透露，2013 年广东将在企业投资管理体制改革上有"很大动作"，《广东省企业投资管理体制改革方案》将会出台，将全流程改革，从串联办事变成并联办事，企业投资项目审批事项将压减 70% 左右，办理时限将总体缩短 50% 左右。

更多举措打造为民务实政府

建设为民务实清廉政府是时代的要求、人民的期盼。广东省政府工作报告指出，政府部门自觉接受省人大、省政协监督，5 年共办理人大代表建议 3 178 件，政协提案 3 074 件。"三公"经费和会议经费、办公经费支出连续 5 年实现"零增长"，集政务公开、网上审批、网上办事、网络问政、效能监察于一体的广东省网上办事大厅正式开通。

报告中提到，广东省网上办事大厅年内将连通到县（市、区），实行"一网式"和"一站式"服务，推进行政权力运行公开化，完善政务公开和各领域办事公开制度，建设高效的综合政务服务体系。

在廉政建设上规范权力运行，加强领导干部和国有企业领导人员经济责任审计，推进廉政风险防控，严格控制"三公"消费和一般性开支，严格限制楼堂馆场所建设，坚决控制各类检查评比，改进领导干部公务活动安排，切实做到轻车简从、简化接待、减少陪同。

据了解，过去5年，金融危机持续影响全球经济发展，广东省经受住各种困难和风险考验，应对得力，产业转型升级、经济结构调整取得良好效果。2012年广东全省生产总值达5.7万亿元，总量继续居全国首位。2013年广东将力促投资增长，安排省重点建设项目280项，投资4 000亿元，加快推进重点产业项目、重大基础设施和重点民生工程建设。2013年广东省财政将投入592亿元，全省各级财政投入1 576亿元办好十件民生实事，涵盖了就业社保水平、教育均衡发展、基本医疗卫生服务、基层文体服务、农村与异地务工人员生产生活条件、助困扶残、住房保障、稳价惠民、环保设施与生态工程建设方面。

（载于《中国改革报》，2013年2月1日头版）

广东着力求突破促创新
一批重点改革亮点纷呈

司法体制改革4个试点市方案落地实施，50家国有企业开展混合所有制改革试点取得阶段性成效，全国海关登记备案"一照一码"改革在广东自贸区南沙新区片区率先启动⋯⋯2015年8月13日，广东省召开重点改革工作交流会，广东省全面深化改革领导小组办公室对2015年以来重点改革任务落实情况进行了通报。

据了解，在新一轮深化改革进程中，广东省按照省全面深化改革领导小组《广东省2015年重点推进的改革事项》安排，着力抓重点、求突破，结合实际创新实践，一批有力度、有特色、有影响的改革实践走在前列。

一批重点改革有力度、有特色

自贸区体制机制改革创新亮点显现。2015 年广东省出台《中国（广东）自由贸易试验区建设实施方案》，对自贸区建设作出总体部署。如今，通过加快建立投资管理新机制，以负面清单为核心的外商投资管理体制运行顺畅，90% 以上的外资项目实现了审批改备案。通过争取国家海关总署、质检总局和税务总局出台共计 57 条支持广东省自贸区建设的政策措施，率先上线全国首个跨境电商商品质量溯源查询平台，贸易便利化水平大幅提升。通过开展自贸试验区条例起草工作，加快完善以仲裁为中心的国际商事纠纷解决机制，推进自贸区法治创新。通过积极推进行政管理体制改革，60 项省一级管理权限下放或委托自贸区实施，自贸区政府部门权责清单、行政执法提示清单等制度建设取得实质性进展。通过推动金融领域开放创新，争取国务院出台支持南沙金融创新 15 条政策，获批开展外商投资企业外汇资本金结汇管理方式试点、全国首批外债宏观审慎管理试点、合格境内投资者境外投资试点等一批试点。深入推进粤港澳合作机制创新，南沙"粤港澳（国际）青年创新工场"、前海"香港青年梦工场"、横琴"澳门青年创业谷"等创新合作载体建设顺利推进。

企业投资项目负面清单管理改革先行推开。广东省作为全国首个企业投资项目清单管理的试点省，出台实施了企业投资项目实行清单的意见以及企业投资项目准入负面清单、行政审批清单、政府监管清单，进一步确立企业投资主体地位。依托广东省网上办事大厅，配套启用新的企业投资项目网上备案系统，大幅简化备案流程，缩短办理时限。全流程改革企业投资项目管理，在简化用地审批程序、创新环评管理机制、优化项目初步设计审批等方面，推出了一批改革新举措。推动社会信用体系建设，加快建立信用管理制度，制定广东省公共信用信息管理暂行办法等配套文件，初步建成省公共信用信息管理系统平台，开通试运行"信用广东网"，现已归集 33 个部门 148 类 8 000 多万条信息，初步搭建了企事业单位和社会组织基础数据库。

商事制度改革深入推进。2015 年以来，广东省制定了商事登记管理条例，研究起草市场监管条例，建立健全市场登记监管法规。推动"三证合一"和"一照一码"改革。在自贸区和深圳、东莞市试点推进电子营业执照和全程电子化登记管理改革，取得良好成效。完善商事制度改革后续监管办法，出台实施市场主体许可经营项目监管清单，以及市场主体住所或经营场所许可监管清单，厘清部门后续监管职责。应用完善企业信用信息公示系统，现已汇集715万家市场主体工商登记管理信息，成为企业交易、市场监管和社会监督的重要信息支撑。

权责清单制度改革率先实施。按照"职权法定、边界清晰、主体明确、运行公开"的原则，广东省率先制定并公布实施51个省级政府部门权责清单和职能调整目录，共取消和调整各类职能事项2 580项。选择汕头等5个地市和广东省发展改革委等9个省直部门作为试点，初步编制形成省市县三级政府部门纵向权责清单。全面推进市县政府部门权责清单编制工作，目前广州、深圳、佛山、惠州、中山、清远等市以及部分县（区）已经公布本级政府部门权责清单。拓展完善广东省网上办事大厅，广东省经济和信息化委等8个部门的省垂直业务系统实现与办事大厅对接，全省18个市实现网上办事站镇街全覆盖；加快推进珠三角地区企业专属网页和市民个人网页建设，进一步优化提升政务服务水平。

国企国资改革取得积极进展。广东省率先出台深化省属企业负责人薪酬制度改革的实施方案，出台并全面落实省属企业负责人履职待遇和业务支出管理办法，规范国有企业收入分配秩序。完善国有资产管理体制，实行出资人管理事项清单制度，启动省属企业国有资本运营公司和国有资本投资公司试点，加快推动国资监管由管资产为主向管资本为主转变。组建广东国有企业重组发展基金，从广东省属2 000多家二、三级企业中，择优选取50家具有一定基础和增长潜力、有望成为细分市场龙头的企业，开展混合所有制改革试点并取得阶段性成效。

司法体制改革着力探索攻坚。广东省积极探索推进司法体制改革，深圳、汕头、佛山、茂名4个试点市的试点方案已落地实施。积极完善司法责任制，制订全省人民法庭审判权运行机制改革实施方案。扎实推进司法人员分类管理改革，制定广东省法官、检察官遴选委员会和承接委员会章程及其工作办法。稳步推动省以下法院、检察院人财物统一管理改革，制定司法体制改革试点法院、检察院干部管理的若干意见。制订广东省铁路法院试点集中管辖广州市行政案件的方案和铁路运输检察院管辖体制改革方案，探索与行政区划适当分离的司法管辖制度。探索实行审判权与执行权相分离的改革试点。制订全面深化公安改革实施方案，全方位推进公安体制改革。建立领导干部和司法机关内部人员干预办案的记录、通报和责任追究制度，为防止干预司法活动划定了红线。

形成更多可复制可推广的经验做法

随着各领域的深化改革措施全面展开，广东省不断开创全面深化改革新局面。对于推进下一阶段的改革工作，广东省委常委、常务副省长徐少华在会上表示，要进一步加快改革工作进度，从时间上的提前、内容上的拓展、层次上的加深等方面，体现改革的创新性，确保完成全年改革目标任务；要着力推动重点改革取得实质性突破，从影响全省经济社会发展的基础性、制度性重要事项入手，统筹抓好当前稳增长、惠民生的改革举措和长远打基础、调结构的改革举措，以更大的力度狠抓重点改革任务落实，要注重提高改革质量，抓好改革课题研究，要集思广益制订方案，重大改革要先试点再推开，站在全局的角度考量改革的示范带动作用；要着力形成深化改革的特色亮点，深入推进改革试点，坚持以制度创新为核心，形成更多可复制可推广的经验做法。强化支持基层探索创新，在遵循改革顶层设计的前提下，加快形成更多改革特色、亮点；要着力狠抓落实不放松，强化改革责任，推进改革任务落实，加强改革督察，解决好改革推进"最先一公里"和"最后一公里"问题，确保中央和省委、省政府的各项部署要求落地生根，让群众有更多改革获得感。同时做好改革评估，提高评估的客观性和实效性，确保改革取得实实在在的成效。

（载于《中国改革报》，2015 年 8 月 18 日头版）

顺德：亮剑大部制改革

大部制改革的核心是政府权力和组织形式的重构，建立与市场经济相适应的行政体制；关键点就是简政放权，激活市场和社会的活力，促进稳增长、调结构、惠民生；目标是实现政社协同共治，巩固和完善党的领导。顺德通过实行大部制改革，提升了行政效率，降低了行政成本，加强了政府问责，群众对政府的满意度大幅提高。这也正是顺德大部制改革最大的成功之处。

——题记

2009 年 9 月，顺德亮出"大部制"改革之剑，力度之大令人刮目相看。

2012 年 9 月 11 日，时任中共中央政治局委员、广东省委书记汪洋在全省推广顺德南海综合改革试点工作现场会上指出，顺德以转变政府职能为核心的行政体制改革和社会领域改革，成效显著，经验宝贵，值得推广。

从顺德大部制改革方案亮相，到如今形成宝贵的经验，并继续向改革的更深处前进，顺德在推动自身发展的道路上，正逐渐成为改革的探路者和受益者。

大部制改革"石破天惊"

2009 年 9 月，顺德将原来的 41 个党政机构（含部分双管直管单位）及群团组织职能进行全面、系统的梳理，将职能相同、相近、相关的部门进行合并，有机统一整合为 16 个部门，精简幅度接近 2/3，这是顺德作为广东省综合改革试验区和行政管理体制改革试点所亮出的大部制改革之剑。而这一惊人之举，被广泛认为是"石破天惊"。

顺德为何要进行"大部制"改革，其深层次的缘由来自哪里？

改革开放 30 多年来，顺德坚持以改革创新促发展，敢为人先，一路闯关。然而，随着经济社会的快速发展，市场经济发展和民主法治建设不断向纵深推进，顺德率先发展也率先遇到经济社会的深层次矛盾和问题，率先遇到影响科学发展的体制机制制约，率先遇到传统发展模式的瓶颈和挑战，特别是作为连接经济体制、社会管理体制的中介点，行政管理体制上存在着政府职能转变不到位、组织架构和层级责权关系未完全理顺、管理和运行机制仍待完善等许多不适应发展的突出问题。破解这些影响科学发展的体制机制制约，让上层建筑适应经济社会发展的需要，是顺德深化行政管理体制改革、推动大部制改革的重要"内因"和根本动力。

与此同时，作为经济社会转型特征比较明显的地区，顺德面临的这些问题，其他县级地区也正面临或即将遇到。顺德深化行政管理体制改革，破解上述突出问题，探索创新促进经济社会科学发展的理论架构、政策体系、体制机制和运行模式，对县级地区实现科学发展具有重要的示范意义。

正是在这样的背景下，顺德新一轮综合改革试验在各级领导的高度重视下应运而生。

2008 年 2 月，顺德召开推动政府创新、建设公共服务型政府动员大会，在行政管理体制方面酝酿一场新的改革。

2008 年 9 月，顺德被列为广东省开展深入学习实践科学发展观活动县

（市、区）试点单位之一，由省委书记亲自挂点。顺德认真学习贯彻省委书记汪洋对顺德开展试点工作提出的具体要求，确定了以深化行政管理体制改革为突破口推进经济社会发展转型的工作思路。

2009 年 3 月，广东省委正式确定顺德为深化行政管理体制改革先行先试地区。

2009 年 8 月 17 日，广东省委、省政府批复同意顺德继续开展以落实科学发展观为核心的综合改革试验，在经济、社会、文化等方面事务赋予顺德行使地级市管理权限。期间，省委书记汪洋先后 4 次视察顺德或召开专题会议，指导顺德改革工作，勉励顺德要不断强化改革开放排头兵意识，深化包括行政管理体制在内的各项改革，为全省实现科学发展探路。

在委托国家行政学院、广东省经济体制改革研究会的专家进行改革专题调研，学习参考新加坡以及我国香港和内地先进地区的先进做法和经验，反复研讨和论证的基础上，2009 年 9 月 14 日，广东省机构编制委员会正式批复了顺德党政机构改革方案。9 月 16 日，顺德召开党政机构改革动员大会，改革大幕正式拉开。

精简机构后的"化学反应"

这次改革，顺德定位于县（区）一级层面，以"放权不升格、整合不扩编"为原则，以转变政府职能、构建服务型政府为目标，全面梳理 41 个党政群机构和部分双管单位职能，优化整合相同、相近和相关的职能，在发展规划、城乡建设、社会管理、经济建设、市场监管、群团工作、政务监察等更多领域实行综合设置，形成职能配置科学合理、机构设置综合精干、权责明确清晰的党政组织架构。

改革后，全区综合设置 16 个党政机构，其中党委机构 6 个，政府机构 10 个。

在推动改革过程中，顺德始终将不影响正常业务的开展和企业、群众办事作为基本要求和底线，经过广泛动员、周密部署和扎实推进，用 3 天时间就基本完成了领导任命、机构挂牌等阶段性任务，并迅速完成了职能调整、人员配备、建章立制等基础性工作，成功解决了一系列改革难题。目前，整个行政运作比较协调、顺畅。

"过去市民办个饮食店，需要到工商部门核准名称，之后到卫生部门办理《卫生许可证》，再到工商部门提交资料办理营业执照，最后到质监部门办理机构代码证。改革后，这些职能都整合到了市场安全监管局，一个窗口就可办理上述全部业务，减少了群众往来次数，提高了办事效率。"

在时任顺德区委书记梁维东看来，顺德"大部制"改革的所有内容，都要看人民群众有没有得到实惠，高兴不高兴，满意不满意，答应不答应。

从机构的精简到如今实际的效果，是一个从"物理变化"到"化学变化"的过程。梁维东认为，顺德大部制改革的成效是综合的、多方面的，既有解决问题的现实意义，又有为改革探路的示范作用。

大部制改革，通过对部门职能进行同类项合并，将相关业务纳入同一部门中，变个体优势为整体优势，解决了原来职能分散、交叉和多元化的问题，杜绝了"九龙治水"而工作相互扯皮、推诿的情况，最终实现"1＋1＞2"的效果。

改革通过建立高效的整体协调机制，提高了服务效能。如在改革中实现党政联动，在领导层面，始终坚持"一个决策中心（区联席会议）、四位一体（党委、人大、政府、政协）"的领导体制，党政领导统筹分工，互不交叉。在部门层面，着眼于形成合力、解决问题，综合设置党政机构，6个党委机构全部与政府机构合署办公，分别由同一个领导来管。如区委宣传部与区文体旅游局整合，使原来比较务虚的宣传和精神文明建设工作有了更丰富的平台和抓手，得以"虚功实做"，整个部门服务政治和经济社会发展的能力得到新的提升。在促进政府职能转变方面，通过部门整合，原来各部门之间的串联审批，变成部门内部审批。部门将审批职能整合到一个专门科室后，其他科室就转到原来一直没有做好的政策研究、标准制定和市场社会监管上来，促进政府从"以审代管"向服务管理转变。

顺德大部制改革通过建立政社互动机制，扩大社会公共事务参与。通过简政放权，将3 197项微观管理事项下放给基层和外移给社会，减少了政府直接管理的成本，调动了基层和社会的积极性，提高了服务的质量和效率。例如，权限下放到镇（街道）后，房地产租赁审批时间从原来的15个工作日缩短为1个工作日，宅基地审批从24个工作日缩短为10个工作日。另外，出台政府职能向社会转移工作方案，把政府不该管、管不好的事项，通过委托、授权和购买服务等方式，依法交由社会组织承担，让社会力量有序参与社会管理和公共服务。目前，区镇组建了近40个各类公共决策咨询机构，吸纳社会精英、专家学者、社会贤达700多人，为改革和经济发展、民生建设提供意见和建议，有力促进社会协同共治。

继续"革自己的命"

顺德的大部制改革和"简政强镇"事权改革，优化了区属部门和区镇之间的职能和事权划分，解决了职能交叉、推诿扯皮、问责不清等问题，提高了行政效率。但随着改革不断往纵深推进，一些新的问题也相继出现。

记者在走访调整后的部门时，一些公务员向记者倒苦水，"太多的事情要做，有时都无法应付得来"。对此，梁维东将大部制改革后公务员的工作劳动强度用"疲于奔命""不堪重负"等词形容。"多个部门的事情集中到了一个部门来做，而且问责机制加强也让我们的压力倍增。"一部门科室人员如是抱怨。

然而，任何改革都不是一蹴而就的，在改革的探索过程中，必然会遇到各种障碍，正如汪洋所说的，改革有困难，不改革会更困难，现在面临的许多困难不是因为改革造成的，恰恰是因为改革不深入、不系统、不配套造成的。

在改革进入深水区后，顺德大部制改革将何去何从，如何应对各种困难，持续巩固和扩大改革成果，对此，梁维东认为，大部制只是改革中的一个重要环节，顺德还要继续"革自己的命"。他认为，在现有经验和成果的基础上，要沿着"大部制、小政府、大社会、好市场"的路径，以大部制改革为切入点，以行政体制改革为龙头，以社会体制改革为主体，以城乡基层治理改革为基础，通过三年左右的努力，逐步构建适应社会主义市场经济要求的行政体制和社会管理模式，增创科学发展体制新优势，共建共享幸福顺德。据悉，下一步，顺德将重点从三方面深化改革：

一是深入转变政府职能，打造法治化、国际化的营商和政务服务环境。以政府职能转变为核心，大胆放权赋能，让企业、社会组织和公民拥有更大空间和权利创业发展。健全宽进严管模式。以深化"三打两建"重点工作为契机，系统借鉴香港成立公司简易，但规管严格细致的经验，依托顺德大部制改革后形成的"大监管"体制优势，致力于构建标准明晰、公开透明、权责一致的市场严管体系，促进资金、人才、技术、信息等生产要素的自由流动，建设"好的市场经济"。推进投资领域改革。计划取消区主管部门核准的18类内资投资项目审批，将投资总额1亿美元以下的鼓励类、允许类外商投资项目，由目前的核准制改为竞争性配置或备案制，改善投资环境，提升制度竞争力。加大放权赋能力度。进一步加大简政放权力度，促进政府职能瘦身，将更多事权转移给法定机构、事业单位和社会组织，让它们更多地参与市场监管和社会服务，在"游泳中学习游泳"，逐步实现自律自管。科学厘清区镇事权划分。按照"一级政府、扁平管理、高效服务"的思路，以及"责权利相统一、人财物相匹配"和"一个事项一级负责"的原则，科学厘定区镇的事权和财权，促进大部制和简政强镇改革化学作用的释放。

二是突出党群政社互动，构建多方参与、协同共治的大社会、好社会。放权可以形成大社会，而好社会的构建，必须抓住党群政社互动，建立党领导下的协同共治格局，营造社会发展空间，引导社会自我管理，激发社会活力。

推动群团组织一体化改革。参考新加坡职工总会的经验，在推动群团组织"枢纽化"和"去行政化"改革的同时，注重联动政府各部门、社会各界的智慧和力量，探索建立党政、群团、社会和服务对象多方抱团发展、利益共享的一体化改革，增强群团组织的社会服务能力、凝聚力和动员力。构建多元的社会服务体系。单靠政府无法满足社会不同人群的多元需要，所以我们将创新社会管理手段，调动社、企、学等多方资源，参与社会公共服务，增进社会和谐共融。建立政府与公众之间顺畅的沟通渠道。建设面向公众、全年无休的"一拨灵"电话沟通平台，建立涵盖所有政府部门审批事项和市民关心的社会管理事项的强大信息库，及时对市民的查询、投诉、意见和建议进行快速、专业的回应和处理，促进党群政社的互动。

三是理顺基层组织关系，构建自治有序、长治久安的基层治理模式。将密切党群血肉联系、巩固党在基层的领导核心地位作为改革的重中之重，建立和谐稳定的基层治理格局。创新党代表工作室运作模式。完善党组织统筹下的"两代表一委员"倾听民意、联系社区工作机制，完善党代表评议承办部门、接受党员评议的"双评议"制度，依托社区服务站和党代表工作室两大平台办实事、解难题、求认同、树威信，并同步培养一大批能经风雨、群众认同的基层干部。突出基层社区自治。以非行政性、非命令性的方式让更多的社区自治组织自愿接受党组织的领导，提升自治能力，管理好本社区的经济社会事务。引导有能力的党支部书记通过选举，当选自治组织主任，强化两者之间的联动。

顺德的改革不是为改革而改革，而是提升体制机制核心竞争力推动科学发展和增强民生福祉的内在需要，梁维东为大部制改革深化后的顺德描绘了一幅愿景："这个政府首先是能够提供群众满意的公共服务的政府，这个政府还是具有引领性、前瞻性的政府。"只要上层建筑适应了经济基础的发展，顺德发展之路一定会越走越宽广。

（载于《中国改革报》，2012 年 9 月 24 日第 10 版）

改革对话——
梁维东：勇于从政府自身开始改革

　　沿着"大部制—小政府—大社会—好市场"这条路径，广东顺德正在逐步构建起符合社会主义市场经济要求的行政体制和社会管理体制，打造顺德体制新优势和核心竞争力，实现经济社会综合转型和全面发展，共建共享幸福顺德的目标。日前，本报记者就顺德大部制改革创新历程，专程采访了佛山市委常委、顺德区委书记梁维东。

　　记者： 在大部制改革的实施过程中，最大的难点在哪里？

　　梁维东： 不少媒体在采访大部制改革时，都不约而同地问到这个问题。对此，我有这么几个观点想与大家分享。第一，大部制的意义所在。我认为，顺德推进大部制最大的意义在于探索县（区）一级如何建立与社会主义市场经济相适应的行政管理体制新道路。因此，顺德的大部制处于一个不断发展的进行时当中，它甚至可以追溯到1992年的那次企业产权制度改革。目前，顺德改革虽然可以说已经奠定一个基本格局，但尚未到总结某种模式的阶段，还需要不断提升完善。第二，顺德的改革是一个综合配套改革，不是单兵突进的改革。大部制只是其中的一个重要环节，一个切入点，而非改革的全部。它在不同的发展阶段，会有不同的突出问题和矛盾，需要我们用改革的方式来解决它。因此，改革的难点是一个动态变化的概念。第三，任何改革都是权力的重新调整和再分配，大部制改革也不例外。我认为，大部制改革的核心或者灵魂是政府权力和组织形式的重构，建立与市场经济相适应的行政体制；关键点就是简政放权，激活市场和社会的活力，促进稳增长、调结构、惠民生；目标是实现政社协同共治，巩固和完善党的领导。但我们也看到这种政府自身权力的调整，难免遇到既得利益格局的阻碍，没有"革自己命"的决心和勇气，是难以突破的。我们改革是为了地方的长远发展构建核心竞争力，为了顺德247万群众的民生福祉，因此得到了党员干部和社会各界的广泛支持，而且作为广东省的综合改革试点区，我们还得到省委、省政府和市委、市政府及省市有关部门的大力支持。正是这种上下、内外的改革动力支持，使得我们能够不断攻坚克难，在重点领域和关键环节取得新的突破，促使改革不断向纵深推进。

记者： 在改制过程中，新组建部门是如何实现与上下级衔接的？

梁维东： 与20世纪90年代平地跑马的改革不同，这次大部制改革是在国家法制相对完善、利益格局相对固定的形势下开展的，不仅涉及横向的机构整合，还涉及纵向的权力调整，各种问题错综复杂。对此，我们始终将整个改革工作放到全省和全市的大局中去思考和谋划，及时将改革的有关情况向省、市做好汇报，确保改革工作不变形、不走样，始终朝着省委、省政府和市委、市政府既定的目标不断向前推进。一方面，我们加强与省、市对口部门沟通，积极承接市下放的614项地级市管理权限和审批事项，主动理顺数据端口和业务对接，形成上下联动的良好工作机制，确保工作顺利开展。同时，针对改革中遇到的行政复议、综合执法证和执法制服统一等涉法问题，积极争取省市法制部门的支持，妥善解决有关问题。另一方面，同步推进大部制改革向镇街延伸，镇街及时建立与区相对应的架构，确保改革的上下对口。另外，在2010年推进简政强镇事权改革，将3 197项行政管理事项下放给镇（街道）。在强化区行政服务中心的服务功能的基础上，各镇街设立镇级行政服务中心，形成多层次的立体服务网络。加快向社会下放事权，在过往已向社会放权22项的基础上，2012年再将76项职权转移给社会组织、行业协会商会，使改革从体制内向体制外拓展。

记者： 改制无疑会涉及一些人员的调整，我们如何保证人员平稳过渡？

梁维东： 任何改革都会涉及利益格局的调整，而行政体制改革的最大阻力往往来自政府内部，归根到底还是人的问题。顺德作为一个GDP超过2 200亿元、工业总产值近6 000亿元的地区，区级行政机关编制10多年来一直维持在1 000名左右的水平，没有突破上级有关政策，已经是十分精简。从改革一开始，我们就高度重视干部处理问题，旗帜鲜明地提出，这次改革不以削减机构、精减人员为目标，而是以转变政府职能、理顺各种关系为核心，并尽可能地处理好改革与稳定之间的关系，认真做好干部队伍的思想工作，按照"编制不突破、人员不降级"的原则，妥善调整安置干部，确保了干部特别是领导干部思想稳定、队伍不乱。为了保证人员平稳过渡，我们对领导干部管理进行了一些创新和突破。一是经省批准设置政务委员职务，并由区委常委、副区长、政务委员等党政副职兼任新组建大部门的一把手；二是把一批工作表现突出、政治素质过硬、廉洁奉公的优秀中青年干部提拔到新的领导岗位上来；三是对小部分需要从领导岗位调整下来的人员，区里也为其作了适当安排，如改任非领导职务享受相关待遇、鼓励符合条件人员提前退休等，充分照顾其个人利益。由于顺德一直以来都具有较好的改革传统和氛围，干部队伍的大局观念和承受能力比较强，对改革都非常理解和配合。因此，整个改革的阻力不大。顺德的整个改革工作在外界看来可能是"石破天惊"，但在内部却是"风平浪静"，较为顺利。

记者： 领导是工作成功的重要因素，大部门领导班子是如何设置的？

梁维东： 在这方面，我们按照精简管理层次，推进管理扁平化的原则设置大部门领导班子。在区的层面，我们实行大部门首长负责制，由区委常委、副区长和新设副处实职的区政务委员分别兼任 16 个大部门的首长，减少原来区委常委、副区长分管和区委区政府副秘书长协调的两个层次和环节，达到领导分工专业化、决策执行扁平化的改革目标。在部门层面，区领导担任大部门首长，改革前的部门正职担任大部门常务副职，前部门副职依然担任大部门副职，当然，部分副职由于年龄等关系改任非领导职务。

记者： 大部制改革最大的成功之处在哪里？您感触最深的是什么？带给我们的最大的启示是什么？

梁维东： 顺德大部制改革的成效是综合的、多方面的，既有解决问题的现实意义，又有为改革探路的示范作用。从目前的情况来看，无论是上级部门还是媒体，大家的评价都是积极肯定的。我认为，衡量大部制改革成功与否，还是要看人民群众有没有得到实惠，高兴不高兴，满意不满意，答应不答应。我们改革后，提升了行政效率，降低了行政成本，加强了政府问责，群众对政府的满意度大幅提高。这是我们大部制改革最大的成功之处，它具体表现在以下几个方面：第一，建立宽职能的大部门架构，实现职能有机整合。大部制改革，通过对部门职能进行同类项合并，将相关业务纳入同一部门中，变个体优势为整体优势，解决了原来职能分散、交叉和多元化的问题，杜绝了"九龙治水"而工作相互扯皮、推诿的情况，最终实现"1＋1＞2"的效果。第二，建立高效的整体协调机制，提高了服务效能。这主要体现在两个方面：一是实现党政联动，二是促进政府职能转变。通过部门整合，原来各部门之间的串联审批变成部门内部审批。部门将审批职能整合到一个专门科室后，其他科室就转到原来一直没有做好的政策研究、标准制定和市场社会监管上来，改变过去"重审批、轻研究、疏监管"的状况，"以审代管"的行政管理方式得以改变。第三，建立政社互动机制，扩大社会公共事务参与。我们通过简政放权，将 3 197 项微观管理事项下放给基层和外移给社会，减少了政府直接管理的成本，调动了基层和社会的积极性，提高了服务的质量和效率。

经过这一轮的改革实践，我深深地感受到：一是必须持续解放思想，凝聚更大改革共识和更强改革动力。顺德过去30多年靠解放思想积聚巨大的发展能量，这一轮改革也是靠解放思想赢得发展先机。事实证明，永不僵化、永不停滞，不断突破思维定式和利益格局，才能保持体制的先进性和竞争力。因此，我们必须进一步解放思想，毫不动摇地坚持社会主义市场经济的改革方向，敢于自我革命，大力向市场和社会放权分责，才能凝聚改革共识，增强改革动力。二是必须认准改革目标，提升区域体制核心竞争力和增进民生福祉。顺德的改革不是为改革而改革，而是提升体制机制核心竞争力、推动科学发展和增强民生福祉的内在需要。过去由于受到经济发展惯性和曲扭政绩观的影响，我们过分关注经济指标和增长数据，相对忽视了最具核心竞争力的体制机制问题和人民群众的真实感受与意愿。经过本轮改革，我们更深切感受到改革是发展的强大动力，是提升公平正义水平、增进民生福祉的基本途径，必须通过科学改革推动科学发展，通过深化改革推进转型升级，塑造提升新时期体制机制核心竞争力，共建共享幸福社会。三是必须找准改革的切入点，勇于从政府自身开始改革、突破现有利益格局。任何改革都是权力的再调整、利益的再分配。目前，各级政府掌握着大量权力，履行过多职能，管制型、审批型政府特征明显，制约着市场和社会的活力与创造力。改革必须首先从政府的权力和职能入手，加快政府职能转变，加快向市场和社会放权赋能，加强对权力运行的规范和监督，改革才能破局，不断向纵深推进，取得实质性进展。四是必须坚持以社会参与为动力、以法治为基石，为改革提供根本保障。新时期的综合改革，除了自上而下、自内而外的行政推动外，还需要社会各界和广大市民的充分参与，形成改革的外部压力和内生动力；需要法制和体制的保驾护航，并以法制和体制的形式确立改革的路径与成果，消除影响改革的主观因素，确保改革不折腾、不倒退，成为国家和地区长远发展、生生不息的动力源泉。

记者：顺德大部制改革面临的困难和问题是什么？下一步将走向何方？

梁维东：大部制改革和"简政强镇"事权改革，优化了区属部门和区镇之间的职能与事权划分，解决了职能交叉、推诿扯皮、问责不清等问题，提高了行政效率。但随着改革不断往纵深推进，我们发现，这两项改革更多的是体制内的权力调整，政府职能转变还不到位，公务员依然疲于奔命、不堪重负、缺乏引领性。我们通过深入分析和思考，对顺德在城市化水平、党委政府职能转移、社会建设、基层治理等方面相对滞后的问题进行全面剖析，提出了"城市升级引领转型发展，共建共享幸福顺德"的发展战略和全方位综合改革的思路，并在 2011 年下半年先后推进以行政审批制度改革为突破口的行政体制改革、以协同共治为重点的社会体制改革、以完善基层治理模式为核心的农村综合体制改革。通过综合配套改革进一步巩固、优化、提升大部制改革。我们改革的整体思路是，按照社会主义市场经济的改革方向，沿着"大部制—小政府—大社会—好市场"的路径，以大部制改革为切入点，以行政体制改革为龙头，以社会体制改革为主体，以城乡基层治理改革为基础，通过三年左右的努力，逐步构建适应社会主义市场经济要求的行政体制和社会管理模式，增创科学发展体制新优势，共建共享幸福顺德。我们相信，沿着"大部制—小政府—大社会—好市场"这条路径，再通过三年左右的努力，我们将在顺德这片土地上构建起符合社会主义市场经济要求的行政体制和社会管理体制，打造顺德体制新优势和核心竞争力，实现经济社会综合转型和全面发展，共建共享幸福顺德的目标！

（载于《中国改革报》，2012 年 9 月 24 日第 9、10 版《创新体制发挥优势　共建共享幸福顺德》）

东莞：制造之城如何转型？

广东东莞，一座在改革开放中崛起的制造业城市，经过几十年发展，创造出了"东莞模式"，综合实力领跑全国地级市。历经昔日的繁华与危机的洗礼之后，东莞再次迈开步伐，开启新的征程。在 2011 年底召开的东莞市第十三次党代会上，东莞提出了"加快转型升级、建设幸福东莞、实现高水平崛起"的战略目标，吹响继续领跑的号角。

"东莞转型升级成功之日，就是广东科学发展胜利之时。"无论是吹响"三重"建设集结号积极调整产业结构，大力推动加工贸易企业转型升级，还是全面启动商事登记制度改革，以自我革命的勇气和决心深化改革；无论是大力推进民生工程的建设，致力于建设幸福东莞，还是始终与文明相伴，实现高水平崛起，东莞这座城市，始终汇聚各方关注的目光。见证东莞科学发展，笔墨所触，是一个转型中的东莞。

——题记

城市的科学发展需要创新与改革，对于广东东莞这样的制造业城市，尤其如此。

从制造转型到创造

近年来，东莞按照"自主创新、重点跨越、支撑发展、引领未来"的科技工作方针，大力实施"科技东莞"工程，推进科技创新，全力推动东莞制造向东莞创造嬗变。把发展创新型经济作为东莞实现高水平崛起的主抓手，推动经济发展从要素驱动、投资驱动向创新驱动转变。

一是构建"东莞创造"的产业体系。以传统产业优势突出、战略性新兴产业形成规模、现代服务业支撑有力、都市型农业高效集约为目标，积极构建创新型经济体系。2012年，围绕"促进科技与产业融合发展、建设创新型经济强市"的战略目标，制定出台了新一轮的科技创新政策，"科技东莞"专项资金从10亿元增加至20亿元，加大力度推动企业科技创新和扶持发展战略性新兴产业。推动传统支柱产业加快拓展产业链条，抢占研发、设计、先进制造与营销等高端环节，提升产业竞争力与综合效益。加快战略性新兴产业的引进和培育，着力发展新一代信息技术、新一代互联网、新能源、生物等产业，努力打造一批超千亿元战略性新兴产业集群。推动现代服务业加快聚集和拓展，突出发展与制造业配套的金融服务外包、电子商务、文化创意等生产性服务业，积极发展总部经济、会展经济，打造珠三角新兴物流城市和金融强市。

二是夯实"东莞创造"的载体平台。完善园区承接创新型产业的载体功能，科学开发建设松山湖、虎门港、生态园、长安新区及各镇街工业集聚区，实施各镇街（园区）差异化发展战略。把大市区打造为金融中心、总部经济集聚中心和产业服务中心，加快建设以松山湖为龙头的园区经济带、以虎门港为核心的物流经济带、以主城区为核心的商贸经济带，加快形成现代服务业、高新技术产业、先进制造业、临港产业、都市型农业等集聚区，构建"一个核心区、三大经济带、五大产业集聚区"的创新型产业格局。高水平规划建设国家级高新区——松山湖高新技术产业开发区。大力推动北京大学、中国科学院、华南理工大学、华中科技大学等国内重点高校的院所在东莞建立光电研究院、制造工程研究院、云计算产业技术创新育成中心等13个公共创新平台，平台累计服务企业近20 000家，承担国家和省市各类科技计划 120 余项，孵化 30 多家科技企业。通过"走出去"和"请进来"的形式，积极组织企业与相关高校院所、科研机构对接，集聚创新资源，拓展科技创新的技术源、项目源和人才源。目前已与全国 100 多家高校院所建立了紧密的产学研合作关系，达成约 1 500 项产学研合作项目，其中 70% 以上的项目顺利实现产业化，组建了 30 个省部产学研示范基地和 8 个省部产学研创新联盟。

三是集聚"东莞创造"的龙头项目。主动接受广州、深圳及港台等地辐射，积极承接高端产业转移，强化市级统筹，加强招商引资，在引进世界 500 强企业、大型跨国公司、大型央企和龙头民企上实现新突破。定向扶持一批优质企业做大做强，发挥大项目、大企业辐射效应，打造龙头项目配套企业群，力争带动一批现有产业集群整合提升、促进一批新兴产业集群有效形成。鼓励外资企业增资扩产和设立区域总部，协助拓展新兴市场和内销市场，增强产业植根性，提升开放型经济水平。一方面，在高端电子信息、半导体照明和太阳电能光伏等领域，通过实施市重大科技专项、粤港招标东莞专项等重点扶持战略性新兴产业发展；另一方面，大力推动高新技术产品应用示范，如市镇联动推进绿色照明示范城市建设和 LED 产品示范应用，截至 2011 年底已累计推广 33 000 盏 LED 路灯和 90 000 盏 LED 室内照明灯。目前，全市 LED 产业已具备一定规模，共有 LED 企业 150 多家，年产值近 130 亿元。

四是优化"东莞创造"的资源配置。完善"科技东莞"政策体系和服务体系，推动企业自主创新的资源投入与绩效提升，不断提高科技创新对经济增长的贡献率。集中财政专项资金力量，突出重点扶持一批关系城市未来发展的战略性、创新型产业项目。优化创新资源配置，建设和完善一批国家级、省级创新平台，加快突破一批共性和关键技术。深入实施人才东莞战略，加大创新科研团队和领军人才的引进培育力度，引导企业善待人才、用好人才，为创新型经济发展提供智力保障。大力扶持民营经济尤其是民营制造业发展，增强自主发展和抗御风险能力。

五是强化"东莞创造"的金融支撑。建设东莞金融商务区和松山湖金融改革创新服务区，推动科技金融、物流金融发展，加强莞台金融合作。扶持地方金融机构完善管理、整合壮大、扩张上市，有针对性地引进外资金融机构和跨境金融服务。加大优质企业上市培育力度，积极发展创业投资、产业基金等新型金融组织，引导形成多层次的投融资平台，促进金融、科技与产业融合发展，建设和完善现代金融体系。搭建 50 亿元融资贷款授信额度的科技型中小企业融资平台，引导组建了科技创业投资合伙企业等 14 家风险投资机构和私募股权投资基金，目前正在筹备设立创业投资引导资金。此外，还成立了科技企业上市预辅导机构——东莞市科创投资研究院，重点培育69家上市后备科技企业，现已有5家成功上市。东莞于2009年成为广东省首批科技金融结合试点城市，2012年又通过国家科技部的评审，与广州、佛山三位一体成为全国科技金融结合试点地区。

生态东莞和谐共融

"为当代建一个经济强市，给后代留一个生态东莞"，改革开放以来，东莞以制造产业立市，成就"世界制造业名城"，同时在生态环境的建设方面坚持不懈。近年来，东莞积极探索具有东莞特色的企业环境管理、城乡环境整治和生态环境建设，努力实现工业制造与生态环境和谐共融。

为加快发展循环经济、绿色经济，东莞狠抓结构调整，制定产业结构调整"1+26"政策体系，积极推动服装、家具、鞋业、毛织等传统产业实现高端化、绿色化，引导高耗能、高污染、高排放企业和产品转移退出。近3年来全市累计关停外资企业2 679家，投资金额32.2亿美元，累计拒批项目1 287项。

东莞还大力推进环保设施建设和污染治理，累计投入资金376亿元，建设34项污水处理工程和35项截污主干管网工程、7个环保产业基地、4座垃圾处理场等重点环保工程。开展重点污染企业、造纸行业、二氧化硫、黑烟囱、挥发性有机物、零散工业废水六项整治，对电镀、漂染、造纸、制革、洗水、印花六大行业进行分类整治。在节能减排方面取得了显著成绩。2011年东莞每万元GDP耗能0.632吨标准煤，2008—2011年，东莞单位GDP能耗分别下降5.11%、4.48%、2.02%和4.61%。近几年，重点耗能企业单位产品能耗均呈下降趋势。

东莞狠抓环境管理，按照"选择生态优良项目、提高环保准入门槛、淘汰污染耗能产业、坚持环保破旧还原"的原则，实施"三个不批""区域限批"等环保审批制度，严格控制新增污染源。创新环保监管机制，建立信用管理、违法公告、有奖举报、清洁生产、委托运营、排污削减、在线监控和污染源信息化管理八项制度，探索网格化管理模式，全面提高执法技术水平，构建起约束企业自觉治污、自觉承担社会环境责任的长效管理机制。

为了构建优美的生态环境，东莞深入实施城乡环境"四清理""五整治"方案，全面推进东莞运河和内河涌整治及生态修复工程，划定1 103平方公里、占国土面积45%的城市生态绿线控制范围，规划建设4个自然保护区、16个森林公园，面积达303平方公里，建成公园、绿化广场

1 157 个，面积达 3 525 公顷。

经过努力，东莞在保持经济社会持续健康发展的同时，注重保护生态环境，实现了工业制造与生态建设的同步推进、相互促进。与 2008 年相比，2011 年全市每平方公里 GDP 产出从 1.28 亿元增加至 1.92 亿元；单位生产总值地耗、能耗、电耗分别下降 30%、15.3%、20.4%；城市建成区绿化覆盖率达 41.2%，人均公共绿地面积 16.25 平方米。东莞先后获得"全国绿化模范城市""国际花园城市""国家园林城市""国家环保模范城市"等荣誉。

城市盛开文明之花。2011 年 12 月 20 日，东莞成功蝉联"全国文明城市"称号，这是一项荣誉，更是城市文明的见证。近年来，东莞的城市文明程度和公民素质不断提升，在工业的沃土上盛开文明之花。

为大力弘扬"海纳百川，厚德务实"的东莞城市精神，东莞持续深化群众性精神文明创建活动，全面提升以公民意识、规范言行、环保理念、志愿精神为主要内容的市民文明素质，提高以社会风气、生活环境、公共秩序、公共服务为主要标志的城市文明水平，养成以奋发进取、理性平和、开放包容、积极向上为主要特征的社会心态；全面巩固文明城市创建成果，以"每天绽放新精彩"为整体口号宣传推广东莞城市形象。

近年来，东莞加快推进文化名城建设，深入实施"文化东莞"工程和精神文化民生工程，用好用活 5 年共 50 亿元的专项资金，全力建设全国公共文化服务名城、国家历史文化名城、全国现代文化产业名城、岭南文化精品名城，精心培育幸福文化，着力推动东莞发展由资源驱动加速向文化驱动转变。

在创新社会管理方面，东莞出台《中共东莞市委、东莞市人民政府关于加强社会建设的意见》等"1＋7"文件，筹建社会建设研究院，与省社工委共建全省创新社会管理引领区；抓好社会组织管理体制改革试点工作，建立社会组织孵化基地和社会组织评估中心，重点培育行业协会商会、民办非企业单位等五类社会组织；加大政府放权力度，出台向社会组织放权的指导性意见，明确向社会组织转移的职能目录和政府购买服务目录；拓展新莞人积分制入学入户，健全与积分制相协调的社保、教育、住房、医疗等配套政策；继续实施新莞人"圆梦计划"，打通新莞人的上升通道。

在转变政府职能方面，积极推进大朗镇商事登记制度改革试点工作，探索建立符合国际惯例的商事登记体制，提高政府服务能力和效率。

东莞还深入推进"三打两建"专项行动，斩断"利益链"、深挖"保护伞"，用规范的法律、严厉的整治和严格的诚信来维护公平竞争的市场经济秩序，为企业提供良好的发展环境。

幸福东莞全覆盖。"高水平崛起的东莞是以建设幸福东莞为目的。"为东莞人民谋福祉是市委、市政府一切工作的出发点和落脚点。据了解，近五年来，东莞市财政大力投入发展民生工程，教育强镇和社区医疗卫生服务实现了全覆盖，基本医疗和养老保险实现了城乡统筹。率先在全省建立农村医保与职工医保、农民养老保险和职工养老保险城乡统筹的社会保障制度，最低工资标准提高 66.7%。两次上调了最低生活保障线，居民最低生活保障标准从 2007 年的 320 元/人·月上调到 2011 年的 440 元/人·月；村民最低生活保障标准从 2007 年的 300 元/人·月上调到 2011 年的 440 元/人·月，实现了城乡统一标准。

近五年来，东莞不断巩固教育强市成果，增强教育保障能力，通过实施"三转二"（即把以前的三级办学转变为镇、市两级办学）办学管理体制改革，理顺中小学校办学管理体制，提高各类学校经费保障水平，不断改善办学条件，提升办学效益，加强师资队伍建设，实施完全免费义务教育，积极稳妥解决外来务工人员子女就学问题，促进民办教育健康发展。2011 年全市教育经费投入总额 125.1 亿元，比 2007 年增加 57.9 亿元，增长 86.2%。2011 年全市幼儿园数量达到 749 家，比 2007 年增加 190 家，增长 34.0%。全市教学质量稳步提升，升学率逐年提高，高考入围人数逐年增加。民办教育发展加快，2011 年东莞民办学校在校生分别为民办幼儿园 17.12 万人，民办小学 36.85 万人，民办初中 9.53 万人，民办普通高中 1.85 万人，民办中职学校（含技校）1.79 万人。义务教育阶段外来务工人员子女在民办学校就读的有 43.58 万人，占全市义务教育阶段外来务工人员子女学生的 76.6%。

近五年来，东莞坚持以文化名城建设为统领，以满足人民群众文化需求为目标，不断加大惠民力度，基层文化民生有效改善，突出表现为两个"全覆盖"：一是"特级文化站"全覆盖。截至 2011 年底，全市镇（街）文化站全部顺利通过省文化厅组织的"特级文化站"评估定级验收，使东莞"特级文化站"数量达到 32 个。二是 24 小时自助图书借阅服务"全覆盖"。近年来，市镇联动，大力构建通借通还、覆盖全面的 24 小时自助图书借阅服务系统，截至 2011 年底，全市各镇（街）的 18 个自助图书馆和 14 个图书馆 ATM 已全部建设完成并投入使用，实现了 24 小时自助图书借阅服务"全覆盖"。此外，全市各项文化设施建设稳步推进，文化事业更加繁荣，市民精神生活更加丰富。

近五年来，东莞医疗卫生事业实现较快发展，各项主要指标逐年提高，医疗服务能力稳步提升。2011 年全市卫生医疗机构达 2 249 个。目前，东莞拥有以市人民医院为龙头的三级甲等医院数量达到 8 所，位居全省地市级城市首位。东莞体育事业近五年来蓬勃发展，具有东莞特色的全市镇街篮球赛得到较好发展，不断开展"全民健身日"等活动。

"六个东莞"赢未来

改革开放 30 多年来，东莞凭借区位优势、廉价土地、大胆的体制机制创新等，打造了低成本、高效率的营商环境，实现了快速发展。随着国内城市竞争的加剧，东莞原来的营商环境优势正在逐步减弱。

面对当前形势，东莞如何实现高水平崛起？2012 年 6 月 5 日，东莞市委、市政府以文件形式确定了建设"六个东莞"政策，以加快推动产业转型升级，营造法治化、国际化营商环境。

所谓"六个东莞"，即着力建设"平安东莞"，营造安全和谐的社会环境；建设"法治东莞"，营造公平公正的法治环境；建设"信用东莞"，营造诚实守信的信用环境；建设"效率东莞"，营造高效透明的服务环境；建设"活力东莞"，营造生机勃发的体制环境；建设"开放东莞"，营造宽松有序的市场环境，加快形成营商环境"加一"、综合成本"减一"的优势，力争在营造法治化、国际化营商环境中走在全省前列。

继"三重"建设、创新型经济成为东莞实现高水平崛起的产业符号之后，"六个东莞"又成为"幸福东莞"的全新注解，平安、法治、诚信、效率、活力、开放六个关键词一并汇成其全部内涵。东莞决策者提出"六个东莞"施政理念，既凝聚了民意，又体察了东莞现状，其势必将成为全市上下追求幸福的新行动纲领。当前，东莞正处于转型升级的关键时期，加大力度营造法治化、国际化营商环境，对于加快推动转型升级、建设幸福东莞、实现高水平崛起具有至关重要的意义。

软环境的营造并非一朝一夕，对此，东莞市委认为，东莞要建设法治化、国际化营商环境，关键在于"六个东莞"的落实，如果建设法治化、国际化营商环境成为每一个企业、每一个部门的自觉行动，把营商环境这篇文章做好了，东莞的明天会更灿烂，如果东莞能在提升营商环境方面先走一步，将能再创体制机制新优势。

（载于《中国改革报》，2012 年 11 月 12 日第 12 版《转型东莞　铺就幸福之路》）

改革对话——
袁宝成：不断改革创新实现高水平崛起

　　东莞是改革开放的先行地之一，能够取得今天的发展成绩和城市地位，靠的就是不断地改革创新，靠的就是不断将制度红利转化为经济社会效益。

——袁宝成

　　在接受记者采访时，全国人大代表、时任广东省东莞市市长袁宝成表示，在继续深化改革的道路上，东莞市从 2012 年开始，就在建设"六个东莞"，打造法治化、国际化营商环境方面做了大量工作，通过继承和发扬东莞的改革精神，冲破旧有思想的束缚，冲破利益固化的藩篱，用科学的、创新的办法解决问题，推动工作落实提速提效，不断创造改革红利和制度红利，闯出高水平崛起的新路。

　　袁宝成表示，2013 年东莞将进一步加大改革创新力度，推动营商环境持续改善，包括做好全面放开再生资源回收市场等工作，实实在在减轻企业负担；深化商事登记改革，进一步完善工作方案，加强商事登记后续监管，争取更多涉及上级审批的事项简化手续或下放审批权；积极推进行政审批制度改革，落实第一批转移取消的事项；加快推进电子政务建设，打造地方电子口岸、全市信息共享和内部监管平台、网上办事大厅、城市管理信息平台四大电子平台。

　　高速发展时期的东莞，曾经也是"先发展、后治理"。袁宝成说，东莞在过去经济高速发展、成就制造业名城的过程中，由于发展模式相对粗放，确实消耗了大量资源，给生态环境带来了较大压力。近年来，东莞致力于扭转这种局面，积极探索具有东莞特色的生态环境建设道路，努力实现工业发展与生态环境的和谐共融。比如，加快产业结构调整，大力发展循环经济、绿色经济，近年来淘汰了 640 多家传统污染企业，拒批了 2 500 多家不合标准企业。投入了 376 亿元，建设 34 项污水处理工程和 35 项截污主干管网工程、7 个环保产业基地、4 座垃圾处理场等重点环保工程。划定了差不多占全市面积一半的生态控制线，开展了"四清理""五整治"

等一系列强有力的城乡环境综合整治。

东莞给外界的印象是一个经济发达、生活富裕的地区，但现实中存在人口结构倒挂、区域不均衡等问题。如何实现外来务工人员公共服务均等化，是东莞当前面临的一个重大课题。袁宝成说，2013年的政府工作报告指出，要加快推进户籍制度、社会管理体制和相关制度改革，有序推进农业转移人口市民化，逐步实现城镇基本公共服务覆盖常住人口，为人们自由迁徙、安居乐业创造公平的制度环境。作为流动人口大市，东莞有常住人口800多万，但户籍人口仅180万左右。外来人口为东莞经济社会发展作出了重大贡献，努力让其享受到更多更好的公共服务，是东莞的一个重要目标。

据了解，近年来，东莞市投入大量资源推动公共服务均等化，着力解决外来务工人员入户、子女教育、基本医疗保险、劳动权益保障等民生问题，取得了比较明显的成效。

（载于《中国改革报》，2013年3月14日）

"两会"之声——
袁宝成：打造中国制造样板城市

在经济新常态下，我国制造业的发展成为社会关注的焦点问题，珠三角城市东莞作为"制造之都"，如何推动制造业的转型升级？在2015年全国"两会"上，来自广东东莞的全国人大代表——袁宝成、黄建平（莞商）等提交了《关于加强政策扶持力度，推动制造业由大变强的建议》。袁宝成在接受媒体采访时表示，希望国家更加重视制造业发展，进一步加大政策扶持力度，减轻企业负担，帮助企业解决实际问题，推动"中国制造"加快转型升级，早日由大变强。而黄建平建议，政府在出台有关政策的过程中要更体现具体性、针对性，在服务传统制造业企业过程中要有前瞻性，让企业能够在转型过程中第一时间得到帮助，迈开大步往前走。

"东莞制造"是中国制造业的风向标之一。在2008年波及全球的金融危机后，东莞制造的点点涟漪都可能引发全球对中国制造的关注风潮，而在过去的一年，东莞制造仍交出了一份不错的答卷：全市规模以上工业增加值 2 593.54 亿元，同比增长 8.8%，快于全国和全省平均水平；五大支柱产业工业增加值增长 10.6%，先进制造业增加值增长 13.9%，高技术制造业增加值增长 16.3%，民营工业增加值增长 23.7%；1—11 月，全市规模以上工业企业利润总额同比增长 9.8%。

"东莞制造"仍在影响着中国制造业的发展。当前，全球制造业正在迈入数字化、网络化、智能化的新时代。为坚定制造业发展信心，2015 年伊始，东莞提出了"东莞制造 2025"战略，预计未来 10 年间东莞工业总产值翻一番，达到两万亿元，先进制造业、高技术制造业占规模以上工业增加值比重分别超过 60% 和 50%。东莞将努力争创中国制造样板城市，到 2025 年实现从制造业大市向制造业强市的转变。

实施"东莞制造 2025"战略

经过多年持续快速发展，中国制造业规模与综合实力不断增强，有力支撑了经济社会的快速发展。然而，随着近年来欧美发达国家纷纷推进"再工业化"，以及新一轮科技革命和产业变革孕育兴起，我国制造业面临着新的挑战与机遇。

面对新的机遇和挑战，已有不少制造企业主动适应时代潮流，加快了技术进步和转型升级步伐。就东莞来说，现在已有六成制造企业开展了"机器换人"，设备及技术投资占全市技改投资七成以上，全市 R&D 比重连续六年提升。但在具体工作中，不少企业反映，在政策、资金、人才等方面遇到了困难和瓶颈，制约了企业转型升级的速度。

改革开放 30 多年来，东莞大力扶持实体经济发展，奠定了东莞作为"制造之都"的城市地位，而未来的发展依然离不开制造业。据了解，为了把以制造业为核心的实体经济摆在更加突出的位置，把发展先进制造业作为发展实体经济的主要任务，努力营造良好的市场体系和发展环境，引导各类资源要素向实业领域聚集，促进产业升级，全力扶持实体经济发展壮大，2015 年东莞市一号文提出实施"东莞制造 2025"战略，努力将东莞建设成为中国制造样板城市。

之所以确定这个主题，袁宝成认为，这既是东莞制造业自身加快转型升级的迫切需要，也是东莞抢抓新一轮产业变革机遇的战略需要。一方面，东莞制造业虽然规模较大，但主要位于价值链中低端，发展质量和效益有待提高，实施"东莞制造 2025"战略，意在加快转型升级，实现从制造业大市向强市转变，力争将东莞打造成中国制造样板城市。另一方面，近年以数字化、网络化、智能化制造为标志的新一轮科技革命和产业变革正在孕育兴起，催生出新的生产模式和商业模式，深刻改变着制造业发展格局，实施"东莞制造2025"战略，将加快促进信息技术与制造技术融合，力争在新一轮发展中抢占先机。

加快推进"机器换人"计划

据了解，"东莞制造2025"战略从规模结构领先、制造模式先进、创新能力强劲、质量效益一流、生产绿色低碳五个方面，勾勒出未来10年东莞制造业发展的美好愿景，提出了"东莞制造2025"战略的指标体系。为推动这一战略落实，东莞提出了大力实施智能制造、服务型制造、创新制造、优质制造、集群制造、绿色制造"六大工程"，具体包含实行"机器换人"计划、建设数字化智能工厂、鼓励企业设立研发机构、发展融资租赁、发展电子商务、加快智能手机等新兴产业发展、培育大型骨干企业、推动民营资本与先进制造业融合、实施电机能效提升及注塑机节能改造等重点工作。

在本次"东莞制造2025"战略中，东莞市提出了六个具有代表性的举措。

一是加速开启"机器换人"时代。2014年以来，东莞加大了"机器换人"力度，每年安排两亿元扶持企业"机器换人"，取得了明显成效，在全国范围内引起了广泛关注。在此基础上，2015年提出强化金融服务支撑，推广事后奖励、拨贷联动、租赁补贴等方式，解决企业"机器换人"资金难题，发挥专业服务机构和社会资本作用，把东莞建设成为全国领先的工业机器人智能装备应用示范城市。

二是以融资租赁助推新一轮技术改造。技术改造特别是生产设备更新换代，是企业转型升级的主要推手。发达国家机械生产设备购销50%以上通过融资租赁方式完成。2015年东莞大力推广以融资租赁为代表的现代商业模式，建立融资租赁风险补偿和履约保函风险补贴制度，实施融资租赁业务奖励计划，对参与的融资租赁企业、商业银行给予最高200万元的补贴。

三是让东莞制造插上电子商务翅膀。电子商务与制造业的结合是大势所趋，2014年东莞专门安排1.5亿元专项资金，出台扶持政策支持电子商务和跨境电商发展。2015年东莞将进一步加大扶持力度，加快完善电子商务生态圈，打造一批电商产业园和集聚区，引进电商龙头企业和缺失环节企业，建立跨境贸易电子商务公共服务平台，引导企业实现线上线下融合发展。

　　四是推行定制化生产新模式。随着信息网络技术的发展，网络化定制、柔性化生产成为制造业的新潮流。为此东莞提出，支持纺织、服装、制鞋、家具、玩具等直接面向消费者的行业企业，引入客户个性化定制，建立柔性快速、定制化生产模式，逐步打响"东莞定制"品牌。2015年东莞将选择一批行业和企业作为试点，实施重点扶持，强化示范带动，在此基础上形成好推广的经验做法。

　　五是创新新型研发机构体制机制。东莞目前建有23个新型研发机构，2015年东莞提出，针对研发机构的管理体制、激励机制等问题，突出产业和市场导向，赋予新型研发机构更多自主经营权，加快技术创新的成果转化，促进技术服务与企业孵化良性互动，推动各类科技资源开展协同创新，更好地为企业提供服务。

　　六是推动民营资本与先进制造业深度融合。东莞将发挥民营资本雄厚的优势，出台专门的政策文件，从产业基金、财政资金、项目对接、国企混合所有制改革等方面，扶持引导民营资本投资先进制造业，使其成为东莞制造业内生增长和区域竞争的重要力量。

（载于《中国改革报》，2015年3月11日第18版）

湛江：海滨城市的工业化思路

　　改革开放以来，湛江人历经了思想观念从封闭保守到开放包容的转变，历经了经济体制从高度集中僵化的计划经济到充满生机活力的社会主义市场经济的变革，历经了社会形态从农业社会到工业社会的巨变，历经了人民生活从温饱不足到总体小康的变迁。特别是2003年以来，湛江大力推进现代化新兴港口工业城市和美丽的南方海滨城市建设，有力地推动了经济社会科学发展、快速发展。2011年以来，新一届市委领导班子团结带领全市人民，深入贯彻落实科学发展观，大力实施"工业立市、港口兴市、生态建市"发展战略，加快推进五年崛起、建设幸福湛江，谱写了推动科学发展、后发腾飞的新篇章。

——题记

"苦干兴市，奋力争当粤西地区振兴发展的龙头"，在省委、省政府的殷切期望下，湛江全力探索一条适合自身发展的道路。可以说，钢铁、炼化项目全面动工建设，意味着湛江产业格局即将发生大调整、大变化，标志着湛江大工业时代已经拉开序幕。

做大经济"蛋糕"　争当粤西"龙头"

长期以来，为创造工业文明、建设美好家园，湛江人民的努力从未停止。开创湛江大工业时代，就是要打造工业发达、产业集聚、经济崛起、生态宜居、社会文明的新湛江，让湛江人民生活得更自信、更自豪、更幸福。这是湛江市委、市政府贯彻落实中央和省委、省政府决策部署，科学判断市情阶段性特征所作出的重大决定，是全力推动五年崛起、加快建设幸福湛江的具体行动。

把行动落实到工业项目、工业园区建设上来，全力实施龙头项目快速推进工程、主导产业培育集聚工程、传统产业改造提升工程、民营企业回归创业工程和工业园区拓展升级工程。按照"大项目—产业链—产业集群—产业基地"的发展思路，把握机遇，发挥优势，培育主导产业集群；实现传统产业改造升级，推动其集群化、高级化、品牌化；聚焦工业发展，着力构筑大工业时代的大产业、大城市、大基础、大开放、大人才、大生态的强力支撑。与此同时，湛江还要在大工业时代探索独特的科学发展之路，既要经济崛起，又要蓝天碧水，"鱼与熊掌兼得"，不走弯路，科学崛起。

在湛江市委、市政府的战略部署中，争当粤西"龙头"是湛江发展的战略目标，一个城市要成为"龙头"，不是靠"册封"，而是取决于这个城市的经济实力和影响力。没有强大的主导产业，没有发达的现代工业，做大做优经济"蛋糕"就是一句空话，一个地区就难有集聚力、辐射力和引领力，争当"龙头"就必然是"空中楼阁"。湛江在保护好生态环境的前提下，快马加鞭、乘势而上，凝神聚气培育打造主导产业，加快建设全省新增长极。省委、省政府部署实施"双转移"战略，将钢铁、炼化两大工业项目布局在湛江，为湛江实现工业跨越发展、产业结构战略性调整创造了历史机遇。

破解发展难题　推动湛江崛起

湛江之所以确立由农业强市向工业强市转型，从巩固和提升生态文明的角度看，如果没有工业的反哺和主导产业的支撑，良好的生态最终也难以为继；只要以科学发展观引领工业发展，在开创大工业时代中自觉贯穿生态文明理念，就一定能够避免无序开发和生态破坏，一定能够助力生态文明建设，一定能够实现加快发展与保护生态的双赢。

从发达国家和地区的发展轨迹来看，工业化是现代化不可逾越的发展阶段。人类社会发展历程就是农业文明向工业文明不断迈进的进程，两百多年的工业文明创造的财富，远远超过几千年农耕社会创造财富的总和。纵观世界发达国家和我国珠三角、长三角等先发展地区，都是依靠工业快速发展实现经济突飞猛进。实践充分证明，工业化是一个国家和地区提升经济综合实力、加快现代化建设的最重要动力和必然选择。

从基本市情来看，湛江作为农业大市亟须现代工业文明的洗礼。改革开放以来，工业发展取得了显著成绩，但湛江仍然是一个农业大市，发展中最不科学的地方就是经济"蛋糕"太小，欠发达的最根本原因就是工业发展滞后。2011年，湛江市规模以上工业增加值576.38亿元，在全省21个地级市中排名第11位；人均工业增加值9 125元，仅为全省平均水平的39.2%、全国的65%，在首批沿海开放城市中排名倒数第2位，在全省排名倒数第4位；工业增加值在生产总值中的比重占37.8%，而全国平均水平为40%，全省平均水平为46.3%，在全省排名倒数第6位。湛江作为农业大市，如何加快工业化进程，提高第二产业在国民经济中的比重，亟须全面破题。

从推动湛江崛起的现实需要来看，实现农业大市向工业强市转变是湛江最大的转型升级。工业是发展经济的核心力量，决定湛江发展未来的产业是工业，破解湛江发展难题的关键在发展工业。"全力推动五年崛起、加快建设幸福湛江"，实现这一奋斗目标，头等大事就是做大做优经济"蛋糕"，核心任务就是做大做强工业主导产业、奋力开创湛江大工业时代。

规划工业立市　重在战略布局

湛江实施"工业立市"战略已经有了坚实基础。自2003年实施"工业立市"发展战略以来，湛江已经建成一批重点工业项目，发展了一批骨干企业，工业逐步成为全市经济增长的主导力量。2011年以来，深入实施"工业立市、港口兴市、生态建市"发展战略，全力打造"工业湛江"，掀起了工业项目建设大会战，钢铁、炼化、冠豪高新特种纸及涂布纸产业基地等重点项目动工建设，奥里油电厂油改煤、晨鸣林浆纸一体化首期等项目竣工投产，大唐雷州火电、京信东海岛电力等项目前期工作取得重大突破，工业发展后劲明显增强。目前，全市在建重点项目48个，投资总额达2 353亿元，建设项目数量和投资总额均创历史新高。实施"工业立市"战略的丰硕成果，为开创湛江大工业时代奠定了坚实基础。

基础设施建设为湛江发展增添了新优势。湛江拥有明显的区位、港口、资源、人文、生态、后发等优势，这是湛江发展大工业的资源禀赋和底气所在。近年来，湛江市大力推进产业园区建设，创建了广州（湛江）、佛山顺德（廉江）、深圳龙岗（吴川）三个省级产业转移园，并把奋勇华侨农场整体改制为奋勇工业经济区；投入资金200多亿元，大力推进港口、码头、道路、电网、污水处理厂等设施建设，湛徐高速公路、东海岛跨海大桥建成通车，鉴江供水枢纽工程、东海岛疏港公路将于2012年底建成，东海岛铁路、湛江机场迁建、湛江港40万吨级航道、环雷州半岛一级公路等项目前期工作抓紧推进。基础设施的加快建设增创了湛江发展工业的新优势，提升了迈向大工业时代的承载力。

广东省委、省政府对湛江发展高度重视。省第十一次党代会提出，加快湛江东海岛工业新城建设，促进"湛茂阳"临港经济圈发展；支持粤西地区打造全国重化工业基地、世界级石化基地，支持湛江东海岛石化基地、湛江现代化钢铁基地建设。总投资近1 300亿元的钢铁、炼化两大项目落户建设，为湛江提速发展带来了前所未有的重大机遇。未来五年，这两大项目将直接拉动配套产业投资超过2 000亿元，推动产业、人才、资源、资金、技术等各种要素资源大规模集聚，带动湛江工业经济跨越发展。可以说，钢铁、炼化项目全面动工建设，意味着湛江产业格局即将发生大调整、大变化，标志着湛江大工业时代已经拉开序幕。

做强主导产业 唱响时代旋律

湛江的发展差距在工业，潜力在工业，希望也在工业。湛江市市长王中丙博士介绍未来五年工业发展的总体思路是：深入贯彻落实科学发展观，以推动湛江从农业大市向工业强市转型发展为主线，统筹全域湛江工业发展，实施大项目、大园区、大招商、大产业、大配套战略，以做大做强钢铁、石化、造纸三大主导产业为重点，加快发展"三大产业航母""五大产业集群"，全力打造全国重要的临港重化工业基地和全省新型工业化发展新增长极，致力创造"既要经济崛起，又要蓝天碧水"的湛江工业发展模式，以工业大发展带动湛江五年崛起。

湛江工业的发展总体目标是：到2016年，工业总产值达5 500亿元，工业增加值达 1 850 亿元，工业占 GDP 的比重达 46% 以上。工业固定资产投资年均增长 25% 以上，累计完成 2 000 亿元。园区工业增加值达 1 000 亿元，占工业增加值的比重达 55% 以上。打造年产值超千亿元企业 2 家，超百亿元企业或企业集群 10 家（个），超十亿元企业 30 家；培育 1 个工业产值超 1 000 亿元、10 个工业产值超 100 亿元的园区。高新技术产业增加值年均增长 20% 以上。

发展"航母集群" 打造"远洋舰队"

按照"大项目—产业链—产业集群—产业基地"的发展思路，选好重点发展的主导产业，最大限度放大龙头骨干项目的带动效应，引进和发展上游关联企业，延长产业链条，把项目做成产业，推动湛江工业聚集发展、集群发展，全力打造"三大产业航母"，重点发展"五大产业集群"。

打造"三大产业航母"：一是以钢铁项目为龙头，加快发展钢铁生产辅料、钢铁产品深加工、汽车零配件、金属制品及机电一体化产品等配套产业，特别要想方设法引进宝钢集团关联企业到湛江落户，打造具有国际竞争力的钢铁产业基地。二是以中科炼化项目为龙头，大力发展合成材料、基础化工材料、精细化工产品，形成系统的石化产业链条，打造具有国际水平的石化产业基地。三是以晨鸣纸业和冠豪高新纸业为龙头，加快发展制浆、造纸、印刷、包装、原料加工、森工设备、森工物流等产业，重点发展特种纸、高档文化纸和包装纸产业，打造全国最大、世界一流的造纸产业基地。

发展"五大产业集群"：一是发挥湛江市电饭锅和家具生产企业数量较多的优势，力促家电、家具产业上档次、上规模、创品牌、争市场，大力支持烟草、纺织、羽绒、珍珠、塑料鞋、饲料、渔网具等产业升级改造和集群发展，积极发展旅游商品制造业，构建家电家具特色轻工产业集群。二是发挥湛江生态优势和农渔业优势，建设特点鲜明的大型农海产品精深加工产业基地、制糖深加工基地、粮油加工集散产业基地和竞争力强的饮料基地，构建食品加工产业集群。三是引导、引进一批上档次、有前景的医药、保健和海洋生物制造企业到奋勇工业经济区集聚发展，努力建设广东重要的医药产业基地，构建医药保健产业集群。四是着力发展资金技术密集、产业关联度高、带动性强的通用设备制造业、专用设备加工、交通运输设备制造业、海洋工程设备制造业和环保节能设备制造业，加快引进和培育壮大海洋重工制造企业，构建装备制造产业集群。五是加大南海油气资源开发建设力度，发展下游配套产业，加快建设京信东海岛电力、大唐雷州火电等大型火电和徐闻风电产业带，办好遂溪生物质能发电项目，积极发展以潮汐能发电、太阳能利用等为重点的新能源，构建能源开发产业集群。

聚焦工业发展　构筑强力支撑

发展大工业需要有强大的综合支撑。必须推动各方力量向工业集中、各种要素向工业聚集、各项服务向工业倾斜，支持工业更好更快发展，并以此彰显工业作为经济发展核心力量的带动效应。重点构建"六大支撑"。

构建大产业支撑。大力发展港口物流业，充分发挥湛江港的龙头作用，依托大港口发展大物流，构建以港口和临港工业园为中心的现代物流平台。加快建设投融资服务体系，搭建适应大工业时代的融资平台，破解工业发展的资金瓶颈。积极发展科技信息服务业，建设面向企业的政务信息网络和电子商务网络，为企业提供一站式信息服务。促进农工融合和以工哺农，注重科教兴农，延伸产业链条，推进农村富余劳动力转移就业。要把旅游业培育发展成战略性支柱产业。加快规划建设"五岛一湾"，重点把南三岛建设成为全国著名的滨海旅游示范区，把特呈岛建设成为滨海生态旅游度假的璀璨明珠，全面提升东海岛龙海天旅游区和吴川吉兆湾滨海旅游区开发建设水平。与此同时，积极谋划发展工业旅游，进一步提升鹤地银湖景区建设档次，支持雷州、徐闻大力发展生态旅游产业。

构建大城市支撑。全力加快宜居宜业宜游生态型海湾城市，为大工业发展提供综合服务。推动中心城区由海湾西岸发展向拥湾发展，构建"一湾两岸、众星拱月"的海湾城市新格局。加快建设东海岛工业新城、海东新区和西城新区及湖光片区，扩大主城区，提高城市承载力，有效应对项目效应带来的城市人口规模扩张。要进一步提升城市美誉度，打造富有地方特色和时代气息的城市风貌，加快三岭山森林公园和城市生态绿道网系统建设，提高绿化覆盖率。加快"三旧"改造特别是旧城区改造步伐。巩固海湾清障行动成果，科学规划使用海岸带，强化生活性岸线的公共属性，建设亲水近海空间，推行滨海次第建设，塑造优美城市天际线，把海洋元素引入城区，凸显湛江"城在海滨、城海交融"的海湾城市特色。

构建大基础支撑。着力构建大交通网络，加快打造"三环四通"大交通格局，规划建设贯通珠三角、连接大西南、衔接海南岛的大交通网络。重点加快推进湛江机场迁建、东海岛铁路、环雷州半岛一级公路、汕湛高速公路及湛江大道、调顺大桥、官南公路、东海岛至雷州高速公路等重要城市通道建设。全力配合西部沿海高速铁路、琼州海峡跨海通道规划建设。建设国际性枢纽大港，推进湛江湾港区朝深水化、大型化、专业化方向发展，建成区域性航运中心。加快鉴江供水枢纽工程建设，确保东海岛两大项目和市区东部工业生产用水及城市生活用水需要。加强电网建设，确保电网安全稳定运行，提高供电能力。

构建大开放支撑。在拓展区域合作空间方面，加强粤西区域紧密协作，推进"湛茂阳"经济圈发展；深化与珠三角地区合作，扩大"双转移"成果；以奋勇工业经济区、中国—东盟中小企业合作交流年会、中国—东盟合作华商交流会等为主要载体，扩大与东盟的产业合作。着力提升对外经贸水平，加快发展外向型工业，引导优势企业申报国家级、省级品牌，提高企业知名度和国际竞争力。加快培育若干个出口超亿美元的龙头企业和外贸出口基地，推动出口市场多元化建设。

构建大人才支撑。采取选派干部脱产培训、面向全省及全国公开招聘、国有大中型企业与政府经济管理干部交流任职等形式，选拔和培养工业化领导人才。着力引进发展"五大五新五特"产业和"三大产业航母""五大产业集群"所需的领军人才和创新团队，支持带技术、带项目、带资金的"三带"人才在湛江创业创新。大力发展职业技术教育，扎实开展劳动力技能培训，积极推广"订单式"培训，重点推进市职教中心及廉江水库移民"双转移"培训就业基地等项目建设，为工业发展提供足够的技能人才和高素质的劳动力。

构建大生态支撑。确保五年崛起时，湛江依然是蓝天碧水白云。首先，坚决保护好各种优良的生态环境，加快推进城镇生活污水处理设施和生活垃圾无害化处理设施建设。其次，坚持低碳、绿色、生态发展道路，探索推广发展循环经济，实现资源消耗、废物排放等主要指标持续下降。重点依托两大项目"隔墙建设"优势，谋划发展钢铁、石化循环经济产业链，把东海岛建设成为国家级循环经济示范区。

（载于《中国改革报》，2012 年 10 月 15 日第 12 版《湛江工业立市崛起海滨新城》）

改革对话——
王中丙：既要经济崛起 又要蓝天碧水

钢铁、石化两个重工业项目落户湛江这个农业大市，这意味着湛江将从农业大市向工业强市转型。这是一个大挑战，新型工业体系的科学规划，传统产业的转型提升，加快工业发展的同时，如何守住这片蓝天碧水？这一系列问题，答案都在湛江市市长王中丙的心中。

——题记

王中丙说，与珠三角相比，湛江在基础设施建设、经济社会发展方面还有较大差距。近年来，广东省委、省政府着眼于区域协调发展，先后促成钢铁、石化等一批重大项目落户湛江，极大地增强了湛江后发崛起的信心。

经济要发展，环保不能丢。王中丙表示，拥有一片碧海蓝天是湛江人的骄傲。在经济社会发展过程中，湛江力争到 2015 年实现经济总量翻番，实现在全省"坐六争五"的目标。同时坚持"既要经济崛起，又要蓝天碧水"，坚持生态环境与经济发展同步进行，坚定走出科学发展新路径。

针对社会建设，王中丙表示，市政府广开言路，畅通诉求渠道，通过网络、信访等多种途径，倾听民众心声，鼓励广大干部到群众中去，直面问题，带着感情解决问题。同时，市政府在决策过程中坚持不以领导意志为主，而是注重科学决策、民主决策，每一项政策出台前都广泛收集、听取、吸纳民意。在文化建设方面，广泛吸收外来文化成果，丰富雷州文化内涵，增强雷州文化的包容性；尊重知识，尊重人才，营造爱才留人的好环境；加大文化阵地建设力度，服务好经济社会的大发展。

改革创新 湛"功"显赫

王中丙介绍，湛江的发展战略是"工业立市、港口兴市、生态建市"，加快五年崛起，建设幸福湛江，在产业转型和体制改革方面，湛江有改变、有突破，也受益良多。在综合经济实力、重点项目建设、生态环境、社会民生等方面可谓战功显赫。

综合经济实力增长显著，2011 年全市生产总值 1 700 亿元，工业总产值 2 103 亿元，固定资产投资额 700 亿元，社会消费品零售总额 805 亿元，地方财政一般预算收入 80.03 亿元；进出口总额 44.04 亿美元，港口货物吞吐量 1.55 亿吨，年均分别增长 24.3% 和 14%。海洋经济发展加快，年均增长 17.3%。重点项目平稳推进，2012 年 1—7 月，完成重点项目投资 117.4 亿元，其中列入省重点项目投资 91.5 亿元。钢铁、石化和造纸重点工程建设有序进行，并在探索发展新能源，计划开发热电联产火电项目。

广东产业与劳动力"双转移"战略的深入实施让湛江获益良多，全市相继建成了广州（湛江）、佛山顺德（廉江）、深圳龙岗（吴川）三个省级产业转移园，承接产业转移项目 335 个，总投资 1 615 亿元。2011 年，三个省级产业转移园实现工业增加值 147.78 亿元，成为全市经济发展的主要增长极。自 2009 年实施"双转移"战略以来，湛江市新增农村劳动力转移就业 55.35 万人，其中转移到珠三角 23.88 万人，就地就近就业 31.47 万人；组织农村劳动力技能培训 16.7 万人。

在王中丙看来，民生无小事，百姓幸福才是真。在保障就业方面，不断开展劳动技能培训，促进更多大中专毕业生、复转退伍军人、农村富余劳动力、就业困难人员和"零就业家庭"广泛就业。开工建设保障性住房 100 万平方米，加快建设经济适用房、廉租住房和公共租赁住房，增加保障性住房供给，切实解决居民住房问题。探索创造城乡居民医保"湛江模式"，有效纾解群众"看病难、看病贵"问题。加强重点帮扶，集中人员、资金、力量帮助最贫困的村和最困难的群众加快脱贫，目前全市 85% 的贫困人口和 95% 的贫困村已实现稳定脱贫目标。

发展工业的同时，严守蓝天碧水底线。2012 年湛江空气质量持续全国"领鲜"（居全国第二位），水环境和声环境质量保持稳定，领跑全省，荣获中国人居环境范例城市、中国城乡建设范例城市、中国十佳绿色城市等称号。

在谈到体制改革时，王中丙从四个方面阐述了湛江的创新成效：一是积极推进湛江经济技术开发区和东海岛经济开发试验区的机构合并和资源整合，促进了两区优势叠加互补。出台实施《关于加快推进地方与农垦合作发展的若干意见》和《关于加强与在湛省属高校合作的若干意见》，促进地方与驻湛单位紧密合作、共同发展。二是推进企业改革有新突破。湛江市商业银行迈出地方性中小银行跨区域经营发展重要步伐，成功更名为广东南粤银行。三是大力搭建基础设施投资公司等融资平台，在人民银行湛江中心支行和银监会湛江监管分局的支持下积极开展与在湛商业银行的融资合作，融资能力大大提高，获得未来 5 年 600 亿元融资授信额度，已融资 70 亿元。四是在主动对接珠三角的同时，着力推动和参与粤西四市经济社会发展紧密协作，积极融入环北部湾经济区，拓展与东盟地区合作，探索构建区域性开放合作新格局。

对于富县强镇事权改革，王中丙表示，湛江积极向县、镇级政府简政放权。对市政府各部门与县（市）经济社会相关的所有管理、审批、收费、行政执法等权限进行梳理，确定具备实施条件的审批权限，研究具体下放方式，制定规范行使下放权限的办法，深入推进农村综合改革，配套推进财政体制改革，推动各级政府职责关系合理化、清晰化、法定化。开展中心镇行政体制改革试点，依法赋予部分县级管理权限。强化对县、镇权力的监督约束，试行县委常委会议、县政府常务会议和乡镇（街道）党委会议决议报上级党委、政府备案制度。进一步理顺市与区的关系，优化部门职能和机构编制配置，实现权责利相统一。

牢抓黄金机遇期　实现"蓝色崛起"

王中丙强调，湛江正迎来重要战略机遇期，也是湛江后发崛起的攻坚时期。首先，国际金融危机和欧美主权债务危机在继续给全球经济带来深刻影响的同时，也给湛江吸纳国际资本、加快转变发展方式带来"危中之机"。其次，中科炼化一体化和湛江钢铁基地项目得到国家核准并动工建设，极大推动湛江构建以钢铁、石化及造纸为龙头的现代产业体系。再次，《全国主体功能区规划》把湛江定位为重点开发区域、"两横三纵"城市化格局沿海通道纵轴的南端、面向东盟国家对外开放的重要门户及中国—东盟自由贸易区的前沿地带和桥头堡；国务院批准实施的《广东海洋经济综合试验区发展规划》，把发展海洋经济作为推进粤东、西两翼沿海地区跨越发展的重要引擎，突出强调湛江西南出海大通道和广东重要增长极的地位作用，作为全省海洋资源第一大市的湛江，完全可以在广东省率先实现"蓝色崛起"。湛江正迎来振兴发展的黄金机遇期。

据介绍，湛江提出牢抓发展大机遇，深入实施"工业立市、港口兴市、生态建市"发展战略，到 2016 年实现经济、城市、生态、文化和民生"五个崛起"。经济崛起就是基本建成以钢铁、石化及造纸为龙头的现代产业体系，成为广东新的重要经济增长极。城市崛起就是初步建成具有集聚力、辐射力和引领力的区域性国际城市，成为全国重要的沿海开放城市、现代化新兴港口工业城市、生态型海湾城市、粤西地区中心城市和环北部湾重要城市。生态崛起就是以"既要经济崛起，又要蓝天碧水"为中心，走出一条经济与生态齐抓、发展与环境共赢之路。文化崛起就是建成全省及环北部湾地区的文化强市、教育强市、人才强市。民生崛起就是实现城乡居民收入较大幅度提高，社会和谐程度和群众幸福感明显提高，全面建设小康社会取得决定性进展。着力打造工业湛江、开放湛江、生态湛江、文化湛江、和谐湛江，全力推动五年崛起，加快建设幸福湛江，奋力争当粤西地区振兴发展的龙头和广东科学发展后发崛起的排头兵。

快马加鞭　建设幸福湛江

实现湛江崛起，王中丙用了"快、准、狠"三个字，就是各项建设动作要快，具体措施要准确到位，狠下功夫抓落实。

王中丙说，构建现代工业体系刻不容缓，在做大做强主导产业的同时，重点延长产业链，推动湛江工业聚集发展、集群发展，全力打造"三大产业航母"，突出发展"五大产业集群"；改造提升家电、制糖、建材、家具等优势传统产业，实现产业高级化、集群化、品牌化。充分发挥驻外机构以及异地商会、同乡会、联谊会等社会组织作用，掀起"资金回流、人才回归、企业回迁、感情回乡"的新热潮。

加快"双转移"步伐，积极引进钢铁、石化配套项目，拉长产业链，努力把东海岛和广州（湛江）产业转移工业园打造成为具有强大承载力和带动力、闻名国内外的现代工业新城和国家级循环经济发展示范区。把园区作为主战场，通过提升规划、扩大规模、完善配套、引进项目、加快开发，以园区大建设带动工业大发展。着力引进规模大、技术含量高、产业链条长、资源转化能力强、符合环保要求的项目；完善园区合作开发、高层互访、联席会议、园区管理、人才交流等体制机制，打造承接产业转移新平台。推动高校、中职技校围绕新型产业调整专业设置，提高培训针对性，为企业提供"订单式培训"的优质人才。

强化政府引导加快科技创新，从财政、用地、金融等方面给予科技型企业更多优惠，充分调动企业自主创新积极性。积极引导人才、技术、资金等创新要素向企业集聚，推动企业成为技术创新的主体、研发投入的主体和创新成果应用的主体，逐步建立健全多元化的科技投入体系，形成政府、企业、金融机构和社会各界共同投资发展科技的良好机制。

王中丙强调，现代农业必须走经营规模化和产业品牌化发展之路，推动农业大市向农业强市转变。推进土地流转促进规模经营，以农业龙头企业和城市资本为引领，大力推进农业产业化经营。鼓励农村能人、农村经济合作联社、各类龙头企业、企业事业单位围绕当地主导产业和特色产品创办农民专业合作社，提高农民专业合作社覆盖率。鼓励农业龙头企业、农业专业大户、农民专业合作社加大投入，加大装备农业的补贴力度，大力推进农业装备现代化。在人才引进方面，鼓励涉农专业大学生在农业领域创业，支助有志青年进入农科大学代培的政府项目，从源头上培育新型农民。推进农业产业化、农村工业化和城镇化，努力形成"以工促农、以城带乡、工农并举、城乡互动"的发展新格局。

加快推进绿色发展，在保护好雷州半岛优良生态环境的前提下，优化空间布局，把雷州半岛建成宜居宜业宜游的生态经济发达地区；谋划发展钢铁、石化循环经济产业链，把东海岛建设成为国家级循环经济示范区，做到"既要工业崛起，又要蓝天碧水"。

社会建设的宗旨就是切实改善民生，湛江将积极开展统筹城乡就业试点，进一步完善城乡居民医保一体化"湛江模式"；启动"创建教育强市工程"，促进城乡义务教育均衡发展，力争五年建成教育强市。加快建设文化主题公园、大剧院、海洋博物馆等一批标志性文化设施，完善基层公共文化设施网络，推动湛江民间艺术精品走产业发展道路，进一步叫响雷州文化，打造具有地方特色的文化产业品牌。

谈到未来的体制改革，王中丙说，首先，要按照市场优先和社会自治原则，深入推进行政审批制度改革，进一步清理、减少、调整审批事项，精简审批流程，全面推行电子政务，切实转变政府职能。积极培育和规范行业协会等社会组织，创新社会治理结构，进一步深化政治体制改革。其次，加大国有企业改革力度，深化国有企业股份制改革，引入世界500强企业、中央企业、省属企业和上市公司参与湛江市企业改制及资产重组，推动国有企业做强做优；加快培育一批具有竞争力的大企业集团，积极推动骨干企业上市，同时力促劣势企业退出市场。再次，要进一步推进富县强镇事权改革，逐步扩大经济技术开发区和县级政府经济社会管理权限，优化镇级政府组织结构，赋予有条件、较大的中心镇县级政府经济社会管理权限。推进农村综合改革试点工作，加快城乡统筹发展步伐。

【采访后记】

带着感情为群众解决问题

湛江市市长王中丙很忙。约访王中丙让记者费尽了周折。总算约定时间后，记者一行开车一路狂奔近五百公里从广州赶到湛江，如约下午下班时，在湛江市政府狭小的市长办公室见到了奔波了一天刚刚赶回的他。顾不上喘息，难掩疲惫的王中丙接受了本报记者专访，畅谈当前湛江发展形势，剖析产业发展新思路，总结城市建设、社会建设、文化建设等方面的经验做法，表达了湛江在历史机遇和时代挑战面前实现后发崛起的决心和信心。畅谈中王中丙脸上慢慢焕发出醉心于工作的神采。采访中王中丙对工作的敬业、激情，对全局工作的熟臻和举重若轻让记者感受颇深，而他那句发自内心的"工作中一定要带着感情为群众解决问题"的话语掷地有声，始终萦绕在记者耳边，令人感动。

(载于《中国改革报》，2012 年 10 月 15 日第 9、11 版)

"湛江模式"：全国医改探路者

　　将商业保险引入医改的"湛江模式"在争议三年后赢得肯定，广东 2012 年将"湛江模式"扩大到四个地市。"城乡一体，市级统筹，商保参与"这 12 个字是湛江医改思路的核心，城乡一体将农村和城市的医保待遇公平化；市级统筹大幅提升了医疗公共服务的质量；商保参与在降低政府职能部门管理成本的同时提高了服务效率。湛江医改秉承"三不"原则，在不增加编制、不增加投入、不增加支出的前提下，做到了"群众不多花一分钱，政府不多出一分钱，居民保障大幅提高，覆盖面更加广泛"。

——题记

　　2012 年 4 月，国务院医改办领导在广东省湛江市调研医改工作时，对医保"湛江模式"给予了高度肯定：湛江把解决老百姓看病难、看病贵作为重大民生工程来抓，率先在全国欠发达地区推行城乡居民一体化管理，实行城镇居民医保与新农合"两网合一"，统一筹资标准，让城乡居民享受同样待遇，消除城乡居民两极分化，参保人可在全市 182 家定点医院自主选择就医；委托商业保险公司办理基本医保业务；从医保角度编制诊疗常规，通过医保来制约规范医院。湛江医改一系列非常宝贵的探索，从理念到做法都具有重大意义，体现了全国医改未来发展的方向和趋势，称之为医保"湛江模式"当之无愧。

城乡一体：农村人口最受益

湛江医改模式成功的基础在于率先开展了针对参保人身份的城乡统筹，建立了一个公平的社会机制。2009 年 1 月，就将新型农村合作医疗和城镇居民基本医疗保险两项制度并轨运行，有效解决了以往因两种医保制度缴费标准悬殊、统筹层次不同所造成的参保积极性不高、基金调剂能力弱等问题，并将统筹层次由原来的县级提升到市级，合并后的城镇居民医保与新农合（原由卫生局管理）统一为城乡居民医保，归属到社保局管理。这意味着，任何一位居民均可在全市 182 家定点医院随意选择看病就医，而不再仅限于县内的医院，打破了城乡医疗体系的二元分割。

此项制度的突破之处在于实现了筹资标准、参保补助、待遇水平等方面城乡一致。按照"一个制度，两个层次，城乡统筹，自愿选择"的原则，当时缴费标准分别是每人每年 20 元和 50 元（2010 年分别提高到 30 元和 60 元）两个缴费档次。参保人可根据自身收入状况以及对医疗服务的需求层次，以户为单位，自行选择缴费档次，按年缴费。

新型农村合作医疗和城镇居民基本医疗保险两项制度并轨，其实也是湛江医改的公平性所在。在这之前，城市职工医保约有 40 万人，居民约有 30 万人，而农村医保约有 480 万人，这样一合并，受惠最多的就是广大农村人口。统计显示，2011 年，湛江市城乡居民医保参保 631.2 万人，参保率达 98.4%，基金总投入 14.5 亿元，住院 47.6 万人次，住院率为 7.54%，住院统筹基金人均次报销 2 066 元，政策范围内报销比例为 70%，实际平均报销比例为 58%。由于覆盖面的扩大和保障率的提高，湛江居民以往"小病拖，大病扛"的现象明显改善。

市级统筹：百姓看病更省心

湛江医改模式还有一个重点就是社保基金的市级统筹，建立全市统一的城乡居民医疗保险制度，不断提高医保运行效率和服务水平。国务院医改办领导指出，实行两网合一，统一城乡标准，这是一个正确方向，也是今后医改的目标，湛江在这方面走在了全国前面。

在"湛江模式"推出前，湛江的城乡医保也是采用县办县统筹的管理模式。县办县统筹的缺点是各自为政，基金调剂能力弱，抗风险能力低。湛江在启动此次医改时，就将全市各区县纳入市级统筹，建立起湛江城乡医保统一结算平台、统一政策制定、统一管理的"三统一医保管理体系"。

市级统筹在没有增加编制的前提下大幅提高了工作效率，还充分发挥了社会保险大数法则作用，提高了基金的共济水平和抗风险能力。

市级统筹提高了医保管理效率，规范了医疗行为。一体化管理服务平台更使参保群众得到了一站式服务。以往让老百姓揪心的还有医药费的报销问题，复杂的报销流程需要人们穿梭于不同地点的多个部门进行办理，耗费大量的时间。从湛江开展医改市级统筹工作，建立"一体化支付结算平台"以来，医药费报销手续就变得一点都不复杂了。湛江市的报销信息系统已经延伸到镇一级医院，市民只需要入院时出示身份证，激活系统，出院时凭身份证和发票就可以马上报销。"一个报销只需要几分钟，信息系统解决了我们很大的问题。我们这个点只有 6 名医生，应对 2.8 万人，如果用手抄，一天的病人资料需要一个星期才能抄完。"遂溪县遂城卫生院院长程迢说，"下一步的规划是将这个系统延伸到村卫生所，使居民报销更加便捷。"一体化信息化平台在降低政府行政成本的同时，也提升了公共服务水平。

商保参与：保障和服务兼得

引入商业保险是"湛江模式"受到外界广泛关注的亮点，即在湛江市政府部门主导下，保险公司参与到基本医疗和补充医疗管理服务中。为城乡居民基本医疗保险和补充医疗保险提供一体化管理和服务——通过建立"一体化咨询服务平台"，向全市居民提供基本医疗、补充医疗、健康管理、商业健康保险等政策咨询服务；通过建立"一体化支付结算平台"，实现病人诊疗费用结算信息在保险公司、社保部门和定点医院之间的共享，公开透明。有效解决了"并轨"后医保报销手续烦琐、医疗资源配置不均、政府管理成本增加等问题。

湛江市引入商业保险的初衷在于在"政府不增加投入，个人缴费标准不提高的条件下，提高参保人员的保障水平"。将原城乡居民基本医疗保险中个人缴费部分的85%继续用于基本医疗保险支出，其余的15%拿来购买大额补充医疗保险（商业保险），以实现保障水平的提高。将医保个人住院统筹基金两万元划为基准线，住院费用在两万元以内的由社保基金管理局住院统筹基金支付，超过住院统筹基金两万元的费用，由保险公司来支付。通过保险公司提供的大额补充保险，群众在不多出一分钱的情况下，得到了更大的保障。

在医保城乡一体化改革之前，湛江市与其他地方一样，社保经办机构负责全市职工医保、城镇居民医保、企业离退休干部医保，而新农合则由卫生部门办理，两者合并后，城乡居民医疗保险由该市人力资源和社会保障局统一管理。然而随之而来的问题就是管理难度和成本的加大，最明显的是当时城乡居民参保人数达到546万人，医保定点医院为182家，而社保基金管理局负责这一领域的管理人员编制只有27人。要对数百万参保人和近两百家定点医院进行有效管理，从编制数量看根本无法实现，此时引入商业保险的一项重要内容即"补充医疗管理服务"开始产生效能，商业保险发挥其自身的系统管理和庞大团队优势，自动担负起对医疗机构和参保人的监管职能，以减少不合理的诊疗行为，提高保险资金的使用效率，降低骗保风险。

将商业保险引入医改的"湛江模式"在争议三年后赢得肯定，鉴于"湛江模式"的高可行性，广东省新出台的《广东省城乡居民医疗保险引入市场机制扩大试点工作方案》已选定汕头、肇庆、清远、云浮四市试点，此后连年扩大。试点地区参保居民可报销的比例普遍达到70%以上，最高支付限额平均达到当地居民年可支配收入的6倍以上。但是，对于湛江来说，当各地都在学习并推广医改模式的时候，作为全国医改的开路者，湛江该考虑如何将医改模式深化。

积极探索：深化医改之路

广东省常务副省长徐少华强调，病有所医是每个公民的权益，是以人为本的体现，要从保障公民权益的角度看待医改；新医改要符合中低收入者占国民绝大多数的国情，在制度设计上要广覆盖、低价格、提供可选择的机制；解决群众"看病难、看病贵"问题贵在设身处地，要在湛江全市设立平价医院，大医院设平价诊室，社区医院设平价药包，真正做到大病不致贫、中病规范治、小病靠平价；医改是各种利益的博弈，政府既要对违法违规行为坚决打击，治理医疗和医药中的违法违规行为，又要加快建立兼顾各方面利益的公共卫生机制。

湛江市委认为，调研组一行在湛江医改工作走向深化、总结、提高的关键时刻，莅临湛江加温鼓劲，总结经验，为湛江下一步医改工作指明了方向。湛江上下正在探索医保"湛江模式"如何走向深化时，调研组的指导意见让大家吃了定心丸、打了强心针、找到了方向盘，也增强了进一步推进医改的信心。下一步，湛江市将深入学习贯彻落实调研组的建议和意见，学习全国各地先进经验，使"湛江模式"探索更深入、经验更完善、亮点更闪光，最终让百姓更满意。

强化重点：保大病促民生

　　针对"加大大病报销比例"的工作方向，湛江市委、市政府制定了新的战略部署，将"保大病，促民生"作为湛江医改模式深化工作的重点。湛江市委副书记、市长王中丙表示，政府各相关部门将推进全民医保，着力提高医疗保障水平；完善基础医疗卫生服务体系，大力提升基础服务能力；建立基本药物制度，推进基层医疗卫生机构综合改革；推进基本公共卫生服务逐步均等化，提高公共卫生服务能力和水平。此外，还需稳妥推进公立医院改革，以提高医疗体系的整体效率。

　　2012年，湛江市参加城乡居民医保人数为637万，医保覆盖率达到了98.7%，基本实现了人人享有医疗保障的目标。但是人民群众患大病报销部分高额医疗费用后个人负担仍比较重，因病致贫、因病返贫的问题依然存在。为进一步完善城乡居民医疗保障制度，健全多层次医疗保障体系，有效提高重特大疾病保障水平，2012年湛江市采取政府主导、商业保险机构承保的方式实施大病医疗补助保险。

　　建立大病医疗保险的目的在于解决因病致贫、因病返贫问题。城乡居民大病医疗补助，是在基本医疗保障的基础上，对大病患者发生的高额医疗费用给予进一步保障的一项制度性安排，可进一步放大保障效用，是基本医疗保障制度的拓展和延伸，是对基本医疗保障的有益补充。实施大病医疗保险，是减轻人民群众大病医疗费用负担，解决因病致贫、因病返贫问题的迫切需要；是进一步体现互助共济，促进社会公平正义的重要举措。通过进一步提高医疗保障水平，构建和谐社会。

　　实施大病医疗补助保险坚持"保大病，促民生"的改革理念，切实缓解广大居民因病致贫、因病返贫的问题；坚持建立多层次医疗补助体系，充分发挥基本医疗保险、大病保险与重特大疾病医疗救助的协同互补作用。坚持从湛江实际出发，结合基本医疗保险政策和基金承受能力，保障从低水平起步，逐步提高保障能力。坚持政府主导、商保参与的运作模式，充分发挥大病医疗保险基金的最大效应。

以人为本：为百姓省更多

　　现在，湛江对于基本医疗保险住院待遇规定为：乡镇卫生院、一类、二类、三类起付标准分别为100元、100元、300元、500元；报销比例分别为80%、75%、65%、50%；年度最高报销限额：一档缴费30元的，年度累计最高报销 16 万元；二档缴费 60 元的，年度累计最高报销 18 万元。对于五保户、低保对象、丧失劳动能力的重度残疾人以及农村户籍 70 周岁以上的老人实行零起付标准，并增加 10% 的报销比例。

实施大病医疗补助的方法：2012 年按照参保人每人两元的筹资标准，从结余的医保基金中划出建立大病医疗补助基金，根据筹资标准确定大病医疗补助起付标准和补助支付比例。大病医疗补助由商业保险承保，对于大病医疗补助的起付标准和相应报销比例也有明确的规定。大病医疗补助的起付标准，是从基本医疗保险报销到 5 万元开始，以后发生的医疗费用即可进入大病医疗补助。例如：参保人在湛江市二类医院（县人民医院）住院，目前基本医疗报销比例为 65%，按报销 65% 计算，达到 5 万元时，其个人自付 35% 的部分为 2.7 万元，也就是在二类医院，年度内住院报销达到 5 万元或个人自付 2.7 万元以后就可享受大病医疗补助待遇。

大病医疗补助报销比例：基本医疗个人自费部分可以报销 50%，超过基本医疗限额部分报销 70%。当基本医疗报销到 5 万元以上 16 万元以下时，相应个人自费部分由大病医疗补助 50%。如参保人在二类医院住院个人自付 35%，大病补助对自付的 35% 再报销 50%，即个人只付 17.5%。对超过基本医疗年度最高报销限额 16 万元（二档 18 万元）部分，在没有建立大病医疗补助前全部由个人负担，实施大病医疗补助保险后，对超过基本医疗保险年度最高报销限额 16 万元（二档 18 万元）部分，符合医保政策的住院费用再给予报销 70%，加上基本医疗保险，全年累计报销 25 万元（二档 30 万元），大大减轻了大病患者的经济负担。

湛江市通过建立大病医疗补助制度，大大减轻了恶性肿瘤、尿毒症、器官移植等大病参保居民的负担，促进了社会的和谐和稳定。值得一提的是，湛江市还有一项重大举措，就是大病医疗补助虽然是从 2012 年 8 月 1 日开始运作，但其参保人的待遇可以从 2012 年 1 月 1 日起算。也就是说，在 8 月 1 日前，应享受大病医疗补助待遇的参保人，都可凭住院有关资料到社保经办机构补报。

（载于《中国改革报》，2012 年 10 月 22 日第 11 版《"湛江模式"——统筹城乡医改的有益探索》）

韶关：广东"香格里拉"的绿色转型

作为广东省的北大门，韶关曾是重要的重工业基地和原材料产地。然而，随着铁矿、铜矿、煤炭等矿产资源的逐步枯竭，大量企业关停，导致经济发展受阻，韶关也因此被称为广东的"东北现象"。

改革开放以来，珠三角诸多城市获得跨越式发展，而粤北韶关是经济欠发达地区，广东省强大的经济实力掩盖了韶关市经济发展水平的落后。而另一方面，虽然紧邻湘赣，却不能享受中部地区的优惠政策，韶关一度处境尴尬。

韶关的出路在哪里，如何让这颗粤北明珠再度闪耀光芒？韶关审时度势选择了绿色转型。

——题记

2012 年 6 月，韶关市委十一届三次全会报告提出，只有加快绿色转型，大力发展绿色经济，才能有效突破资源环境瓶颈制约，在经济社会长远发展中占据主动和有利位置。绿色转型成为韶关振兴发展的必然路径。

如今，以"百项工程兴韶关"为绿色转型活动载体，以"再造一个新韶关"为目标，韶关的发展开启了新征程。

全盘谋划破题绿色转型

思路决定出路，而思路的形成源于对现状的思考和对未来的谋划。

韶关是广东省老工业基地，但在经济发展的大潮流下，韶关发展步子不快，质量不高。在资源日益枯竭的严峻形势下，在经济发展与环境保护的双层选择下，韶关必须谋求转变。

同时，韶关又是山区城市，拥有丰富的生态资源。作为国家环境保护部确定的全国第一批六个生态文明建设试点地区之一和广东省三个生态发展区之一，广东省对这块珠江三角洲绿色屏障的经济社会发展寄予厚望。"要守住广东的'香格里拉'。"这是时任广东省委书记汪洋 2012 年 3 月在韶关市调研时提出的殷切期望。

如何既重振老工业基地的昔日雄风，又持续发挥生态发展区的作用？对此，韶关市审时度势，在广东省加快转型升级的重大机遇下，提出走绿色发展之路。

2012 年 6 月，在韶关市委十一届三次全会上，"加快绿色转型，实现振兴发展"成为大会的主题，并在全市范围内开展"百项工程兴韶关"活动，力争用 3 ~ 5 年时间，完成 10 大类共 106 个对全市经济社会发展有重大促进作用的重点项目。

时任韶关市委书记郑振涛表示："绿色转型，振兴发展。既是立足韶关实际，也是紧跟当前发展形势的内在要求，只有加快绿色转型，大力发展绿色经济，才能有效突破资源环境瓶颈制约，在经济社会长远发展中占据主动和有利位置。"

由此，绿色转型成为韶关调整经济结构，转变发展方式的重要抓手。

据时任韶关市发展和改革局局长胡书臣介绍，绿色转型的内涵是以传统产业升级改造为支撑，以发展绿色新兴产业为导向，在保持经济稳定增长的同时，促进技术创新，创造就业机会，降低经济社会发展对资源能源的消耗及对生态环境的负面影响。

当前，为抢占绿色发展先机，加快绿色转型，一系列举措也在韶关陆续推出。

第一是传统优势企业实现绿色转型，重点针对韶钢、韶冶、大宝山矿等一批老工矿企业。

第二是新引进的企业要实现绿色转型。比如对产业转移园的企业提高环保门槛，对于一些高污染的企业，拒之门外。对环境容量允许，环保方面符合要求的加快引进。如近年来，南雄精细化工产业园在招商中"坚守生态许可度"的底线，对高污染、高消耗企业筑起"防火墙"，实现产业结构向低污染、低消耗、高附加值转变，成为韶关市绿色转型的成功案例。

第三是发展幸福导向型产业。韶关是中国优秀旅游城市，旅游资源、文化资源丰富，运用这些优势进行旅游、生态休闲产业的开发。

第四是实现生活方式的绿色转型。如韶关正在全市规划自行车道，在全社会提倡低碳生活和绿色消费。

第五是要通过大力发展教育和科技来培养适应绿色转型的一大批优秀人才，从而为加快绿色转型，实现振兴发展提供人才保障。

如今，"绿色转型"战略的部署获得了社会各界的极大认同，在短短的几个月时间里，绿色转型重要载体"百项工程兴韶关"号角吹响，芙蓉新村、南水水库供水工程、机械制造、韶冶环保搬迁项目等多个重点领域项目迅速推进，韶关市领导个个肩负重任，亲赴一线抓落实，活动蓬勃发展令人振奋。

胡书臣表示，绿色转型是结合韶关山区实际推动科学发展的一种选择，走绿色转型之路也将成为韶关这颗粤北明珠崛起的重要指向标，对韶关未来科学发展的意义重大。能否实现绿色转型，对韶关经济社会发展具有至关重要的作用。

"百项工程"助推绿色发展

2012年8月中旬，韶关市浈江区莞韶产业转移工业园内33个项目集中奠基开工，一批企业集中投产。

2012年9月中旬，韶关市武江区蝶峦酒店暨蝶翠轩项目开工奠基。之后，中国气雾剂行业龙头企业、大型国家高新技术企业广东莱雅化工有限公司韶关项目也纷纷落户。

2012年10月中旬，韶关乐昌市33个项目签约，百亿元投资助推产业集聚。

作为加快绿色转型、实现振兴发展的必然选择，"百项工程兴韶关"活动正成为韶关加快发展的重要引擎，众多项目纷纷投产，实现了良好开局。

郑振涛指出，韶关既是广东的老工业基地，又是广东的生态发展区，生态资源是韶关可持续发展的后劲，开展"百项工程兴韶关"活动，有利于开发绿色资源，形成生态型产业体系，实现特色资源产业化、生态建设系统化，推动绿色资源向发展优势转化。"百项工程"不仅注重经济发展项目建设，而且把发展民生事业摆在突出位置。规划建设一批民生事业项目，有利于构建促进人的全面发展的社会生态和文化生态，促进发展的公平性、有序性和普惠性，提升人民群众的幸福指数。

据介绍，"百项工程兴韶关"是经过一段时间思考、集思广益形成的，一共包括10大类106项。其中前两类，造林绿化和治污保洁等方面有19项，经济建设方面列了17项，包括重大项目和产业转移及农业、旅游的项目。韶关力争在3~5年内建成这些项目，实现"三年初见成效，五年大见成效"的目标。

纵观"百项工程"，实实在在的内容让人怦然心动。

造林绿化工程：生态景观林带建设、乡土珍贵树种和林业产业、自然遗产地保护、绿道网建设、城市公园建设、社区公园绿地建设等项目，将大大提高城市绿化覆盖率，改善人居生态环境。

节能减排和治污保洁工程：重金属污染治理、韶冶环保搬迁、乡村"清洁美"工程、环境监控网络建设等项目，可积极防范环境风险事故，确保生态环境安全。

振兴工业工程：比亚迪、铸锻、液压油缸、东阳光、新丰越堡水泥和稀土开发以及东莞（韶关）、东莞大岭山（南雄）等产业转移工业园建设，将形成特色鲜明、优势突出、布局合理的工业发展格局。

现代农业和扶贫开发工程：农业产业基地建设、农业龙头企业建设、扶贫开发工程等项目，将促进农业组织化经营、规模化生产、产业化发展，改善贫困村的生产生活条件，实现脱贫奔康。

旅游景区及配套工程："大丹霞、大南华、大南岭"建设，星级酒店建设，各县（市、区）旅游景区、景点的开发，将把韶关建成国内一流、国际知名的世界级山水观光和生态休闲旅游胜地，实现从旅游资源大市向旅游经济强市转变的目标。

基础设施建设工程：以"六高四铁两站两航"为骨架，以国省道和县乡道为经络的综合交通网，将把韶关建成连接南北、贯通东西的国家级交通枢纽城市。

"三旧"改造工程：金色江湾、百年东街、万紫千红等项目，以点带面，带动一大批"三旧"改造项目，将极大拓展城乡建设空间，改善城乡面貌。

城市建设工程：包含新城区农户安置、市行政中心建设等项目的芙蓉新城开发建设，将优化城市空间布局，提高城市品位。

民生保障工程：南水水库供水、农村饮用水安全、教育创强、医疗卫生服务体系、原曲仁矿棚户区改造等项目，将提高财政对民生事业的支出比例，构建起典型的民生财政。

人才培育和引进工程：大力培养和引进高层次人才、高技能人才和紧缺人才，为经济社会发展提供持续的人才保证和智力支持。

随着众多项目的落地和开工，一个个现代化厂区拔地而起，一排排大型起重机启动运转，"百项工程兴韶关"活动在开局之年势头良好。

笔者在韶关市南雄市采访中了解到，该市作为一个山区县级市，正是紧紧抓住珠三角发达地区产业转移的大趋势，确定全力打造精细化工特色产业园的发展思路，立足于精细化工产业，围绕精细化工产业链，抓住产业集聚这个关键，举全市之力进行专项突破，主攻精细化工产业招商，在环境友好、资源节约等方面显现旺盛的生命力和竞争力，呈现出环保式、循环型和集群化的发展态势，经济效益和社会效益日趋明显，为韶关市加快绿色转型、实施"百项工程兴韶关"写下了浓墨重彩的一笔。

南雄振兴工业的经验是韶关绿色转型的一个缩影。同时，"百项工程兴韶关"活动中，交通基础设施建设正在有条不紊地进行，韶赣铁路、广乐高速公路在紧锣密鼓的建设当中，大广高速、湘深高速、昆汕高速及国省道、北江航道改造等项目都在加紧进行前期工作；以"大丹霞、大南华、大南岭"为龙头的旅游产业被置于优先发展的地位。此外，南水水库供水工程、原曲仁矿棚户区改造等民生项目已经被纳入实施的快车道。

百项工程完成日，韶关发生巨变时。韶关市委认为，"百项工程"普遍反映较好，当前从书记、市长到所有的党政班子成员，甚至发动人大、政协资历比较深的领导来共同领衔，每人分五个项目左右，一个一个分开去抓。这样部门的积极性也调动了起来，通过集中精力、财力、物力去推进与累积，可以预见韶关未来在经济、文化、社会以及生态文明等方面将发生巨大变化。

致力打造粤北中心城市

"差距就是潜力，转型就是机遇。"韶关市执政者将忧患意识转换成发展的动力，特别是利用广东省推动区域协调发展，山区生态发展和支持粤东西北地级市城区扩容提质、聚集发展、率先崛起的部署，主动寻找资源优势和发展机遇的对接点，走一条通过绿色转型，建设生态文明，实现跨越发展的山区科学发展之路。而"绿色转型，振兴发展"为韶关崛起描绘出了一幅美丽而宏伟的蓝图。

事实上，在过去的五年，韶关在经济、政治、文化、社会、生态文明和党的建设各个领域都取得了丰硕成果。

在经济方面，韶关经济综合实力持续增强。2011年全市生产总值814亿元，人均生产总值2.8万元，分别比2006年增长76.6%和77.5%，五年平均增长12%和13.4%；地方财政一般预算收入52.2亿元，年均增长18%；"双转移"工作连续三年获得全省"双优"。县域经济增长提速，主要经济指标增速均高于全市平均水平。2012年第一季度，韶关实现生产总值175.3亿元，增长6.8%。

同时，韶关城乡建设成效显著。老城区改造顺利进行，芙蓉新城建设有序推进，城镇化进程加快。武广高铁、韶赣高速公路建成通车，韶赣铁路和广乐高速公路建设进程加快，区域交通枢纽初步形成。湾头水利枢纽工程竣工运行，乐昌峡水利枢纽主体工程顺利完工，城乡水利防灾减灾工程体系基本建立。

在生态建设方面，韶关森林覆盖率达到71.5%，90%以上的乡镇实施了乡村"清洁美"工程，绿色生态体系初步建立。

此外，韶关的社会文明程度不断提升，人民幸福指数也明显提高。2011 年，城镇居民人均可支配收入 16 085 元、农民人均纯收入 7 260 元，五年平均分别增长 10.9% 和 12.8%；与此同时，扶贫开发"双到"工作成绩显著，已有 87.9% 的贫困户、89.6% 的贫困人口实现稳定脱贫，2012 年可实现全部脱贫；社会治安综合治理深入推进，"三打两建"工作扎实开展，人民群众安全感明显增强。

在"绿色转型"观念的引领下，未来的韶关将展现怎样的面貌？笔者了解到，广东省对韶关市的发展定位之一是建设成为粤北区域中心城市。肩负这一重任，对基础比较薄弱的韶关来说，未来五年的发展显得尤为重要。

郑振涛表示，韶关将坚定不移地走生态文明发展道路，积极实施"绿色发展、工业强市、文化名城、人才优先、城乡统筹"五大战略，加快建设粤北区域中心城市。而且，韶关自身优势比较明显，在天然生态资源方面，韶关森林覆盖率 71.5%，是全国第一批六个生态文明建设试点地区之一和广东省三个生态发展区之一；在交通网络方面，武广高铁开通拉动韶关融入广州一小时经济生活圈，而且韶关正在打造高速公路网络；产业优势方面，韶关除了一大批矿产资源丰富的资源型企业外，这几年通过产业转移园，全市的玩具、汽车零部件的加工产业已经奠定一个很好的基础；韶关也具有基础条件的优势，现在的城市建成区面积接近 80 平方公里，城市人口达到 80 万。芙蓉新城规划面积是 50 平方公里，根据初步估算，韶关未来城区的人口将达到 100 万 ~ 120 万，城区面积也将增至 120 平方公里以上。此外，南华寺、世界自然遗产丹霞山等，也构成韶关丰富的文化资源。

郑振涛认为，当前和今后一个时期，是韶关大有可为的重要战略机遇期。韶关将紧紧抓住生态发展、区域协调等战略实施机遇，充分发挥生态优势，努力实现富民和强市的统一、经济社会发展和生态文明建设的统一，为全面建成小康社会、建设富裕和谐秀美韶关打下更为坚实的基础，在韶关 1.8 万平方公里的土地上，开创经济与生态"一色"、发展与保护"齐飞"的未来。

（载于《中国改革报》，2012 年 12 月 10 日第 11 版《生态韶关实践绿色转型》）

阳江："靠海吃海"发展蓝色经济

　　阳江市以加快转变海洋经济发展方式为主线，以提高海洋综合开发水平为主攻方向，以蓝色经济引领阳江未来发展，努力打造临港工业基地、滨海休闲旅游度假胜地、现代渔业基地、滨海清洁能源基地、海洋文化产业基地、海洋科技产业聚集区，全面建设广东海洋经济综合试验区的先行区、海洋生态示范区，推动阳江进入新一轮发展快车道。

——题记

　　"阳江的优势在海，潜力在海，希望也在海。"在全力推动经济转型升级过程中，阳江市委认为，阳江市只有充分发挥自身的海洋优势，加快推进海洋经济强市建设，才能实现跨越式发展。

　　据了解，2011 年，《广东海洋经济综合试验区发展规划》通过国务院批准正式上升为国家战略，阳江被确定为广东省海洋综合开发试点市。为此，阳江市抓住机遇，大力实施发展海洋经济的各项举措，临港工业发展突飞猛进，滨海旅游业不断升级，海洋渔业持续深耕，使全市在加快发展中转变方式，形成新的发展优势，走出了一条快马追赶的独特发展之路。

　　2012 年 7 月 23 日，阳江市委六届三次全会提出建设海洋经济强市的战略部署，到 2015 年，阳江市海洋经济生产总值超 500 亿元，初步建成海洋经济强市；到 2020 年，全市海洋经济生产总值力争比 2015 年翻一番，达到 1 000 亿元，全面建成海洋经济强市，主要海洋产业核心竞争力明显增强，各类海洋功能区环境质量保持优良水平，现代化海洋综合管理体系基本形成，成为广东海洋经济综合试验区的重点市。

临港工业迅速崛起

　　2012 年 5 月，随着广东省第十一次党代会胜利召开，"湛茂阳"临港经济圈横空出世，对粤西腾飞和推进全省区域协调发展意义重大。"湛茂阳"临港经济圈着重突出了"临港"二字，阳江港是国家一类对外开放口岸，属深水良港，腹地广阔、平坦，发展临港工业得天独厚。2008 年，阳江、广州两市携手在阳江港腹地以阳江港东岸作业区为依托，规划了40平方公里的高新区港口工业园重点发展临港工业。目前，该工业园引进了嘉吉粮油、广青镍合金、阳江世纪青山镍合金、华润水泥（阳江）300万吨粉磨站、明阳风电设备加工等一批大项目，待这些项目全部建成投产，园区工业总产值可达1 000亿元。以阳江港为前沿、高新区为腹地的临港工业基地正在崛起，成为阳江市经济发展新的增长极。

阳江港东岸作业区的临港工业发展如火如荼，而与它相距仅2.9公里、隔海相望的阳西县溪头镇丰头岛一带也并不寂寞，广东阳江海洋经济特色产业基地前期建设方兴未艾。该基地已被纳入省海洋功能区划和省重点预备项目，总规划面积3万亩，重点引进船舶制造、海洋工程装备、风电设备、石油化工、新材料及其他先进制造业项目。基地建成后，预计年工业产值将达到1 000亿元以上，工业税收40亿元；服务业增加值约50亿元，税收10亿元。基地采取"边建设、边招商"的策略，引进了投资18亿元的弘信海洋工程、投资12亿元的现代服务业集聚区、投资12亿元的阳艺重工港机、投资10亿元的微软IT培训和服务外包、投资15亿元的现代物流中心五大项目。

高新区港口工业园和广东阳江海洋经济特色产业基地建设齐头并进，使环海陵湾的临港工业逐渐形成两翼齐飞之势。阳江市建设海洋经济强市的战略部署中，集约发展临港工业被摆在最突出的位置，未来阳江市将统筹海陵湾宜港岸线规划开发，按照与周边港口错位发展的理念，大力推进港口开发，加快建设海陵湾、吉树港区、丰头港区"一湾两港"交通设施，构筑以阳江港为中心的综合交通运输体系。并依托海陵湾和阳江港，重点推进高新区港口片区和阳江（阳西）海洋特色产业园建设，着力引进海洋装备制造、海上风电制造、海洋生物医药、海洋食品加工和港口运输等相关产业的大企业大项目，把环海陵湾打造成为全市重要经济增长极。

现代渔业蓬勃发展

"建设海洋经济强市是阳江加快经济转型升级的重大举措，而优化发展现代海洋渔业则是其强大支撑。"时任阳江市海洋与渔业局副局长林再介绍，海洋渔业是阳江最具区域特色和优势的产业之一，近年来，阳江以"两个率先（即推动阳江现代渔业建设率先走在全省乃至全国前列，广大渔民在阳江农村率先步入宽裕型小康生活）"为目标，使渔业工作和经济指标走在全省乃至全国前列，获得"中国南海渔都""中国蚝都"等称号。

持续推进现代渔业发展，阳江渔业经济近年来稳步增长。据悉，2011年阳江全市水产品总产量104.7万吨，产值103.63亿元，分别比上年增长4.3%和14.5%，水产品产量居全省第二位，是广东省仅有的两个水产品产量超百万吨的地级市之一，渔民年均纯收入11 665元，是农民的1.5倍。

阳江的海洋捕捞业生产也处在广东省领先水平。2011年阳江全市海洋捕捞产量为36.14万吨，占全省的24.81%，居全省第一。全市共有海洋捕捞渔船4 700艘，功率36.3万千瓦，分别占全省的10.65%和18.18%，其中60匹马力以上的渔船有1 639艘，功率33.54万千瓦，分别占全省的16.66%和21.56%，拖、围、刺、钓作业渔船齐全。拥有钢质捕捞渔船366艘，功率10.6万千瓦，是全省拥有钢质渔船最多的地级市。玻璃钢渔船2 313艘，功率28 956.7千瓦，发展速度处于全省前列。远洋渔业发展取得新突破，广东中洋远洋渔业有限公司投资约1亿元建造的6艘功率为720千瓦的远洋性金枪鱼延绳钓渔船已建造完工，将陆续进行试航和设备安装；广东中鼎海洋渔业有限公司发展远洋渔业、开展木质渔船改钢质渔船试点项目，目前已完成远洋渔业基地选址工作，项目进展顺利。

近年来，阳江水产养殖业向健康化、标准化、基地化方向发展，建成了一批以对虾、海水优质鱼、近江牡蛎（蚝）、罗非鱼等品种为主的海水养殖基地以及国家级标准化健康养殖示范基地。2011年4月，阳西益晖水产养殖股份有限公司在青州岛海域建设首批3组12口深水网箱，并于当年投苗生产；同年12月，阳江市海纳水产有限公司在南鹏列岛海域建设阳江市深水网箱产业园区，建设规模为750组共3 000口大型抗风浪深水网箱，首期25组100口深水网箱于2012年5月份建成并投苗生产；2012年3月，阳江万事达海洋食品有限公司和美国夏威夷海洋研究所成功签署南美白对虾亲本核心技术转让合作备忘录，将结束该市长期依赖进口南美白对虾原种历史。2011年全市海水养殖面积达2.44万公顷，产量58.35万吨。

当前，阳江已成为广东重要的水产品加工和出口基地，有国家级农业龙头企业1家、省级6家、市级6家；2家水产加工企业获得欧盟注册、6家获得美国注册、4家获得俄罗斯注册、1家获得韩国注册；2011年出口量为7.98万吨，出口货值5.17亿美元，分别比上年增长2.8%和9.5%，水产品出口货值排在全省第2位，2012年上半年全市出口水产品4.12万吨，货值2.55亿美元，同比增长32.9%和44.2%。

另外，在阳江市渔业经济发展中，渔港建设成效显著。拥有闸坡、东平、沙扒、溪头、河北、对岸和江城7个渔港，其中闸坡、东平渔港是国家级中心渔港，沙扒渔港是国家一级渔港，是全国拥有国家级渔港最多的地级市之一，闸坡渔港还是全省首个通过验收的国家级中心渔港，并被评为首批全国文明渔港。目前，闸坡、东平、沙扒已形成以渔港为依托，以渔业、休闲旅游、水产品加工等产业为主的渔港经济区。

滨海旅游业不断升级

推动滨海旅游业不断升级，是阳江市建设海洋经济强市重要的一环。

2012 年"十一"黄金周，阳江海陵岛旅游市场十分火爆。9 月 30 日至 10 月 7 日，共接待国内外游客 42.4 万人次，旅游总收入 2.53 亿元，分别比 2011 年同期增长 95% 和 90%，刷新了该旅游区历年"十一"黄金周旅游接待人数和旅游收入的最高纪录。

2011 年获评首批"国家级海洋公园"的海陵岛，是阳江市滨海旅游业快速发展的一个缩影。据阳江市旅游和外事侨务局局长马洪藻介绍，阳江市滨海旅游资源丰富，景区（点）集中、品位高、品牌响，主要景区（点）有海陵岛的大角湾、广东海上丝绸之路博物馆、十里银滩、东平珍珠湾、沙扒月亮湾旅游度假区，其中尤以海陵岛的滨海旅游资源为佳，区内拥有我国首批国家海洋公园、国家 AAAA 级旅游景区——大角湾景区、闸坡国家中心渔港、广东海上丝绸之路博物馆，还有被载入吉尼斯世界纪录的 7.4 公里长的十里银滩。

近年来，阳江市委、市政府以海陵岛为龙头，大力发展滨海旅游业。目前海陵岛在建重点旅游项目 30 个，拟建项目 15 个，总投资超过 500 亿元，成功引进了一批国内外知名企业参与旅游开发。《广东省滨海旅游发展规划（2011—2020 年)》中，阳江市的重点滨海旅游项目居首位，共有 6 个，总投资达 209 亿元。2011 年全市共实现滨海旅游总收入 48.7 亿元，比上年增长 46.68%。

未来如何提升滨海旅游业的发展，阳江市委提出，将组织国际、国内一流旅游规划专家对海陵岛旅游发展作出专项规划，努力将其建成国际休闲旅游度假胜地，并将建设完善十里银滩旅游区等重点滨海旅游景区，推动大角湾旅游景区按国家 AAAAA 级景区标准改造升级，加快打造一批精品景区。

（载于《中国改革报》，2012 年 10 月 29 日第 11 版《阳江发展蓝色经济　推动经济转型升级》）

中山：审批制度改革"一马当先"

多年来，广东省中山市践行"敢为天下先"的改革精神，不断深化行政审批制度改革。他们积极创新行政审批方式，率先于2004年实现审批方式信息化，全面取消市级设定的行政审批事项。获得了企业和群众的广泛赞誉，同时也得到了国家和省有关部门的高度认可。

——题记

2012年10月19日上午，广东省网上办事大厅正式开通运行，标志着"8小时政府"正式变为"全天候政府"。这是广东省委、省政府顺应信息化大趋势，推动电子政务发展作出的重大工作部署。对于建设服务型政府，建设国际化营商环境，完善公共服务等方面都有着十分重要的意义。广东省网上办事大厅中山市分厅（以下简称中山分厅）可谓网上政务的先行者，其"一网式"审批平台早在2004年就已经开通，利用信息化手段实现了行政审批、政务公开、资源共享、咨询投诉、效能监察、行政执法等公共管理和公共服务职能的有机整合。先后获评广东省电子政务示范工程和广东省科技进步三等奖。

实施五轮行政审批制度改革

"中山能够取得今天的成绩，是依靠改革开放，开放推动改革，推动创新"，在传达贯彻广东省第十一次党代会精神的大会上，时任中山市委书记薛晓峰称，中山要推动政府职能转变。"我们先后实施了五轮行政审批制度改革，审批事项减幅近七成。依法开展审批事项清理、深化简政强镇事权改革、实行行政审批动态管理。"薛晓峰说。

中山市自1999年开始，平均两年开展一次全市范围的行政审批事项清理工作，先后进行了五轮行政审批制度改革，率先全面取消市级设定的审批事项。到目前为止，中山市除保留中央和省设定的349项行政审批事项外，市设定的审批项目已经全部取消。

在清理审批事项的同时，不断创新审批方式，于2004年开通了"一网式"行政审批平台，将保留的行政审批事项实行网上审批；8年来，已经完成40个部门共586个审批流程网上办理，实现52个部门办事指南网上公开，日办理审批事项1 000多宗，累计办结近180万宗，市民总体满意度高达80%。

"一网式"行政审批平台也正是现在覆盖全市的中山分厅，集政务公开、网上审批、咨询投诉、行政执法、行政复议、数据共享、协同办公、电子监察八大功能于一体。经过不断完善，目前中山分厅已经形成"一个平台、两个门户、三化推进、四个结合"的综合载体。即在中山分厅的统一平台上，开设网上审批和电子监察两个门户；推进审批事项规范化、审批流程标准化、电子监察制度化；实现审批制度改革与转变政府职能、优化机关作风、电子政务建设、源头防治腐败四个方面的有机结合。

中山分厅已经成为政府部门政务公开、办理审批、沟通市民、接受行政监督和纳言献策的综合性服务平台。行政审批信息化有力地推动了中山市电子政务工作的开展，提高了政府行政效能，拉近了政府和群众的距离，提升了政府的公信力。

网上审批规范政府行为

中山市始终推进的"一网式"行政审批工作，在源头治理腐败、审批程序规范化、行政效率提升、行政成本降低、发展环境改善五大方面取得了显著成效。

行政审批改革削减了审批项目，实现了项目网上审批，从制度上构建了预防腐败的防火墙，配合实施电子监察手段，对行政权力运行全面规范；切断了审批和腐败之间藕断丝连的关系，从源头上遏制了权力寻租和审批腐败行为的发生，为中山市迈向廉洁政府作出了重大贡献。

中山市以建设服务型政府为目标，将标准化管理和服务型政府相结合，在推行行政审批信息化的同时，通过标准化再造行政审批和服务业务流程，将行政审批的事项、条件、程序、时限、行为、质量、监督等实现标准化。所有审批环节都按照高效便民的原则重新规范设定，所有办事指南都通过大众传媒统一向社会公布；明确操作流程，做到有章可循，大大制约了审批的自由裁量权，确保审批阳光操作，体现了社会公平。

随着行政审批流程的不断优化，审批环节逐步精简，有效缩短了审批时间，大幅提升了行政服务的效率。中山以跨部门业务协同为切入点，建成了重点项目协同办公系统，通过审批流程的优化重组，将各部门相对独立的审批事项整合成一个可并联审批的新流程，实现"联合审批、流程通畅、服务高效、有效监督"。

各审批环节能充分实现资源共享，冲破了传统审批模式中审批条件互为前置、相互牵制的束缚，有效地解决了行政审批制度中的"审批"与"服务"、"保留"与"调整"、"前置审批"与"后续监督"的矛盾。这不但是中山市行政制度的又一次"革命"，而且是社会管理和公共服务方式的一项创新。现在中山市的一般行政审批事项时间由原来的 17 个工作日压缩到了两个工作日；政府投资类项目由原来的 350 个工作日缩短为 98 个工作日；社会类投资由原来的 230 个工作日缩短为 81 个工作日。

降低行政成本和改善发展环境，行政审批改革也是功不可没。网上审批打破了时间、空间的局限，审批工作人员和申请人无论何时、何地都能通过互联网进入中山分厅办公和提交申请；同时中山市通过取消 384 项行政收费，大大降低了企业和群众办事成本，减轻了社会负担，节约了行政成本。

八项新举措处处体现创新

为加快政府职能转变，建设成为服务型政府，中山市又制订了《中山市创新审批方式改革试点实施方案（2010—2012 年）》和任务分解方案，就创新审批方式、审批服务模式、审批流程、审批标准化体系、审批管理机制、审批资源共享模式、审批监督机制和审批管理人才培育方式八个方面采取一系列新举措。

目前，中山市已经完成第五轮行政审批事项清理，全市行政审批事项由原来的 1 404 项锐减到 349 项，共取消行政审批事项 1 055 项，减幅达 75% 以上。薛晓峰指出，下一阶段中山要有自我革命的勇气，作为政府和部门要革自己的命，坚决打破利益格局，加快政府职能转变，推动简政强镇事权改革，减少压缩审批环节，把部分管理事项下放到镇区，推动管理重心的下移。出台的全市简政强镇下放事项目录，通过直接授权、委托放权和内部调整放权等方式，下放行政管理事项及权限 172 项；下放审批权限的事项占当前行政审批事项总数的 31%。还制定了行政执法自由裁量的量化标准，将 31 个部门共 2 600 项行政处罚事项细化为行政处罚裁量 7 800 个档次。

为了实现行政审批再提速，中山市继续优化行政审批流程。在梳理并联审批流程方面，相继出台了《中山市重大建设项目协同办公系统审批优化方案》和《中山市重大建设项目绿色通道实施方案》，通过理顺业务关系、优化行政审批流程、合并行政审批环节，大幅压缩审批时间。

完善行政审批标准化体系，可以进一步规范行政审批行为。为此中山分厅引入了《国民经济行业分类》标准，进行行业数据统计归类，并按申请条件、所需材料、审批流程、审批时限等 10 个分类，实现全部办事指南网上公开。网上行政审批事项还采用审批事项编号、受理号、流水号、证件号、档案号、咨询号"六号合一"，极大地方便了申请人的业务办理。

健全行政审批制度，是建立行政审批管理长效机制的基础。中山市按照行政隶属关系、审批权限，规范了《中山市第五轮行政审批事项调整目录》的划分标准，完善了行政审批目录动态调整制度。制定了中山分厅政企联席会议制度、数据共享管理办法、电子监察预警纠错暂行办法等制度和管理文件，进一步健全行政管理制度。还有一项重要举措，就是初步制定行政审批制度改革考核指标体系和专项考核办法，并将考核结果纳入市机关作风建设考核指标体系。

创新行政审批资源共享模式，在很大程度上提升了政府公共服务水平。例如，出台的中山分厅系统数据共享管理目录，提高了部门间数据交换的效率和应用水平。市公安系统也通过"服务措施一网办"工程整合了出入境、治安、交警、网警、消防、边防等警种全部对外审批业务，向市民提供"一站式"网上服务事项 138 项。还积极建立政企、政民互动机制，通过中山分厅与市政企系统的资源共享和互联互通，实现政企互动；通过整合 12345 行业服务热线，实现政民互动。

在加大行政审批监督力度方面，中山市采取的重点措施是完善政务综合电子监察系统，扩大电子监察功能，累计已完成对全市 180 多万宗在线审批事件，近 10 万宗在线咨询投诉事件进行实时监察。同时推进土地出让网上竞价、电子化采购和电子评标等信息化管理工作，探索电子监察向财政预算、联合审批、行政处罚、自由裁量权等领域延伸，实现省、市、镇、区多级联网综合监察。依托中山分厅设立网上申请行政复议、行政执法投诉窗口，完善投诉监督网络。

在行政审批管理人才培养方式上，也是处处体现创新。采取了"请进来"和"走出去"的方式，组织多期领导干部高级研修班，实现与政校互动的产学研人才培训机制；与市委党校合作开展公务员初任培训、知识更新培训、职务晋升培训；定期对中山分厅的系统管理员、审批工作人员、电子监察员进行培训，范围覆盖 53 个已上网部门；大力开展"创新审批方式改革（行动学习法）培训班"，为行政审批方式改革引入"头脑风暴"和改革创新方法学。

探索"六化三最"新模式

中山市的五轮行政体制改革，既是对行政审批事项进行削减、梳理、规范、取消和调整的平台管理过程，也是对变革政府管理模式、转变政府职能进行大胆探索和实践，不断深化思想认识的过程。五轮改革坚持以有利于审批效率从低效向高效转变、有利于政府职能从经济建设向公共服务型转变、有利于促使部门利益向全局利益转变为标准，已经逐步建立起行政审批事项动态管理的长效机制，这也意味着行政体制改革需要不断深化和创新。

按照省政府的统一部署，中山市 2012 年全面启动新一轮行政审批改革，进一步清理和压减审批事项，下放和转移一批行政审批事项；大力向社会组织转移职能，将社会组织能够"接得住、管得好"的事项逐步转移出去；加快培育社会组织，扩大政府购买服务范围，推动政府由养人办事向购买服务转变；加快完善网上办事大厅建设；把深化行政审批制度改革与加强社会管理创新有机结合，推行"属地一窗收发、信息共享互认、一网流转审批、部门高效协同、全程监督存档"的运作方式，做到效率最快、成本最低、服务最全面。

行政审批事项工作的重点会放在改事前准入审批为事中、事后监管。凡是可以采用事中、事后监管和间接管理方式的，尽量少搞甚至不搞前置审批。特别是投资领域，只要不涉及国家安全、整体布局和影响资源环境的项目，项目投资立项一律改为备案制，进一步优化投资环境。

下放和转移一批行政审批方面，按照现场执法和社会服务管理职能管理下移、关口前移的原则，加大行政审批事项下放力度，明确责任，加强放开事权的管理，充分发挥镇区政府就近管理、便民服务的作用，并且大力向社会组织转移职能，切实将社会组织能够"接得住、管得好"的事项逐步转移出去。加大社会组织的培育力度，扩大政府购买服务的范围，推动政府由养人办事向购买服务转变。

对于加快完善网上办事大厅建设，会把深化行政审批制度改革与加强社会管理创新有机结合起来，按照"属地一窗收发、信息共享互认、一网流转审批、部门高效协同、全程监督存档"的运作模式，通过行政审批方式的系统化创新，探索实现全市行政审批服务体系化、办事窗口人性化、行政服务标准化、审批执法协同化、审批流程无纸化、事项管理法制化，建立效率最快、成本最低、服务最全面的"六化三最"新模式。

（载于《中国改革报》，2012 年 10 月 29 日第 9、11 版《网上政务改革的探路者——广东中山市深化行政审批改革纪实》）

广东地税：探索实践绩效管理 力行政府职能改革

党的十八届三中全会审议通过的《中共中央关于全面深化改革若干重大问题的决定》强调："严格绩效管理，突出责任落实，确保权责一致。"这表明推行政府绩效管理，是我国新时期全面深化改革的重要一环。如何通过开展绩效管理提升政府效能、释放改革红利，从而提高政府的执行力和公信力，广东省地方税务局积极探索，打造组织与个人联动的绩效考评机制，构建完善省、市、县、分局四级联动的绩效管理信息化平台，在实现行政管理科学化上形成特色经验。

——题记

自我改革破解管理难题

在佛山市禅城区地方税务局办税服务大厅，工作人员张珏云以工作速度快、工作效率高、错误率低著称。2014 年，该厅办税服务窗口人均全年业务量为 11 000 笔，而张珏云高达 30 000 笔；窗口业务量的人均贡献率为 1.8%，而她却达到 5.1%，相差近 3 倍。

张珏云的脱颖而出，源于该服务大厅依托"智能评价系统"和"绩效评价系统"开展的全员量化考评，这一考评方式是广东地税系统实施绩效管理三年来的重要举措。

扎根于广东这片敢为人先、先行先试的改革热土，2011 年，广东省地方税务系统就开始以试点的方式摸索绩效管理工作，通过绩效计划和考评指标的制定、细化、分解、落实、总结，形成了管理的闭环，促进组织绩效和个人绩效的双重提升。2014 年 1 月，被国家税务总局选定为绩效管理省级局试点单位后，广东省地方税务局全面总结完善了近三年绩效管理工作的实践经验和不足，在全省地税系统逐步构建起一套部门绩效承接单位绩效、个人绩效担当部门绩效、组织绩效挂钩个人绩效的"三位一体"绩效管理体系，从管理理念上探索出一条转变机关作风、提升行政效能的可行之路。

政府部门实施绩效管理，是一道公认的管理学难题。在旧有管理模式和传统观念的束缚下，广东省地税系统进行的这场"触及灵魂、伤筋动骨"式的自我改革和创新，有着鲜明的特点。

科学考评提升机关效能

"要解决为官不为的问题，提升政府机关的效能，必须在考评管理上注入强劲动力。"时任广东省地方税务局党组书记、局长王南健指出，建立一套科学的考评指标体系，是广东省地税系统三年来推行绩效管理的根基。

据了解，为明确各个岗位的工作任务及标准，广东省地方税务局机关全面梳理了部门和岗位职责，建立起 70 份部门职责说明书和 402 份岗位职责说明书。在此基础上，制定科学可行的组织绩效计划和考评指标，对于个人考评指标，还要求集体讨论、审议确定。省局机关编制《部门绩效计划暨绩效考评指标表》22 份，部门绩效考评指标 496 个；《岗位人员绩效计划暨绩效考评指标表》286 份，个人绩效考评指标 2 279 个。此外，通过参考《国家公务员通用能力标准框架》，省局机关对处级干部的激励示范、沟通协调等 8 种能力，科级干部的文字表达、有效执行等 8 种能力分别构建成长模型，形成岗位人员能力成长历史分析记录，以此作为提升干部职工岗位匹配度的数据基础。

全新的绩效管理考评指标体系，对部门和个人的岗位职责进行了再界定，有效解决了因职责交叉、标准不清、任务归口不当而造成的推诿扯皮等问题；对同一时间段的工作情况记录进行比较，避免了"干多干少、干好干坏一个样"的问题；而对组织目标和个人发展的深度融合，从根本上纠正了"完成任务就是为领导贴金"的错误认识。通过对工作完成数量、完成质效、难度系数和改革创新方面的科学考评，达到奖勤罚懒、奖优罚劣的目的。

2014 年 10 月 31 日，广东地税绩效管理平台在全省地税系统全面上线运行，依托该系统点对点推送待办任务，全程跟踪留痕，实现绩效管理自动考评、自动预警、自动取数和自动反馈，实现省、市、县、分局四级整体联动。同时，个别地区结合实际开发了本地化的绩效平台辅助软件，绩效考评的可行性和科学性大大提升。在全省一盘棋的绩效管理信息系统中，通过系统自动流转完成的考评工作超过 90%，自动取数比例超过50%。如省局机关将公文超期情况纳入自动取数考评后，公文超期办理率从 2014 年 1 月的 10.93% 下降到 7 月的 1.63%，上半年仅为 4.6%，比 2013 年同期下降近 5 成。

公正公开接受全员监督

公正公开是绩效管理的核心价值，广东省地方税务局通过公开公示绩效计划、考评标准和程序、绩效考评结果，将各个岗位人员做什么、怎么做、做得怎么样，都置于全体人员的监督之下，促使绩效管理公信力不断提升。比如在绩效计划公开上，要求下级贯彻落实上级决策部署必须明确量化目标和具体措施；上级分配下达全局目标任务，必须在听取下级意见基础上合理确定，通过采取自下而上和自上而下相结合的方式，健全完善绩效计划形成机制。各部门制订的本部门绩效计划必须经由评审会审定，并由绩效办对其推进部署情况进行点评打分。绩效计划确定并公开后，一般不再更改。在考评标准和程序公开方面，将绩效管理的考评标准、考评细则、方法程序以及各个环节的流程规范在内网公开，并通过条块结合的方式进行全员培训。对于绩效实施过程，各部门须按月撰写绩效落实和问题分析情况报告，经审核后在内网公开，接受全体人员监督。

从试点到推广，广东地税绩效管理改革的晕轮效应逐渐显现。通过单位、部门和岗位人员的绩效成绩排名公示，各部门和全体干部职工提升工作绩效的紧迫感出来了，形成了绩效管理和日常工作相互促进、共生共赢的良性循环。

佛山禅城区地税局纳税人前台办理时间缩短一半，惠州大亚湾区地税局"企业申报率""按期核定率""登记率"不断提升，茂名高州市地税局根据工作记录进行多维度评价形成主动做事风气，广州从化地税在绩效考评中有效解决税收预测准确率不高的问题，使成绩由全市倒数跃居第一……诸多的个案犹如处处火种，已经在广东地税整个系统形成了提质增效的燎原之势。

2014 年 6 月份开始，国家税务总局将广东省地方税务局自主开发的绩效管理平台向各省税务系统推广。在全国税务系统绩效管理工作全面试行的动员部署会上，王南健在作经验介绍时指出，打造部门与个人联动的绩效考评机制，实现组织与个人高契合度的绩效文化，以及构建省、市、县、分局四级联动的绩效管理信息化平台，正是广东地税在探索绩效管理上得出的宝贵经验。如今，作为广东省政府和国家税务总局开展绩效管理工作的"双料"试点单位，广东地税顺应政府管理改革大势，以改革者的勇气和智慧，实现了绩效管理对业务、流程、人员的"横向到边、纵向到底"全覆盖，成为我国全面深化改革在政府绩效管理上的探路者之一。

行政改革只有进行时，绩效管理永远在路上。广东省地方税务局绩效管理正按照"顶层设计、分类指导、注重过程、持续改进"的理念，在总结过去经验成果的基础上，吸收借鉴国内外的成功做法，不断建立健全以"全系统绩效岗责体系、绩效指标标准化体系、分类分级绩效考评体系和绩效管理信息平台"为框架的绩效管理模式，持续激发出干部队伍的内生活力，为政府行政改革添砖加瓦。

（载于《中国改革报》，2015年1月5日第1、2版）

广东省地税系统全面推行绩效管理纪实

绩效管理，一个在政府部门行政体制改革深入推进背景下逐渐进入公众视野的名词，正在管理实践中不断升华，为根治"为政不为""形式主义""人浮于事"等旧有痼疾，形成一股推动政府作风转变、实现行政效能提升的正能量。

当前，推进政府绩效管理工作，既是党中央、国务院的战略部署，也是建设创新型、法治型、廉洁型、服务型政府的大势所趋。作为广东省政府和国家税务总局的双重试点单位，2011年，绩效管理在广东省地方税务局率先发轫。通过历时三年的全力梳理岗责系统、构建绩效考评指标体系、搭建绩效管理信息平台，2014年，广东省地税系统全面推行绩效管理，并开始外输"强化机关效能建设，提升行政执行力"的先行经验。为此，本报记者走进广东地税系统，深入剖析其全面推行绩效管理的实践过程，以期对其他地方开展效能建设有所借鉴。

——题记

三年来，从局部试点到全面推行，广东省地税系统先行先试，深入推进绩效管理，逐步实现纵向到底、横向到边的全覆盖。绩效管理作为推进税收管理科学化、提升队伍执行力的有力抓手，有效解决了之前"干多干少一个样""为政不为"等问题，实现了政府职能转变和效能提升，巩固提高了政府部门的公信力和执行力，为其他部门开展绩效管理提供了可资借鉴的经验。

政府创新　绩效管理：让广东地税破茧成蝶

2014 年 10 月 31 日，广东地税绩效管理平台在广东各县（区）地税系统全面上线。依托这一平台，地税系统实现了部门和岗位人员绩效目标确定、计划编制、过程管理、绩效沟通、绩效考评、绩效改进等绩效管理全链条的信息化管理。这意味着，以"提升行政效能，实现队伍管理科学化"为导向的绩效管理在广东地税系统全面推行。

"绩效管理已经成为推进政府管理创新、提高政府执行力的大潮流、大趋势，也是关系到整个地税队伍的长治久安，如果我们还不开动绩效管理这个'机器'，我们势必落后于时代要求。"时任广东省地方税务局党组书记、局长王南健曾在一次绩效管理动员会上如此强调开展绩效管理工作的紧迫性。

三年前，基于实施管理科学化行动的要求和转变传统管理方式的迫切需要，绩效管理被广东省地方税务局纳入工作重心，由此开启了从试点到扩面再到全面推广完善的一条管理突围之路。

改革有时是摸着石头过河，但在实践中需要具有立足全局、放眼长远的前瞻性思维。为了使绩效管理切实有效推行，广东省地方税务局及早成立了绩效管理工作领导小组及其办公室。绩效办工作人员广泛深入调查研究、多方听取意见、反复进行讨论，四易其稿，形成了《广东省地方税务局系统绩效管理办法》《广东省地方税务局机关绩效管理办法》和《广东省地方税务局机关岗位人员绩效管理办法》3 个办法及 2 个实施细则的制度体系，明确了全省地税系统绩效管理工作的方式、范围和要求。通过倒排工作进度表、责任落实到岗到人的方式，广东地税强化绩效指标制定和绩效管理平台开发"两手抓"，在较短时间内成功构建了绩效管理的内容架构和运行平台。

"在最初试点之时，无用论、折腾论等错误观点影响了一些干部同志的积极性。"广东省地方税务局绩效管理工作相关负责人称，为消除错误认识，省局一边开展试点，一边进行宣传培训，凝聚了绩效管理观念共识，及时总结提炼了一些好经验，深入剖析了部分典型案例寻找不足。务实的工作作风和问题导向的工作思路，找准了绩效管理试点工作的着力点和切入点。

2011 年 10 月，广东省地方税务局选取省局机关 3 个内设机构、1 个地市局、25 个县（区）局共 29 个单位因地制宜开展绩效管理探索试点。2012 年，成为广东省政府推行绩效管理的试点单位。2013 年，在总结 29 个试点单位经验后，试点范围扩大到广州、茂名两市地税系统和省局机关各处室。2014 年 1 月，以国家税务总局在广东地税开展绩效管理试点为契机，广东地税总结完善前期工作，在全省地税系统全面推行绩效管理。

经过三年的有益探索，广东地税在先行先试中逐步积累了丰富的实践经验，通过构建绩效考评指标体系，建设绩效管理信息平台，以制定、分解、跟踪、落实、反馈绩效计划和考评指标的方式，有效实现了目标管理和过程管理的有机结合，为全国税务系统甚至是全国政府部门绩效管理工作探索出了一些可供借鉴的经验和做法。

明晰岗责　量化指标：让"为政"更加有为

"自从实施绩效管理后，局里对每个人所涉及的岗位职责重新进行了梳理，各个部门和个人的工作都被纳入了绩效考评指标，以前是工作找我，现在是我找工作，形成了主动作为的机关作风。"谢蕾所在的珠海市地税局保税区分局综合股，是个典型的"小机关"，业务繁杂、事务琐碎、职责交叉，故而以前推诿扯皮的现象时有发生。在绩效管理试点过程中，该分局依据岗位特点，将全年各项工作任务分解细化，科学合理制定绩效管理指标，让每个人都拥有一只装有明确任务、清晰职责的绩效"桶"。谢蕾说："现在我们综合股 12 个人完成绩效'桶'中的工作已经成为一种行为自觉。"

当前，"为政不为""为政慢为"等现象，已成为社会关注的焦点，备受广大人民群众诟病。然而，如何对症施治，从根源上杜绝这一现象？

有效实施绩效管理，明晰岗责是前提。在三年的绩效管理试点推广中，广东省地税局机关率先开展岗责梳理，将全局工作职责和年度工作目标任务细分到机关 22 个处室和 402 个岗位；抒顺履职业务流程，制定明确工作标准；深入排查风险点，完善防控措施；依据岗位人员能力要求，促进岗能匹配。而各市、县（区）局也以此为参照，将责任分解细化，重新修订岗责体系。目前，广东省地税系统已经建立起一套面向全员、分级分类、统一规范的岗责体系。

科学实施绩效管理，指标体系是核心。在考评指标的设计中，广东省地方税务局按照"全员参与、充分沟通、专项评估、党组审定"的方式，经过层层分解，形成单位考部门、部门考个人、上级考下级的指标体系。其中，省局部门指标 496 个，包括承接总局指标、省局重点工作和部门工作职能三方面内容；个人指标 2 279 个，包括承接的总局指标、省局重点工作、部门职能和岗位职责四方面内容；对市局考评指标 87 个，包括承接的总局指标、省局重点工作两方面内容。在实现业务、单位、人员全覆盖的同时，做到部门与个人绩效指标一体联动、谐频共振。在"三覆盖一联动"下，全省地税构建起覆盖 25 000 多名干部职工的指标体系。

绩效管理的有效实施通过压力传导机制使得广大干部有了自我加压和自我改进的动力，延伸到各个层级、各个岗位。从全省地税系统看，干部职工责任意识和工作执行力显著增强，工作效率不断提升、工作质量精益求精。从省局机关各处室的角度来看，通过组织绩效和个人绩效成绩挂钩的方式，各处室干部职工纷纷立足本位、相互补位、消除错位、杜绝越位，积极通过"AB 角""1 + N"等方式确保相关工作措施及时有效落实到位，实现了从"各人自扫门前雪"到"众人拾柴火焰高"的关键跨越。

正向激励　负面鞭策：让干部职工健康成长

钟健茂是 2008 年 9 月进入茂名市地方税务局高州税务分局的，他通过努力很快成为单位业务骨干，工作能力也得到了领导和同事的肯定。但是，在 2009 年传统的征管考评中，钟健茂仅获 75 分，全局最低，极大地打击了他的工作积极性。考评结果显示，高分层次人员基本是不承担具体工作或只承担简单工作的同志，而业务骨干得分则普遍偏低，这使得考评结果一定程度上受到质疑。

2012 年，高州税务分局开始实施绩效管理。新的绩效考评结果是根据其工作业绩、工作质量、工作效率的综合评估加上部门干部职工的评价得出的。钟健茂获得 20% 的分数奖励，被评定为一级能级；再结合其业务创新、获得省市级奖励等加分因素，他以 127.82 分的成绩在普通干部职工中取得第一名。此后，在绩效管理的正向激励下，钟健茂的工作动力增强了，陆续获得省、市局岗位能手等荣誉称号。水不激不跃，人不激不奋。正确科学的方法能够有效改善人的行为，充分发掘人力资源的潜力，钟健茂在事业上的跨越，就是一个活生生的例子。

以往的管理考评模式，正向激励机制不足、负向淘汰机制缺失，导致分配平均主义、评先评优轮流坐庄、干部使用论资排辈等弊端难以消除。为突破传统管理模式的桎梏，广东省地方税务局把绩效考评结果与评先评优、干部选拔任用、问责问效等有机结合起来，让绩效管理与干部的切身利益和个人发展深度结合，全面发挥绩效管理的正负双向激励作用，形成奖勤罚懒、奖优罚劣的稳定预期。

据广东省地方税务局负责人称，绩效管理在实施上非常强调让每个工作人员都能有更好的发展，使每个干部都能通过实现组织目标来更实在地实施个人职业规划，做到有奔头、有盼头、有干头。为此，广东省地方税务局建立起了以干部职工职业生涯发展为导向，组织目标与个人发展相互依托、相互促进的绩效体系。部门绩效成绩等于部门主要负责人成绩，其他个人成绩与所在部门成绩按系数形成正相关；个人工作绩效扣分的同时，对部门分管领导、主要负责人以及部门成绩一并扣分；同时，对部门绩效扣分时亦会对相关个人连带扣分。

组织目标和个人发展的耦合，同时也营造了有利于内聚力形成的团队氛围。如今，广东地税还有针对性地设置部门团队氛围指标，每半年进行一次测评，以促进组织重视个人诉求、关切个人成长；同时，设置个人的团队协助指标，定期测评个人参与团队协作情况，促进个人对组织的责任担当。

在绩效管理考评指标中，广东省地方税务局还设置了完成数量、难度系数、改革创新三项指标。在完成数量方面，对按要求落实的，按项次加分，不设上限；对未落实的每项次按 5 倍分数扣分，不设下限，从而解决"干多干少一个样"的问题。在难度系数方面，根据工作难易确定 1.0、1.2 和 1.5 三档系数，加分由完成数量和难度系数计算得出；扣分则按 3~5 倍分值计算，不设下限，从而解决"干好干坏一个样"的问题。在改革创新方面，获得创新奖励的，按 80% 和 20% 的比例分别对主办和协办部门、个人加分，鼓励合作创新。

为有效满足个人发展预期，广东省地方税务局和部分地税部门还分别建立了处级和科级干部成长模型，形成个人能力成长历史分析记录，及时发现个人能力素质的优势和不足，并有针对性地设置教育培训指标，及时提升干部素质，促进合理规划职业生涯发展。"实施绩效管理前，领导安排什么干什么，很少思考完成本职工作需要哪些能力，实施绩效管理后，根据能力素质模型，促使每位干部职工了解领导、同事对自身的能力评价，并以此为标准主动提升岗位工作能力。"横琴新区地方税务局政策法规科唐隽对此深有感触。

优化职能　转变作风：让人民群众受益

效果怎么样，群众说了算。在这场以绩效管理为载体的政府管理创新中，广东省地税系统的税收工作和服务作风"润物无声"地发生着变化。绩效考评不但在内部激发了干劲、提升了效率、考出了优劣，而且整体提高了税收工作水平，全面提升了纳税人的服务满意度。

"以前取个号排队都要半个小时，等轮到了因为资料不齐全又得跑回公司拿，再来排队又是半个小时，没想到现在几分钟就可以搞定了。"在广州市南沙开发区开公司的陈先生给广州市南沙开发区地方税务局点了个"赞"。而这个"赞"跟南沙开发区地方税务局推行的绩效管理紧密相关。

2013年，南沙开发区地方税务局全面推行绩效管理工作。为明晰岗位职责，其新设立了"预受理岗"这一岗位，量身制定了7个考评指标，对每个指标的定义、标准、计分办法、考评周期、数据来源和取数口径等要素逐一明确，避免"形同虚设"。其中，"履行一次性告知义务情况"是"预受理岗"的关键指标之一，其考评标准要求"预受理岗"当场审核资料，以口头或书面形式一次性告知办理事项的手续、资料、程序和时限。通过纳税人满意度评价系统、争议发生率、"无效号"出现率和科长评议等口径取数评分。用数据说话，有效提高了工作自觉性，避免消极怠工、拖沓推诿等现象的发生，受到纳税人普遍赞赏。

南沙开发区地方税务局实施绩效管理后，平均取号时间从3分钟缩短为1分钟，平均等候时间从8分钟缩短为3分钟，办税效率明显提高，争议发生率显著降低，纳税人满意度明显上升。而这仅仅是整个广东省地税系统全面推行绩效管理后服务水平普遍提高的一个缩影。

推广绩效管理激发纳税服务措施亮点频出。2014年3月，国家税务总局启动"便民办税春风行动"。广东省地方税务局迅速行动，结合绩效管理，积极创新完善便民利民办税措施，累计推出便民措施1 276条。其中，商事登记"先办后审""四证联办"、为重点企业送票上门等举措深受好评。2013年8月以来，为了让国家扶持小微企业发展的优惠政策真正落到实处，广东省地方税务局还多措并举，全面开展小微企业税收优惠政策专项工作。其依托办税服务厅、12366热线、地税门户网站和主流媒体等媒介进行深入宣传，及时公布小微企业税收优惠政策，明确认定标准和办理程序，及时做好相关服务。截至目前，已累计扶持小微企业2.2万户；累计减免税收收入88亿元。

推广绩效管理对促进税费征管质效作用明显，2015年1—9月，全省地税系统税务登记信息完整率95.86%，比总局要求高出0.86百分点；按期申报率94.2%，同比提高0.6百分点；按期缴款率93.2%，提高1.7百分点。大力清理积案，查处涉税违法案件。1—9月，查补入库率达到96.5%，比总局要求高6.5百分点；结案率93.8%，同比增长5.3百分点；结案户数623起，比2014年同期增加76起，同比增长13.9%；查补税款38.44亿元，比2014年同期增加8.4亿元，同比增长27.77%。

此外，推广绩效管理也使得风险防控能力显著增强。广东省地税系统以绩效管理为抓手解决内控机制建设与业务工作"两张皮"的问题。一方面，通过梳理岗责体系消除管理盲点，累计建立个人内控档案 28 414 份，排查出风险点 45 796 个，制定防范措施 53 696 条，修订完善制度 4 009 项；另一方面，把排查出的风险点及对应防控措施嵌入绩效指标，做到全程监控。

【采访后记】
一场深刻的管理变革

党的十八大报告提出，"创新行政管理方式，提高政府公信力和执行力，推进政府绩效管理"。在我国全面深化改革的新时期，政府绩效管理正步入蓬勃发展的新阶段，为实现中国梦提供着强有力的管理支撑。

"指挥棒""度量衡""催化剂""安全阀"，这是广东地税在全面推行绩效管理中取得的一系列效能共识，其可以凭借指标衡量的公共服务将新常态下的政府职能落地生根。

改革创新的力量是巨大的。曾经，"干好工作不如拉好关系""机关工作就是当南郭先生""荣誉大家有份，问题无人负责"等错误的认知是一种心理常态。然而，广东地税三年来试点和全面推行绩效管理，逐渐打破旧常态，展现出风清气正、优质服务、充满活力的新风貌。可见，绩效管理是一场真正的变革，是对原有思维方式、评价体系、工作习惯的再调整。在这场变革中，需要有挑战旧思维的勇气，也需要有开拓新路子的智慧。对于先行者来说，要在实践中不断探索，更要善于在实践中发现问题、解决问题。

与英美等发达国家相比，我国的政府绩效管理改革和实践具有自身的特殊性。然而，科学确定绩效考评内容、严格组织绩效考评程序、有效运用绩效考评结果，其原理有着相同之处。只有不断提升绩效管理的科学性、可考性，不断强化结果运用，提高绩效管理的认同度，才能真正确保变革的持续和深化。实践证明，具有强大激励作用的绩效管理，才能真正激发参与者的认同感和参与度，才能最大限度地调动干部职工的积极性。面向未来，如何将绩效结果同全体干部职工的年度考核、选拔任用、轮岗交流和物质激励直接挂钩，在现有制度框架内大胆探索多元化的激励方式，用绩效管理结果来决定干部职工的"面子""票子""位子"，将是广东省地税系统面对的新挑战与新机遇。

试点，扩面，推广，形成经验，持续突破，深化认识……正是在永不停歇的先行先试、敢闯敢干中，广东省地方税务局摸索出了一条通往政府服务高效能的道路，而其"业务全覆盖、单位全覆盖、人员全覆盖，横向到边，纵向到底"的绩效管理体系，为广东的全面深化改革提供了值得大笔书写的宝贵经验。

（载于《中国改革报》，2015 年 1 月 5 日第 4 版）

解税收征管之"困"　释放改革"红利"
——广东省深化国税、地税征管体制改革样本解读

2015 年 10 月 13 日，中央全面深化改革领导小组第十七次会议审议通过《深化国税、地税征管体制改革方案》，并于 12 月 20 日公布，为我国税收管理领域拉开了既具重要现实意义，又有重大历史意义的改革大幕。在此次国税、地税征管体制改革实践中，广东省承接了全国最多的专项改革试点任务。经过将近一年的实践，从将改革的"蓝图"落地为"施工图"，再到试点改革任务完成结出成果，并形成经验，广东省国税、地税部门在改革攻坚过程中，彰显了敢为人先、率先垂范的广东改革精神。

——题记

勇担改革重任　诠释广东改革精神

深化国税、地税征管体制改革，建立现代税收征管体制，是深入贯彻落实党的十八大和十八届三中、四中、五中全会精神的重要内容，既是服务国家治理现代化的基本建设，又是顺应纳税人期盼的民心工程，更是推进税收事业科学发展的重大举措。中央制订《深化国税、地税征管体制改革方案》，内容涉及纳税服务、征税方式、国际税收合作等方方面面，是一项系统化的综合改革，国家税务总局在落实方案中对重点改革采取先试点后推广的方式，在全国选择 7 省（市）进行专项改革试点，而广东是试点之一。

广东省充分发挥改革"排头兵"作用，主动争取改革试点任务，最终

承担了建设电子税务局、共建办税服务厅、深化拓展银税互动、开展税收风险管理、提升大企业税收管理层级、开展税务稽查改革和深度参与国际税收合作7项专项改革试点任务，成为全国税务系统承接专项改革试点任务最多、最重的省份。

中央方案印发后，广东省国税局、地税局在省委、省政府的统一部署下，马上就办，迅速开展调研论证，着手草拟广东《实施方案》初稿并在全国首个上报国家税务总局审核，在贯彻落实上再现广东速度。国家税务总局对此予以充分肯定，并下发通知要求全国税务系统学习借鉴广东省以党委、政府名义制发落实中央改革文件的做法，将广东省《实施方案》稿作为各省落实中央方案的范本。

将中央的"蓝图"落地为广东的"施工图"，是广东方案的亮点。广东方案在涵盖了7项专项改革试点任务的同时，充分贯彻中央精神，结合广东地方实际，共明确了理顺征管职责划分、创新纳税服务机制、转变征收管理方式、深度参与国际合作、优化税务组织体系、构建税收共治格局6大类主要任务，并进一步细分为37项具体改革举措，涵盖税收征管的全过程、各环节，涉及税收工作方方面面，是一个全景式改革方案。

广东税务部门相关负责人称，这6大方面的改革任务相互关联、相辅相成。目标是到2018—2020年，建成符合中央精神、适应时代要求、富有广东特色的现代税收征管体制，在深化国税、地税征管体制改革中继续走在全国前列，使广东税收征管职责划分更加合理、地方税费统征机制更加健全、纳税人获得感更加丰富、税收征管工作更加高效、税收服务发展大局更加积极、税收国际化视野更加开阔、税费征管保障更加有力。

以全局观和系统性思维谋划推进改革，敢于啃下深化国税、地税征管体制改革中的每一根硬骨头。经过一段时间试点改革的落地实践，广东省逐渐形成领先优势，形成了改革样本和经验。据了解，按照预定目标，目前广东省承接的7项专项改革试点任务已在6月底全部如期顺利完成，其他各项改革任务正在稳步推进当中，将于2017年基本完成。

深化国地税合作　实现协同共治

深化国税、地税征管体制改革，首要在于以问题为导向，解征管之困，消纳税人之痛，通过深化国地税合作，各部门协同共治，从而提高政务服务效能。

在广东省佛山市顺德区政务服务中心，多个国地税联合办税窗口"开门迎客"，现场办税快，无排队等候现象，一个窗口就可以办完国税和地税业务，这得益于顺德"一门式"政务综合改革以及深化国地税合作的创新模式。

国地税合作，是深化国税、地税征管体系改革的"先手棋"。在广东的试点改革中，顺德是广东全功能国地税合作的9个县区示范之一，顺德区国税、地税将合作理念融入政府的"一门式"政务服务改革当中，通过在区一级建成"一门式"办税厅和"体验式"智·惠办税厅，建立了24小时联合自助办税厅，在10个镇街20个派出机构全面实现联合办税，打破了便民办税的"最后一公里"，使全区纳税人能够"进一家门、办百家事""上一张网、办百家事"。

据了解，当前广东全省已铺开国地税共建办税服务厅、互派干部和共驻政务中心等多种共建模式，统一265项国税地税业务清单、6项制度规范和2项应用系统标准，实现服务管理、服务文化、人力资源的统一整合，办税流程、涉税资料、应急机制、税收宣传一厅深度融合，让纳税人"进一家门、取一个号、办两家事"。精简涉税资料，试行无纸化、免填单服务形式。创新开发智能虚拟客服机器人 i－Tax、税务机器人等，推动服务智能转变。

截至2016年9月份，全省共有752个实体大厅实现国地税联合办税，占全部办税服务厅数量的90%。其中：共建办税服务厅243个，互设办税窗口的办税服务厅392个，国地税共同进驻政府政务大厅117个。

作为深化国税、地税征管体制改革的"主攻部队"，税务部门在推进改革的过程中，如何处理好多方面的利益关系，使多部门协同发力，是一场考验。对此，广东省国税、地税部门借助服务贯穿、信息共享、数据挖掘等手段，让各方都能够真正"动起来"，为构建税收共治格局提供了全新土壤。

以制发广东深化国税、地税征管体制改革实施方案为契机，广东省国税局、地税局推动全省各市县建立改革相应的领导体制机制，联合财政、住建等六部门形成合力，共同推进税收征管互助。在国税、地税信息共享的基础上，认真落实广东省涉税信息共享办法要求，加快实现涉税信息交换的规范化、信息化、常态化。2016年1—9月，联合采集了3.7亿条第三方涉税信息，国税、地税累计已共享151亿条涉税信息。

在重拳打击涉税违法活动方面，2016年5月12日，广东省公安厅派驻国税局、地税局联络机制办公室正式挂牌成立，标志着广东税警协作工作进入全新阶段。正是通过多部门联合制订失信企业协同监管和联合惩戒方案，对税收违法黑名单当事人共同实施严格监管和联合惩戒，挂牌成立税警合作办公室，税警联合打击涉税违法，形成政府部门协同联动、行业组织自律管理、信用服务机构积极参与、社会舆论广泛监督的共同治理格局。2016 年 1—9 月，共对 29 户税收"黑名单"企业实施多部门联合惩戒；税警联合查办了一批大要案件，联合查办案件 1 405 宗，其中联合查办骗税虚开案件 263 宗，涉案金额约 1 013 亿元，捣毁犯罪窝点 36 个，抓捕犯罪嫌疑人 163 人，挽回国家税款损失约 15 亿元。

针对中小微企业的融资难题，广东省税务机关与金融机构深度合作，推出"银税互动"行动，发挥纳税信用在社会信用中的基础性作用，解决企业融资难题。

"'银税互动'项目真好，凭借纳税信用就得到了真金白银，这笔资金在关键时刻为企业的发展注入了新的动力。"潮州市饶平县某水产养殖有限公司负责人林先生介绍，该公司此前在业务拓展中遇到了资金困难，借助"银税互动"项目成功获得 600 万元信用贷款，得以增加养殖品种、改造设备。2016 年前 8 个月，企业出口销售额达到 1.47 亿元，涨幅 42%，预计全年企业销售额有望突破 2 亿元。

国税、地税服务深度融合、执法适度整合、信息高度聚合，在最大限度地便利纳税人的同时，辐射推动了工商、税务、海关、质检、公安等多部门协同共治。

释放改革"红利"　增强纳税人获得感

深化国税、地税征管体制改革的成效，最终是要让广大纳税人有实实在在的获得感，在广东的实施方案当中，有关创新服务举措、方便纳税人办税的内容占了很大篇幅，使得便民利民的改革举措具有很高的"含金量"。而在改革的实践当中，纳税人的感受成了对改革成效的检验。

"以前要分别去国税、地税两个办税服务厅办理业务，两个办税服务厅距离较远，办起事来很费时间，自从广州南沙开发区国税、地税办税服务厅合二为一后，直接进一家门，办完两家事。你看，我刚才就在 6 号窗口成功办理了增值税纳税申报、票种核定申请、城建和教育费附加申报等国税、地税业务，国地税业务一窗通办实在是省时、省心、又省力呀。"广州市耀中电子有限公司负责人在广州南沙区联合办税厅连连称赞。

据南沙区国税局副局长黄嘉颖称，南沙开发区率先实现了辖区内所有办税服务厅国地税"全业务通办""一窗联办"，全区现有国税、地税业务全功能厅 6 个，共 78 个一窗通办窗口，纳税人办理业务不仅避免了"两边问，两边跑"，平均等候时间也缩短了 40% 以上。根据统计，广东全省可通办国地税业务的办税服务厅占全省国地税县级以上办税服务厅比例超过

90%，真正让纳税人获得了便利、高效的服务。

不仅仅是线下，如今办税的服务也在线上得到了体现。围绕"互联网＋政务服务"，利用云平台、大数据等先进技术，广东在全国率先打造国地税一体化、全功能的电子税务局——广东省电子税务局，并于2016年6月29日试点上线运行。这一系统通过重构国税、地税后台流程，整合全部832项涉税业务，全面实现网上办理。上线首月，全省就有168.52万户国税纳税人通过网络申报，占全部申报的90.6%。

在感受了电子税务局"一站式、全流程"的网上办税新体验后，佛山市祥和会计师事务所的会计员邓玲珠说："相比较以前的申报平台，广东省电子税务局的整体申报操作更加简便，而且可以更正申报，再也不用跑办税服务厅更正申报了。"广东省电子税务局的网上办税、移动办税功能预计将减少纳税人上门次数75%，减少纳税人纸质资料报送80%。

据广东税务部门相关负责人介绍，电子税务局在建设期间为全面推开营改增试点作出了积极贡献。面对营改增带来的业务量倍数式陡增，国地税一体化的电子税务局极大地减轻了国税部门的压力，纳税人办理涉税业务做到一次提交、两局共享、限时办结，畅享便捷高效安全的网上办税服务。

在这场改革中，纳税人成为真正的受益者，获得感大增。如通过推行税收规范化建设、办税事项全省通办、"一门式"服务、联合办税等，改变了以往办税"两头跑"、标准不够统一、环境不够优化等问题，极大地方便了纳税人，让纳税人和人民群众有更多的获得感。此次改革还取消了税务行政审批73项事项的67项，取消率达91.7%；全面简并纳税人申报缴税次数，全面减少纳税人申报缴税1 624万户次。

创新管理模式　助力供给侧改革

当前，深化财税体制改革已进入深水区，而如何转变征收管理方式，推进税收征管现代化，成为此次国税、地税征管体制改革的重要一环。广东省提出，要在2018—2020年，建成符合中央精神、适应时代要求、富有广东特色的现代税收征管体制。

按照"放管结合、风险可控"原则，广州税务部门在改革中创新推行了"先办理、后监管"的征管服务新方式，通过持续精简审批事项，全面提速办事效率，涉税事项绝大部分即时办结，目前即办率达93.6%；剩余56项按《征管法》规定必须审批的业务实行限时办结，限时办结业务平均耗时缩短了80%，极大地方便了纳税人，在"后监管"方面，成立数据应用管理中心，建立后续监管体系。同样，佛山市税务部门以征管方式的"智变"推动税收征管现代化的"质变"，通过管住审批的"手"，让后续管理多"跑腿"。

过去许多涉税事项主要依靠事前审批等传统管理模式，管理脱节，效率不高。如今，围绕事前审批向加强事中事后管理转变、无差别管理向分类分级管理转变、纳税人实行属地化管理向提升大企业税收管理层级转变等税收征管方式的转变，广东税务系统改革举措纷纷落地，改革成为新常态。

在税收风险控制上，广东税务系统推动了"属地管理、划片管户"向分级分类管理的转变，构建了税收风险监控管理中心，对纳税人按规模和行业进行分类管理，实时监控纳税人风险，对低风险的纳税人采取风险提示、对中等风险纳税人采取约谈评估、对高风险纳税人进行税务稽查，税收管理质效显著提升。在信息化、专业化管理手段的运营上，依托广东省电子税务局，建立了国税、地税部门互相委托代征机制，有效解决了以往同一税种国税、地税"两头管"、不统一的问题，切实规范了征收管理。

在推动大企业服务和管理方面，广东税务系统重构了省市级大企业管理岗责体系，将大企业风险管理、税源监控、税收经济分析、个性化服务等复杂涉税事项提升至省、市统筹实施。创新打造一系列"高、精、专"大企业个性化纳税服务产品，掀起"服务大企业需求、助推地方经济发展"的热潮。省级国地税共选共管 106 户集团、各市国地税选取 415 户大企业进行服务和管理。国地税共建大企业信息管理系统，制定大企业服务和管理制度，为大企业提供个性化纳税服务，基本形成了"省级统筹、国地协同、税企共治"的大企业税收服务与管理新模式。

正是通过现代化的税收征管新模式，不但使得税务组织体系更加优化，税收征收管理更加科学，而且为企业降成本、去产能、去库存提供支撑，助力供给侧结构性改革，有效抵抗了经济下行的压力，营造了更加公平、有序、高效的税收环境。

服务国家战略　护航企业"走出去"

深度参与国际税收合作，是广东承接国地税征管体制改革的一项重大试点改革工作，也是一块难啃的硬骨头。作为中国的"南大门"，广东已成为内地与"一带一路"沿线国家经贸合作量最大的地区，随着深入参与国际税收合作改革试点任务在广东的深入落地，深化国税、地税征管体制改革正为众多"走出去"企业带来发展新契机。

不少企业因不了解投资国税收政策，在境外投资经营遭遇不同程度的阻力。据广州税务部门介绍，某航空公司依据我国"一带一路"的国际化发展战略，在某国设立了分公司，但在实际经营过程中，遇到不公平税收待遇，涉及税款3 000万元，广州税务部门了解情况后，根据《税收协定相互协商程序实施办法》，积极辅导企业准备资料，逐级上报合理诉求，成功推动双边国家启动双边协商程序解决问题。近一年，广州税务部门服务这样的"出海"企业超过400家。

为服务"一带一路"倡议，护航总部企业"走出去"，实现深度参与国际税收合作，广东省国税局、地税局正积极推进改革试点，在政策层面加强宣讲和分析，更通过双边协商机制，以切实的行动为"走出去"粤企进行跨国涉税维权。

据了解，结合广东省情特点，广东省国税局、地税局在改革中聚焦国际税收管理，实现对全省1 468户"走出去"企业的动态监控和境外经营一户式档案管理，对"走出去"企业进行跟踪服务，在全省开展有针对性的系列专题讲座、培训等活动，有针对性地推动国别分析与投资指南。在广东省自贸区试点中国居民税收身份证明优先办理服务，出证时间比以往缩短50％。积极参与国际税收规则制定，向国家税务总局反映广东省"走出去"企业诉求，在加强重大跨境税源风险管理的同时，帮助"走出去"企业解决涉外税收问题，同时服务于广东自由贸易试验区发展，推出"自贸税易通"12项税收服务措施，优化纳税服务，简化办税流程，提速出口退税。

如今，通过落实我国与"一带一路"沿线国签署的税收协定中的双边磋商机制，启动了国家间双边协商程序，搭建了境外税务服务和管理平台，发布"走出去"和"一带一路"相关的税收政策和资讯，启动分国别（地区）的涉税风险预警机制，开通办税服务厅、12366热线的绿色通道和境外税务纠纷受理红色通道等举措，广东税务部门在改革中实现了维权、服务与合作的放大效应。正是凭着这种上下求索、主动改革的精神，才使得深化国税、地税征管体制的改革在广东开花结果。

（载于《中国改革报》，2016年10月28日第7版）

"微信办税"体现广东地税主动变革决心

2016 年 10 月 18 日，在由广东省直机关工委、省总工会、团省委、省妇联联合主办的"广东省直单位第四届工作技能大赛暨市县机关工作技能邀请赛"颁奖展示会上，广东地税微信办税项目从全省 849 个项目中脱颖而出，一举荣获该大赛"工作创新"类冠军。

"你们的微信办税确实是服务纳税人的好招、亮招，特别是把纳税人请出办税厅，这就是怎样用最简单的方式解决最有痛感的问题，用最方便的手段解决要来回跑的问题。"国家税务总局局长王军说道，"我要为你们点个赞！"

广东省委常委、常务副省长徐少华对该项目亦高度肯定并寄予厚望，2015 年 12 月，微信办税成为广东省"一门式""一网式"省长现场会主体报告项目，徐少华批示"微信办税促进税务征管的机制创新，既体现政府职能转变，更惠及广大纳税人。要优化移动办税模式，继续当好电子税务的排头兵"。腾讯总裁马化腾称赞："微信办税体现了广东地税主动变革和创新的决心！"

零距离：随时随地轻松办税

在生活中，有时候办税缴费真不是件容易的事情：广东地税有 4 200 万涉税个人，2 700 万社保缴费个人，税务的办税大厅在哪？怎么办理？排队太久怎么破？面对千万纳税人海量的办税缴费需求，有没有更便捷、贴心的办税缴费服务平台，让广大纳税人不再为办税缴费排长队、跑断腿、挠破头？

2015 年 8 月，广东省地税局率先在全国成功开发推广省级统一的"微信办税"平台，微信办税在征纳减负、服务加码、改革创新方面的众多效益日益凸显，例如缴纳车船税，1 分钟内即可完成。据统计，上线一年来，广东地税微信办税每 6 秒产生一个新用户，每秒钟有 28 位纳税人在使用，迄今用户超过 512 万，业务量超过 1 633 万笔，满足全省 4 200 万自然人纳税人和 370 万企业纳税人的全方位个性化需求。

微服务：提升互联网＋税务的契合度

"我过去好害怕跑税局，我要办理的事项其实好简单也好快，但就是等候的时间长，万一资料带不齐，还要多跑一次。"一位办理个人缴纳社保费业务的陈女士有着深刻的感受。

在个人日常工作、生活中，经常会遇到缴纳个人所得税、契税、车船税，开具完税证明，缴纳社保费等税费问题，很多业务都需要前往办税大厅办理。

当前正值广东地税响应税务总局号召深入开展"岗位大练兵、业务大比武"的时期，该局将练兵比武与纳税服务紧密结合，将提升干部队伍素质与增强纳税人获得感紧密结合，不断拓展服务新载体，积极打造"指尖上的微服务"，全省各级地税机关纷纷开通"触手可及"的掌上办税微信服务。

"这段时间来办税也知道了税局在搞练兵比武，"上市公司万孚生物的财务余芳霞小姐这样说，"感觉经过练兵比武，税局整个精神面貌不一样，办税快了，服务主动到位，而且新开通了微信办税平台，我可以减少挤办税厅了。要为他们点赞！"微信办税，成为有效解决纳税人排长队、跑断腿的"痛点""堵点""难点"，提高纳税人获得感、满意度和遵从度的一个创新途径。

微信办税产生的影响无疑是深远的。微信办税把广大纳税人成功"请出"办税服务厅，有效减轻纳税人负担，显著降低征纳成本，是税务机关助力改善营商环境的一项实惠举措。在广东省委宣传部"广东发布"微信公众号6项政务办事中，有5项是广东地税微信办税的功能；腾讯"微信城市服务"13项政务办事中，有4项由广东地税提供，在用户评分栏目中，微信办税以4.2分位列榜首，获得了政务服务最佳口碑。据统计，广东地税微信办税上线以来，累计减少纳税人上门千万次，减少纸质资料报送超千万张，减少征纳成本超10亿元。

在广东地税调研期间，国家税务总局局长王军语重心长地指出："我们服务好广大纳税人，最基本的一点就是要方便纳税人，一步一步地方便纳税人，越来越方便纳税人，不能跟这个时代脱节，如果与时代脱节，不仅会招致越来越多的批评，而且我们的各项工作会远远地落在后面。"

创体系：提升纳税人的获得感

"有了微信办税，不用再去排队，不用提供资料，系统自动有我的个税申报资料，只要绑定自己的银行卡，办税缴费一键成功，真是太轻松了！"某外资银行企业中层李经理对微信办税赞不绝口。

广东地税微信办税之所以能在众多政务微信中脱颖而出，获得党政领导、社会各界和广大纳税人的高度赞誉，与其建立健全五个体系建设，保障个人办税缴费"零距离""零跑动""零等待""零风险"，力争"规范化""便捷化""个性化"密切相关。

——创新打造网上实名办税体系。通过微信绑定的银行卡进行信息校验，绑定微信办税，进行实名办税，纳税人缴纳的税款当天缴入国库，充分保障用户的信息安全与资金安全，有效消除纳税人后顾之忧。目前，微信办税实名制用户高达 180 万。

——创新打造税收电子证照体系。有了微信办税，纳税人不用再为一张完税证明而跑断腿，不用再为了审核盖章而坐弯腰，就可以轻松开具和查验多项涉税电子证明、税票和凭证，还可下载并自行打印文书凭证，实现"我的证明我做主"，同时扫描电子凭证上的二维码，就可以马上对电子凭证信息辨别真伪，实现"我的凭证我验证"。微信办税电子证照使用效力得到房管、车管等多个部门认可。

——创新打造省级税务软件生态体系。首创省级集中微信办税，以全国税收征管规范为基础，统一业务标准、技术标准和数据标准，通过标准化实现全省高效办税，通过开放性实现各地特色办税，省局搭台、各地唱戏，从而形成了标准化与特色化的有机统一。同时各地可以共享数据和基础功能，不再重新开发，避免重复建设。

——创新打造税收数据增值体系。该局积极利用税收数据库采集的800 亿条涉税数据，进一步深挖有用信息，无偿、主动推送至纳税人，实现用户数据增值服务。对个人而言，实现了多处取得收入的归集，打开手机就能清楚自己的收入来源和收入数据。对企业管理者而言，企业的申报缴纳情况、信用情况、税务风险一目了然，有效帮助纳税人防控涉税风险，提升信用等级。同时微信办税还提供特定风险提示和税收政策推送等个性化服务。

——创新打造服务渠道开放共享体系。该局突破自有公众号传播局限，覆盖了更多的访问入口，不仅可以在"微信城市服务"、广东省网上办事大厅 APP、"广东发布"微信公众号等第三方平台找到，还可以在省市县各级地税微信服务号找到服务渠道，形成一张高度协同的服务网络。

可覆盖：提升微信办税的推广度

"广东地税微信办税具有业务标准、高质高效、成本可控的特点，目前我省已有 21 个地市接入，为全国'互联网＋税务'打造了可复制、易推广的蓝本，实现全国其他地区使用的'零开发'。"广东省地税局负责人介绍说，微信办税作为广东省地税局探索"互联网＋税务"的重要举措，由广东创造，但平台是开放的，全国 8 亿微信用户均可覆盖。

区别于实体办税，微信办税无须上门，无纸办税，从登记、申报到开具证明，纳税人全程无须提交纸质资料，极大降低了办税成本，同时，远程办税从 PC 端延伸至移动端，办税不再受时间、地域、场所限制。此外，还可以线上开具电子证照、线下配送实物，服务从线上模式走向 O2O 模式，纳税人无须再出行前往办税大厅排队，为数千万人节省时间，减少交通排放，践行绿色办税，促进低碳环保的社会建设，实现办税缴费"零排放"。

推广后，纳税人可以随时随地，远程办税。目前，广东地税推出了 6 大类、71 项实用微信办税缴费功能。不管是在家里还是出差路上，只需打开手机，动动手指，从申报、缴款到查询都可以轻松办理，无须亲自到办税服务大厅办理，实现纳税人"零等待"。

（载于《中国改革报》，2016 年 11 月 11 日第 7 版）

基层政府深化改革的"厚街样本"
——广东省东莞市厚街镇深化基层监管与服务体制改革解读

2016 年 5 月 9 日，中共中央政治局常委、国务院总理李克强在全国推进简政放权放管结合优化服务改革电视电话会议上指出，要紧紧扭住转变政府职能这个"牛鼻子"，简政放权、放管结合、优化服务三管齐下，中央和地方上下联动以全面深化改革。

"服"是目的、"放"是手段、"管"是前提。在简政放权、转变政府职能的新时期内，全面深化改革需要地方政府从自身实际出发，探寻顶层设计与基层创新双向联动的路径。

基于过去消防安全和社会治安等方面的压力，广东省东莞市厚街镇近年以基层实际问题为导向，主动细化落实上级各项"放管服"改革措施，创造性地循市场监管创新与平安城市建设路径展开了深化基层监管体制改革、推进政府公共服务供给侧改革的探索，在一定程度上形成了基层政府深化改革的"厚街样本"。

——题记

以社区网格化管理全面深化基层监管体制改革

在广东省东莞市厚街镇的珊美社区，这里的居民有一个明显的感受，近两年来，该社区没有发生一起出租屋重大安全责任事故、消防火灾事故或是重大刑事案件，一个治理有序、安全和谐的社区人文环境成了居民日常工作和生活的"新常态"。而在两年多前的 2013 年 11 月 20 日，该社区熊猫电脑店发生了一起 4 死 2 伤的重大火灾事故，事故的直接肇因是经营场所违法住人和电线老化，但也暴露了传统基层监管体系中监管空转、社区失序的结构性问题。

厚街镇是东莞市的重要工业大镇之一。辖区面积 126 平方公里，下辖24 个社区居委会，户籍人口 10 万，外来常住人口约 40 万，2015 年 GDP321 亿元，出口总额 92 亿美元，全国百强镇排名第 19 位。该镇家具和制鞋产业发达，产业结构整体上较为传统，人口密度大，辖区内工业园区与村社居民区混杂、现代与传统元素交织，出租屋和"三小"场所（小商铺、小作坊、小娱乐场所）密布并构成了巨量流动人口的主要生活场景。对政府的传统基层监管体系而言，这 22 000 多栋出租屋、30 000 多家"三小"场所在全镇 80 000 余个列管单元中的占比高达 70% 以上，漏管率高且事故频发，其监管压力之大已远超现有政府执法和社区管理资源配置及其治理能力的极限。

不改革，已无出路。

"厚街社情复杂，基层监管投入少队伍弱、社区任务过载负重难行，各类安全和管理隐患存患率高，其中出租屋和'三小'场所尤其是基层监管工作的重点和难点。"在厚街镇党委书记万卓培眼中，厚街镇的治理要从最棘手处着手。基于上述考量，2014 年 4 月，厚街镇以社区网格化管理为抓手、以公共安全管理体系创新为突破口，全面拉开了深化基层监管体制改革的序幕。

厚街镇将全镇划分为 23 个社区网格及 1 个园区网格，包含 101 个基础网格，每个基础网格配备两名以上的专职网格员，承担"信息员、服务员、安全员、巡查员、监管员、宣传员""六员"职责，先后将公安、消防、安监、新莞人（出租屋和流动人口服务管理部门）、工商、食药监、卫计、环保等部门的单部门业务网格整合，实现多网合一。

在社区层面，整合了社区新莞人服务管理站、劳动服务站、安全生产办、消防巡查服务队等机构及人员，搭建一支 412 人的网格员队伍，实行统一调度、统一管理、统一考核、统一培训、统一服装和统一装备，专职负责出租屋、"三小"场所、企业、专业市场、商住小区等列管对象的信息采集、安全隐患排查整治、商改后续监管和流动人口服务管理等综合性工作。

在工作机制方面，以面向对象的工作方法自下而上地实行大规模的跨部门业务流程再造，彻底梳理部门与社区的任务和信息交互，按不带清单不入格、不入清单不考核原则制定了入格事项清单，确立了标准化工作流程。同时，建立了联合执法的常态化机制，对社区管理平台上无法处理的问题隐患以社区警长为核心启动联合执法。在该机制支撑下，各社区对各类问题隐患的自我处置能力迅速提升，至 2016 年初，社区层面的自主除患率已逾 90%，全镇基层监管格局得以重置。

在信息化支撑方面，自 2014 年 4 月至今，厚街镇以合资方式累计投入 1 000 万元逐步建成了"互联网＋基层服务监管"综合信息支撑平台，其中包括信息资源中心、社区网格化地理信息、基础要素编码（社会信用代码）、信息采集、党建、社区综合业务管理和公共安全诚信档案管理等 1 个数据中心和 13 个管理子系统，同时培育了社区网格员巡查版、部门巡查版、督导版和共治网格巡检督导版、房东版"微物管"等"巡城马"系列手机 APP 产品，利用"互联网＋"连接一切的特性实现了基层综合治理力量的大聚集，使得全镇形成了能量充沛、监管有力、协同高效的政府、部门、社区、群众共治有机体，而数据的共享共融，也使得基层监管效能得以大幅跃升。

经过三年的实践，如今厚街镇已建立起"职责明确、管理精细、信息共享、移动监管、服务前移"的基层社区网格化管理体系，全镇"一张网"的协同工作体系得以建立并有效运转，部门与社区的职责边界清晰、信息资源互通共享，精细化管理模式被逐渐固化和沉淀。

"以基层问题为导向，以社区网格化为基础，以信息化为支撑，厚街镇在基层监管体制上的创新，是主动细化落实上级各项'放管服'改革措施，深化基层监管与服务体制改革的一次探索。"万卓培认为，从改革的现行效果来看，厚街镇在综管综治、多元共治、隐患整治、预防和打击犯罪以及政府公共服务前移方面取得了一些突破，在"放管服"的基层改革实践中从源头位置打通了部门间的"信息孤岛"，革新了多头和重复的扰民执法局面，提高了基层综合监管效能。

创新市场监管和政府公共服务模式

为延伸社区网格化管理的内涵和外延、实现政府公共服务和监管职能的下沉和前移，2015 年 9 月，厚街镇结合东莞市商事登记制度改革，将工商、食药监、卫计、环保等后续监管职能部门的业务整合入格。通过队伍复用、流程整合和数据共享，把商改及其后续协同监管工作的业务和信息链条延伸到了村社一级，实施了基层综合监管、政府公共服务与市场监管职能及其工作体系的深度融合。

商事登记（办照）是一切市场主体开展其经营活动的起点，同时也是基层监管和服务的源头。东莞是全国最早推行商改的城市之一，改革后所有涉及经营项目的审批一律从前置改为后置，"宽进严管"成为商改的核心，于此之时，后续监管的有效性实际上决定了前端放开的可行性。我国已经启动了商改工作的各城市，一般采用单独建设政府和社区协管队伍并以手工作业的方式开展工作，而厚街镇则融合了社区网格化与商改及其后续协同监管两个工作体系，复用一支队伍、共用一个信息平台并有效运用"源头治理"原理对市场主体实行全生命周期服务和管理，不仅节省了行政资源，也提高了监管效能。

各类市场主体开业前往往就是营业执照的办理、行政许可证的申领和场地装修阶段，此时社区网格员循商事登记口径和现场巡查获知信息后，通过前置介入方式实施政府公共服务和监管的前移，如辅导其在装修阶段预留消防逃生窗以避免日后对营业设施的破坏或衍生二次施工的诸多困扰，再如提醒和辅导市场主体申请其所需的各类行政许可证，提供相应的法律咨询服务等。与针对既成事实的、存量形态的各类安全和管理隐患展开强迫性整治措施相比，前置介入把政府的刚性监管转化为柔性服务，其群众的接受度较之前者要高得多，其实施效果自然也要好得多。在市场主体进入正常营业阶段后，又通过"互联网＋企业安全服务和监管"的信息黏合机制转入后续服务和监管，在政企（政社）信息共享的基础上推进业务耦合，从而为政企（政社）共治网格的建立及其体系性延展创造条件。

如今，厚街镇的社区网格员利用内装了"巡城马"APP 的工作手机深入社区现场巡查，将来自市商改信息支撑平台作业指令的"是否开门营业"等五类监管信息即时传送回该平台，修补了"屡清屡有"的小型经营主体的清无工作遗缺，做到了对市场主体的底数清、情况明，并极大地充实了工商大数据。从 2015 年 9 月 1 日至今，该镇共接收和推送社区后续监管任务 4 312 个，社区已监管反馈 4 199 个，反馈信息总量 6 225 条；发现未开门、无证经营等问题 2 818 个，涉及市场主体 1 215 户，已督促整改落实 474 户，移交部门跟踪处理 467 户。

2015 年，厚街镇新增市场主体 6 070 户，全镇企业及个体工商户增长 11.6%，企业户数历史上第一次突破 10 000 大关。市场主体注册登记量稳步上升的同时，各类安全和管理隐患的存患比却稳步下降，厚街镇因此获得了 2015 年度东莞市商改后续协同监管和"两建"两项工作考核全市第一名的荣誉。

厚街镇委副书记李惠勤表示，市场监管与政府基层服务监管体系合流之后，部门与社区之间、后台与一线之间第一次实现了实时的工作协同，节省了政府和社区自身行政耗费、提高了基层综合监管效能的同时，也改善了群众对于政府公共服务的内在体验。

以"互联网＋全民创安"深化政府公共服务供给侧改革

公共安全是社会治理领域第一位顺位的社会需求，是官心与民意的最大公约数，是越到社会底层越是渴望得到的一种强内生性的社会需求，其中，改善社会治安已连续 12 年位列东莞市十大民生工程之首。为此，厚街镇将建立城市公共安全管理体系作为深化政府公共服务供给侧改革的关键抓手和"先手棋"，全力推进简政放权、放管结合、优化服务综合改革，不断优化政府公共服务，提高服务效率、供给效能和群众需求黏度。

在厚街镇社区网格化管理中，每一名社区网格员既是反映群众诉求的信息员，又是矛盾纠纷的调解员，同时还是安全防范的宣传员、巡查员和重点人员的监控员，依托"互联网＋基层服务监管"综合信息支撑平台实现矛盾纠纷调解的全网格覆盖，为最大限度地将矛盾纠纷化解在基层提供了体系化保障。

2013 年始，厚街镇即致力于推进社会治安警防、民防、技防、智防"四位一体"的立体化、智能化建设。2015 年镇财政共计投入 4 000 多万元建设了一类视频 1 060 个，各社区自主投入 1 500 万元建设了社区二类视频 4 867 个，并动员 1 300 多家企业、经营场所在大门、围墙外围安装和前移了视频监控 2 950 个。目前，三类视频已遍布全镇各治安重点区域和主干道，合围形成"天网"，打造了"视频＋侦情"的科技防护盾。为筑牢社区安全防线，2015 年厚街镇各社区投入 1 000 多万元，结合道路宽度和汽车流量建设岗亭式卡口和 L 形简易卡口 100 个，与社区 30 多个"封闭半封闭"小区形成社区全包围式"电子围墙"，为治安布防、调查取证、涉车研判、事故处置等工作提供了有力支撑。根据本地会展行业特点，该镇还建设了会展信息化安保系统、停车场馆系统，整合展馆内网视频、Wi-Fi警用热点、无人机侦查、手机信令等设备资源，构建了馆内、馆外、泛馆外、全镇四层全时空、多方位的防护圈。

以出租屋及"三小"场所的公共安全监管工作为基点进行波浪式推进，厚街镇逐渐建立起立体化治安防控体系。2015年厚街镇监控系统发现违法犯罪线索3 600余条，发现并处置群体性事件及苗头168起。2016年以来，全镇违法犯罪警情同比下降19.2%，其中"两抢"警情同比下降42.3%；刑事总破案数同比上升25.2%，其中抢夺案破案数同比上升1 012.5%，飞车抢夺案破案数同比上升3 650%，盗窃案破案数同比上升55.4%，预防犯罪、打击犯罪的能力得到了明显提升。

2016年4月，厚街镇在原有基础上全面推动"互联网＋全民创安"专项工作，期以政企（政社）信息共享建立政企（政社）的业务耦合作业体系，通过设立出租屋社区、工业园区、专业市场、规上企业、大中型商住小区、大中型商超和水库等具有自我管理能力的区域共治网格，在落实各社会主体公共安全第一责任主体法定义务的同时，循"互联网＋全民创安"云服务平台的信息化渠道整合政府各部门手上的公共服务资源向上述各类型社会主体作反向输送，以"全民创安"为契机探索建立政府公共服务供给侧改革的新型形式、形态及路径。

"'互联网＋全民创安'云服务平台项目通过建立辅警与网格员2支体制内队伍，环卫工、各共治网格保安员和城市志愿者3支体制外队伍基于移动互联网的协同工作信息界面，组织各类社会主体及其成员及时发现、报告和协助处理各类公共安全隐患信息，从而达到强化党委政府的社会动员和聚合能力的目的，是'互联网＋'原理及其技术在政府公共服务领域的一种深度应用。"服务平台合作投资方、广东建邦计算机软件股份有限公司总经理叶建辉介绍，在现有厚街镇"互联网＋基层服务监管"综合信息支撑平台的基础上，组合运用大数据、云计算、移动互联网和城市级Wi-Fi宽带网络通信等现代信息技术，结合运用警用地理信息平台（PGIS）等技术手段，植入社会视频、邻里互助、"以案说防"资讯、车辆"随手拍"、便民服务"私人定制"、互动中心、"群防云"、"云知道"等"微创新"业务元素，从全镇层面统筹规划建设一套高度集成化、开放式的"互联网＋全民创安"云服务平台，以及与之配套联产的多角色、多任务的"巡城马"移动互联网系列产品。

万卓培称，"全民创安"中的"安"并不仅限于狭义的社会治安，而是要以治安、消防先行，食药品安全、生产安全、环境安全和公共卫生安全（含城管）等同步跟进，全面推动整个现代化城市公共安全管理体系的建设工作，并以"带着问题上路"的思维对基层政府深化公共服务供给侧改革的内容和形式作深入而又细致的探索。

2016年5月，厚街镇"互联网＋全民创安"云服务平台被广东省政府纳入省级"互联网＋"战略规划试点范围，同时，该镇亦被广东省公安厅确立为立体化治安防控体系建设省级试点镇，其共治网格设立和跨部门业务流程标准化建设等各项工作目前正在有条不紊地推进中。

【采访后记】

"厚街样本"揭示基层政府深化改革大有可为

简政放权、放管结合、优化服务三管齐下，中央和地方上下联动以全面深化改革已成时代强音。在广东省以及东莞市的决策部署下，厚街镇以基层实际问题为导向，摒弃基层政府"等靠要"的思想，结合自身需要主动落实中央、省、市深化改革的精神和部署，以民为本，积极探索政府基层监管体制改革和公共服务供给侧改革的内容、形式、形态和路径，创新了包括市场监管在内的基层综合监管模式，丰富和完善了政府公共服务供给，在取得良好监管效能的同时，也拉近了党群、政群之间的情感距离。

细察基层政府深化改革的"厚街样本"，从中隐约可见十八届三中全会《中共中央关于全面深化改革若干重大问题的决定》中关于"源头治理""系统治理"和"社会参与"等顶层设计的现实注脚。与此同时，从市场监管、公共服务和社会治理等角度，"厚街样本"亦提供了一种足资思量和借鉴的"放管服"样式。

春风化雨、润物无声。深化改革不仅在云端，也在地上，基层政府深化改革大有可为。

（载于《中国改革报》，2016年7月22日第6版）

基层面面观

南雄市：闯出"南雄思路"　成就粤北明珠

　　南雄市地处粤北，是一个典型的山区城市，然而在近年来广东省实施"双转移"的政策机遇下，以精细化工产业为突破口，化边缘劣势为区位优势，从珠三角的边缘变为广东进入内陆的前沿，创建了粤北首个精细化工基地，从而带动了陶瓷建材、浆纸制造、热电能源等特色工业发展，实现了县域经济结构的优化。南雄以敢为人先的勇气，以开拓创新的思维，以坚韧不拔的毅力，探索出了一条科学发展的新路子，闯出了"南雄思路"，成为粤北山区一颗璀璨明珠。

——题记

　　当沿海城市在改革开放的春风中获得发展的先机时，山区城市也在守望春天的来临。翻开广东南雄市近年来的发展篇章，敢闯、善干的精神为山区县市发展提供了一种新的思路。

南雄思路：精准定位

　　20世纪80年代，南雄市依靠烟草业成为广东全省四个财政收入过亿元的县之一。2001年国家烟草政策调整，南雄财政从2个亿掉到了6 000多万元，当时"连菜价都跌了"。经济的低迷让当地干部情绪十分低落，发展信心严重不足，南雄曾在很长一段时间内都无法找到合适的路子。

　　穷则思变。2005年，南雄市组织四套班子领导和各科局、乡镇"一把手"到井冈山学习"求变"，形成了"不争论、不议论、不消极，奋战两三年，推进南雄加快发展"的共识。随后几度南下"求智"，北上"破题"。2008年，恰逢广东省委、省政府开展全省解放思想学习讨论活动和全面实施"双转移"战略，南雄市积极贯彻落实省委、省政府决策，开展了一场"思想大解放"风暴，确立了"招商引资""工业强市"的战略目标。

　　改变"等靠要"思想，南雄市通过深入调查研究、集思广益，形成了"突出产业特色、形成专业园区、培育产业集群"的共识，确立了以内销为主、技术含量高、用地少、产业关联度大的精细化工产业作为主攻方向的思路。按照"资源整合、集中发展、环境优化"的要求，南雄市高起点做好精细化工产业园的规划建设。同时，按照产业发展、公用设施、物流输送、环保安全、管理服务五个"一体化"的规划理念，整合有限的土地资源，统一规划设置了生产、研发、物流、仓储、生活服务和产品交易六大功能区，着力打造科技创新、金融服务两大平台和加快建设粤赣化工、粤赣铁路口岸等三大物流体系，形成了"布局合理、功能完善"的特色产业园区，增强了园区的发展活力和发展后劲。

2010年3月，南雄精细化工园被认定为"广东省产业转移工业园"，同年11月，在广东省专业性产业转移工业园建设竞争性扶持资金评审会上，以总分第一名的成绩赢得1亿元产业扶持资金。

一个山区县级市，在短短几年时间内就实现了自己的工业梦，韶关市发展和改革局负责人认为，南雄"弯道超车"的做法，体现了一种南雄思路，也成了其他县（市）学习的榜样。

东莞大岭山（南雄）产业转移工业园区内，在向记者介绍南雄近年来精细化工的发展情况时，南雄市政府负责人认为，南雄提出发展精细化工产业的思路是基于深思熟虑的考量。首先，因为南雄地处韶关、郴州、赣州红三角节点，同时又是承接珠三角和长三角的桥头堡，具有承上启下的优势。其次，精细化工产品大部分销往内地，南雄深居广东内地，在原材料的采购及产品销售方面有着突出优势。同时，南雄本地有200万亩的马尾松林，是化工产品所需的重要原料之一。再次，精细化工是省委、省政府在产业和劳动力双转移过程中的重要转移目标，且国务院要求在2010年底，全国所有化工企业都要进入统一的工业园生产经营，而广东是涂料大省，实施产业转移，对南雄来说，是一次难得的机遇。最后，韶赣高速公路、铁路的相继开通，大大疏通了南雄东西、南北交通网络，同时也给南雄经济发展提速增添了后劲。

南雄干劲：创新招商

"进入园区，没有不能办，只有怎么办。"这句贴在园区围墙上的标语，体现了南雄对入园企业的郑重承诺。南雄优质的服务，使得工业园区已成为外来投资的一方热土。目前，精细化工一园区入驻企业100家，精细化工二园区正在建设就已储备了60多家国内知名企业和国际500强的投资项目，这样的招商引资盛况着实让不少山区县市可望而不可即。

精细化工园开展之初，在茫茫大海中去哪招商，这是一个令人头疼的问题。然而，有着"中央苏区县"光荣称号的南雄，凭着艰苦奋斗、不畏艰难的革命精神，在招商上下硬功夫，创新方法，让投资者选择了在这里创业。

南雄充分利用广东省化工行业协会、顺德涂料商会等协会资源，以商招商、小分队招商，书记、市长带头在珠三角驻点招商。后来，他们干脆拿着省化工协会提供的名单，"按图索骥"，登门求见。因此，通过行业招商，解决了地方政府和企业在精细化工行业信息不足的问题，并通过该协会的行业信息优势开展招商活动，有针对性地向精细化工企业进行专业性招商，大大提高了招商引资效率。

南雄市还通过实行以商招商的创新模式，拓宽了招商视野和门路，如采取政府与企业合作的方式，引进广东金泰源投资有限公司，积极开展委托招商。与该公司达成共建精细化工园区的合作协议，由金泰源公司以精细化工产业特别是涂料、树脂、松香制品为主开展产业招商。

主攻大品牌、大项目，是南雄在园区招商上的一大特色。近两年，南雄成功引进了康绿宝（南雄）科技园、阳普医疗、仟邦实业、大桥化工、梁氏伟明、西顿化工、英超实业等大品牌大项目。

南雄人靠自己的闯劲开辟了一条科学发展的新路子，但他们并不想故步自封，仅靠一个产业而"乐不思蜀"从而使整个县域经济再次低迷，重复迷茫时"送地都没企业进来"的悲剧。南雄领导班子清醒地认识到，不仅要打造一个生命力强盛的产业链，更要多业并举、齐头并进。

如今，南雄在发展思路上逐步从"招商"向"选商"转变，从"数量"向"质量"转变，从"被动"向"主动"转变。目前，南雄在工业上不仅发展精细化工产业，还注重发展电子设备制造，力争三年内培育10家年产值超10亿元的企业；建设了一批以"金友"为代表的现代农业龙头企业；推进以奥威斯为主的生态旅游项目，推进第三产业发展；加快推进以城市综合体为主的民生工程建设。

南雄服务：贴心到位

在南雄，有这么一条雷打不动的规矩：凡是符合产业发展规划和要求的，投资在 1 000 万元以下的项目，3 天内必须办好一切审批手续；1 000 万元以上的项目，7 天内必须办好一切相关手续。同时，从签订投资协议起，将有四套班子领导任组长的专责小组对企业注册、立项、办证、项目建设实施这一系列过程进行全程跟踪，提供"保姆式"跟踪服务。

"落后地区如何招商？关键就在政府服务上！"时任南雄市委书记许志

新说，为营造服务优、效率高的投资环境，南雄不断创新服务模式，提升服务质量，使产业园区成为投资者干事创业的热土。据介绍，南雄市先后组织了百名领导干部到中山大学、华南理工大学等高等院校进行精细化工产业专业知识和企业管理知识培训；建立了招商引资重点项目市领导和有关责任单位挂点联系制度；成立了投资服务中心，为投资者提供咨询服务、统筹协调、审批管理、核准登记和注册发证等"一站式"服务；成立了南雄市精细化工园区管理处，为入园企业建设提供全方位的服务。南雄还通过提拔重用"老实人"，开展"十大服务之星"和"十大优质服务单位""履职先进单位""履职标兵"评选等活动，在全市上下形成了一种浓郁的你追我赶、干事创业氛围。

"办事快！效率高！无障碍！服务周到，让人有宾至如归的感觉！"在康绿宝（南雄）科技园董事长顾惠林看来，寻获南雄让他如获至宝。他告诉记者，他和团队成员耗时5年，走访了省内外多个城市的工业园区，最终拍板落户南雄。最让他感动的是，市委书记、市长坚持每月至少两次亲自到访，了解企业发展进度，及时解决企业面临的困难。

2009年，金融危机爆发，珠三角企业原有的转移计划暂时搁置，入园企业面临资金链断裂危险。"那时，中小企业日子都难过，银行根本不搭理我们。"南雄市志一精细化工有限公司总经理程希瑜说。

为解决企业"融资难"问题，南雄市大胆创新，与国家开发银行广东省分行签订了为精细化工园区建设和入园企业融资授信9亿元人民币的合作协议，并在园区设立了金融服务办公室，成立了政策性的南雄市雄健担保有限公司，形成了政府、银行、企业、社会中介四位一体的融资新机制和模式，为基地基础设施建设和入园企业信贷提供了融资平台和有力的金融支持。目前，园区通过国家开发银行广东分行授信贷款8亿元，已经到位资金3亿多元，用于基础建设8.3亿元，60多家企业通过融资渠道获得4.4亿元的扶持贷款资金用于企业建设。

"最后还是这个融资平台救了公司的命。"程希瑜说道。贷款资金就像是一场及时雨，化解了许多企业的生产风险。

正是凭借如此贴心的"南雄服务"，南雄打造了属于自己的金字招牌，南雄工业园区已成为项目、企业、产业发展的"黄金平台"。2011年，园区完成工业总产值30.8亿元，同比增长164.1%；工业增加值9.2亿元，同比增长165.1%；完成税收1.4亿元。全优的投资平台，将吸引四面八方的客商，向南雄这片热土聚集。

南雄智慧：绿色转型

在韶关的采访中，记者听到最多的是关于"绿色转型"的话题，南雄提出的"工业强市"战略，会不会是反其道而行之？在 7 月份由韶关市委宣传部组织的调研团走进南雄时，现场专家如是表达调研观点：精细化工业的崛起表明南雄的产业结构已经实现了向低污染、低消耗、高附加值的绿色转型。

其实，早在 2008 年南雄市委、市政府提出要搞"精细化工园区"时，整个南雄就议论纷纷，不仅许多领导干部不懂，普通老百姓更是谈化工色变，十分担心污染环境问题，认为这是一次"不明智""不成熟"的选择。

许多人不知道，此次抉择恰恰是南雄市委、市政府研读政策后，深思熟虑的一次选择。许志新表示，南雄坚持"招商引资就要招对南雄未来有益处的项目，污染企业的利润再大也与南雄无缘。坚守'生态许可度'的底线，为高污染、高消耗企业筑起'防火墙'"。

"既要金山银山，也要绿水青山。"这是南雄市领导班子在决定发展精细化工产业时达成的共识。因此，精细化工产业园区严格按照南雄市城市总体规划和环境保护规划的要求选址，园区开发建设之前由有资质的机构进行区域环评，其环评由广东省环保局审查认可。同时，南雄市严把项目准入关，坚持实行安全生产、环保一票否决制。入园项目环评执行率达到了 100%，已建成项目全部通过了环保部门的验收。对已投产、试产企业，严格落实环评和审批部门提出的各项污染防治措施。

"园区每个生产企业都实行'雨污分流'，把生产和生活污水分管排放。"东莞大岭山（南雄）产业转移工业园管理处负责人称，"为保持生产污水的排放管道畅通，每个企业的污水管道都装有分闸，一旦排污不畅，便可打开分闸，将污水排到应急收集处理池。同时，园区还制定环境事故处置应急预案，防止各类环境突发事故的发生。"

据介绍，东莞大岭山（南雄）产业转移工业园污水处理厂占地 11.3 亩，投资总额 900 万元。2009 年 8 月 5 日动工建设，至 2010 年 10 月全面建成，现已投入使用，目前园区污水集中处理率达到 100%，污水达标排放率达到 100%，污水处理后可达到广东省规定的一级排放标准。南雄市松林树脂有限公司负责人丁二毛告诉记者，园区企业都必须经过环保部门的验收，企业排放的生活、工业污水，必须经过污水处理厂采用"物化＋生化"先进工艺进行处理。

实践证明，园区通过实行物料资源互供、"三废"综合治理、能量交互和梯级利用，在环境友好、资源节约等方面呈现出环保式、循环型和集群化的发展态势，实现园区生产清洁化、和谐健康可持续发展，南雄绿色转型的做法得到了很好的诠释。

南雄经验：演绎奇迹

历经经济的低迷、思想的转变、产业的破题、闯劲的激发，到如今园区产业集聚，经济实现跨越式发展，南雄走出了一条不寻常的发展之路。在短短的两三年之间，东莞大岭山（南雄）产业转移工业园区从萌芽到苗壮成长，以惊人的速度打造出特色鲜明、成效突出的产业基地，成为粤北地区一颗熠熠生辉的璀璨明珠。敢闯善干的南雄人，终于尝到了转型的甜头。

如今，南雄的产业聚集效应不断扩大，原先分散于珠三角及全国各地的松香制品、涂料、合成树脂等一些精细化工企业迅速集聚到南雄。截至2012年9月底，精细化工园区一期入园企业100家，投（试）产企业50家（其中规模以上企业35家）。实现工业总产值34.9亿元，增长40.4%；工业增加值8.95亿元，增长41.4%。更令人振奋的是，占地5 000亩的二期园区正在热火朝天地建设着，广东巴德士化工有限公司、广东新协力集团等60多家国内知名企业、国际500强的投资项目已抢先进驻，南雄精细化工园区已逐步发展成为广东最大的精细化工产业基地。

南雄实现的奇迹还不仅如此。据南雄市政府负责人介绍，南雄通过充分发挥作为连接珠三角与长三角的"桥头堡"优势，创新机制承接产业转移，县域经济发展速度不断加快。2011年，南雄完成生产总值75.31亿元，比2008年增长92.4%；工业总产值59.58亿元，比2008年增长226.1%。通过大力承接产业转移，目前，南雄初步形成了精细化工、浆纸制造、陶瓷建材、热电能源四大特色工业主导产业体系，工业经济发展迅猛，产业结构调整不断得到优化。在推进产业转移的过程中，南雄劳动力转移效果也不断显现，2008年以来，通过开展"订单式"培训、送培下乡等活动，实现转移就业六七千人，农村劳动力经培训实现转移就业后的工资待遇平均增加300元以上。

2010年1月14日，在"双转移"粤北地区现场会上，相关领导称南雄为产业招商的榜样，认为南雄靠正确的思路和过人的干劲，善于发现机遇，抓住机遇，把劣势变成了优势，发展的后劲大不相同，闯出了"南雄思路"，干出了"南雄速度"，体现了"南雄干劲"，打造了"南雄服务"，探索出了一条适合山区县市产业集聚发展的新路子。

对于南雄来说，这不是结论性的评语，而更像是催人奋进的号角，激励南雄人延续奇迹。南雄将培育 10 家年产值超 10 亿元、税收超 5 000 万元的企业，进一步做大以精细化工产业为主的四大工业主导产业。未来的南雄，将是富裕、文明、和谐、安康的粤北门户城市。

（载于《中国改革报》，2012 年 11 月 26 日第 11 版《南雄绿色转型经验探秘》）

铸梦松山湖之一：引领东莞产业转型升级

广东东莞市松山湖高新区致力于发展模式的创新，产业聚集水平和自主创新能力不断提高，成为"东莞制造"华丽转身的样本

在珠三角腹地，有一处美丽的地方：松山湖，这里关于实现梦想的脚步坚定如一。从开发建设以来，在各级领导的关怀下，松山湖依托南部沿海经济带和亚穗、莞、深、港经济走廊，追寻着改革开放的足迹，催生了梦想，诞生了奇迹，如今这里有着改革前沿阵地的激情与智慧，有着浓郁的科技创新氛围，有着融山、水、园为一体的城市生态环境。

铸造梦想，松山湖一直在行动。无论是创新发展模式，还是推进结构调整与产业升级，无论是凝聚创业者与人才的力量，还是注重经济社会与资源环境的协调发展，无论是打造重大平台推动"三重"建设，还是超常规创建国家创新型科技园区，松山湖成为实现梦想的家园。

为此，本报记者走进东莞松山湖高新区，探索松山湖的铸梦之路……

——题记

2013 年 9 月 17 日，被誉为东莞"硅谷"的松山湖大学创新城正式破土动工，到竣工之时，她将源源不断地为制造业名城东莞提供"头脑"和"知识"，并协同全国十多所著名院校的研究院，将松山湖打造成全国一流的创新型科技园区。这是松山湖高新区将东莞制造推向智造的坚实一步。

事实上，过去 12 年的从容开发建设，松山湖所经历的改革与创新，不

术和经营管理等方面的人才。在松山湖园区决策者看来，大力引进人才和积极推动公共科技创新平台建设，才能将松山湖打造成为"科技创新高地"和"人才聚集高地"。时任松山湖高新区工委书记刘宁说，松山湖必须打造高端人才特区，只有高层次人才的不断聚集，科技创新的步伐才能永不停歇。

理想的创业天堂

郗旻是一名留学加拿大的计算机软件专业博士。他曾作为主要技术骨干完成4项国家自然科学基金、1项国家973基金及3项863重点基金等项目的研发。一次偶然的机会，他与朋友到松山湖考察后，被松山湖的环境及创业政策深深吸引，松山湖所展现出的年轻与活力和创业者所追寻的激情与梦想十分相合，促使他选择留下创业。

于是，郗旻和企业的投资人徐国芳在松山湖的留学人员创业园里，筑起了一座打有"巨细科技"LOGO的大楼，就在这里，郗旻和他的团队为创业梦日夜奋斗，朝着物联网、远程医疗和网络游戏三大领域进发。

"当初选择在松山湖留下来，仅仅是因为这里优美的环境和优惠的创业政策，而经过在这里几年的创业与生活，我发现松山湖真正是理想的创业天堂，尤其政府部门的服务态度和政府办事的高效率，让人倍感踏实。"郗旻说道。

在松山湖高新区，像郗旻这样的人才不在少数，他们在这里放飞梦想，实现人生价值，不少成功的创业者，在这里实现了企业梦想。

国内UPS电源行业龙头企业广东易事特电源股份有限公司董事长何思模是松山湖最早的一批创业者之一。从入驻松山湖以来，易事特已经实现了年均增长30%以上的佳绩。不仅是"神舟号"系列飞船、"嫦娥号"探月卫星的指定电源供应商，还承担着几十项国家、省、市级的科研项目。在何思模看来，松山湖是东莞产业转型升级的引领区和示范区，到处都有着浓郁的创新创业和科技氛围，这对于企业的发展是很重要的。

与何思模有着相同经历的还有悉尼大学的博士毕业生王耀辉，他放弃了百万年薪，回到故乡东莞创业，目前已经在松山湖投资约1亿元建设了企业总部。

美国内不拉斯加州大学博士谭文在松山湖创办凯法生物医药有限公司，致力于新药研究及开发工作，公司成功研制开发10多种新药，部分填补了国内空白，并成功转让给国内知名制药厂。

2009年，从海外归来的南方医科大学国际代谢病中心主任惠宏襄博士率领的代谢病研究团队与松山湖签订了两项协议，并在松山湖成立了东莞南方医大代谢医学研发有限公司，正在建设具有国际水准的实验室，将潜心研发预防和治疗糖尿病等代谢病的药物。

类似例子有很多，这些怀抱梦想的人才和企业家最终成为松山湖园区建设的主角，推动着松山湖向前发展。据统计，2012年，松山湖引进77名高层次人才、2名"千人计划"人才、4个广东省创新科研团队、10名领军人才、2个世界一流科研团队、1个国际先进科研团队、1个国内先进科研团队、40名博士创业人才。截至2013年9月底，松山湖累计引进博士600多人、硕士2000多人、留学人员约210名以及8名"千人计划"创业人才、12个省创新科研团队、16名市创新创业领军人才，松山湖引进的省创新科研团队数量占东莞市的80%、广东省的21%。

松山湖高新区已初步发展成为东莞市的人才聚集高地。

强大的人才政策

松山湖为何能够吸引众多的高层次人才？这与其全国领先、极具吸引力的人才政策密不可分。

在2012年4月的东莞市人才协调工作会议上，东莞提出了在松山湖高新区设立人才特区的计划，计划参照北京市中关村的做法，在大力聚集拔尖领军人才和科技创新要素、搭建高层次人才的自主创新平台和创业支持体系、创建具有国际水平的产业环境、完善高层次人才发展的服务体系等方面作出有效探索，初步构建一系列的人才引进、激励、培养等政策体系，实现以重大产业聚集区聚集人才，推动东莞调整产业结构，全面转型升级。

当年8月，松山湖制定了《松山湖高新区引进和培育高层次人才推进"梧桐计划"的实施办法（试行）》，计划每年从高新区税收分成中按不低于10%的比例提取资金，设立松山湖人才发展专项资金，大力推进"引才、留才、育才"机制完善的"人才特区"建设。未来5年内，"梧桐计划"将引进和培养100名掌握国际先进技术、引领产业发展的领军人才，1000名高层次创新创业人才。

"引才"方面，"梧桐计划"六类目标对象全部集中于科技创新和创业孵化领域，均为高端、顶尖人才，包括两院院士、"千人计划"人才、国家有突出贡献中青年专家、广东省创新科研团队、海外高层次人才等。其中对获得国家、广东省和东莞市重大人才专项资助的创新团队（人才），可按照最高1:2的比例给予配套；对于顶尖创新创业团队，最高可给予

1 000万元创新创业资助。

"留才"方面，17个公共技术创新平台齐聚松山湖高新区是松山湖独有优势，为此，松山湖园区专门设置"政产学研合作平台管理团队安家补贴"和"公共科技创新平台引进及输送人才奖励"两大政策，以激发平台潜力，破解平台运营活力不足、资源引驻有限两大难题。

"育才"方面，松山湖首先对发起境内外学术、技术交流活动的高层次人才予以奖励，累计年度奖励额度最高可达20万元；其次，每年遴选10～20名企业（单位）优秀人才进行硕士以上学位深造，每家企业每年补贴最高可达30万元；最后，每年遴选20家企业，对企业开展的员工培训给予补贴，高新区年度补贴总额最高不超过200万元。

独特的求才路径

在完善人才政策的同时，松山湖推进人才政策与各类政策的融合，松山湖管委会在制定人才政策时，注重与科技政策、金融政策、产业政策的联动和协调，整合编制人才方面的"梧桐计划"与科技方面的"扬帆启航计划"，统筹考虑"如何引进更好的人才""如何让人才更好发展""如何让人才更好地实现科技创新和创业孵化"等命题，从而创新制定了包括重大科技专项资助、中小科技企业扶持发展、创业贴息、科技金融贷款、创投风投等贯穿人才创业、创新全过程的一条龙政策，这种独特的求才路径为松山湖营造了人才发展政策优势。

据统计，2012年8月以来，松山湖补助了"国家千人计划"创业资助2人共计500万元，东莞市领军人才配套资助2人共计800万元，博士安家费28名共计560万元，以及14名高层次人才的住房优惠等。

"国家千人计划"人才陈友斌，是松山湖600多位博士中的一员。曾有过留学美国经历的陈友斌，学成之后回国创业，他选择扎根东莞的原因首先是东莞对人才的渴求，其次是人才配套政策的支持力度大。在松山湖各方面的扶助下，陈友斌的东莞微模式软件有限公司逐渐走上了正轨。

陈友斌说："创业初期，企业发展遇到不少困难，管委会帮企业减免租金，延缓水电、物业等费用，解决企业燃眉之急。现在看来，我们留在松山湖是对的，而且企业的发展越来越好。"

从陈友斌的故事中，可见松山湖人才政策的涉及面非常广。而松山湖独特的人才策略就是：对内，想尽办法留住人才；对外，千方百计引进人才。

在引进海外人才方面，松山湖积极与东莞市人力资源局沟通合作，结合东莞市和高新区的产业发展战略及人才需求以及国际人才分布特点，切实推进海外人才工作站的设立工作，2013 年计划在美国旧金山和英国伦敦设立两个海外人才工作站。同时，以松山湖海外工作站建立为契机，积极建立和加深与海外高层次人才的联系，逐步开展与高端智力机构、商业机构、侨联、留学生组织、同乡会等合作，推进国际化引才网络建设。

在瞄准国内人才方面，松山湖管委会努力打造政产学研组团招才的品牌核心，通过加大宣传发动、调整设点高校、增加高校宣讲会、加强与学校合作、合理挑选企业岗位、精选企业等方式，推进武汉、成都、南京、西安等地人才招引工作，取得了较好的效果。此外，松山湖紧紧抓住东莞国际科技合作周暨招才引智大会召开的时机，举办了高新区人才对接及政策推介会，重点办好各类人才对接，不断开拓创新创业人才的招引渠道，成功引来 230 多名各行各业的海内外精英才俊到高新区考察。松山湖的投资政策、创新创业载体等内容给各类人才留下了深刻印象，已有 20 多个高层次人才携带优质创业项目正与松山湖有关部门、企业进行对接。

满意的家园环境

科技共山水一色，是松山湖最显著的城市特色。自园区建设以来，松山湖的生活配套日益成熟，再加上得天独厚的自然生态资源，使得松山湖成为名副其实的"居住宝地"。刘宁表示，只有打造令人满意的家园环境，才能真正留住人才。为此，松山湖高新区里的住房主要是为了吸引人才而兴建的，今后松山湖将不再兴建大规模的纯商品房项目，而是会积极推进公寓房、人才房的建设，切切实实保障园区的人才留得住。

科苑公寓是松山湖实施人才安居工程的重要项目。李素丽是一名应届化学专业博士，毕业后就从武汉来到松山湖的新能源科技有限公司，从事电池材料开发工作。在公司的安排下，她也住到了科苑公寓。在她的宿舍，空调、洗衣机、电视等所有家用设备一应俱全。李素丽直言，松山湖对高端人才的多种优惠政策具有很大吸引力，而住房等完善的配套服务设施更加坚定了她留在松山湖工作和发展的信心。

合理科学的配套设施和创新服务机制，不仅为松山湖引进的人才提供了良好的工作和生活环境，更成为一个高新区吸引人才的利器。而松山湖在帮助人才解决住房、交通、子女教育问题等方面做出了相当大的努力。

建园以来，松山湖积极加强配套建设，通过积极引入社会资金、控股公司投资经营等途径，努力改善园区配套环境。有客人来，这里有松山湖凯悦酒店、喜悦酒店、在水一方商务酒店等中高档酒店；出行方面，可搭乘园区"一元公交",还可在松山湖汽车客运站乘车至广州、深圳;医疗方面,园区已在北部建成社区卫生服务中心,并与广东医学院合作建设东莞市第二人民医院;教育方面,已初步形成"学在松山湖"教育品牌;文化体育方面,已建成松山湖文体活动中心、梦幻影城和松湖广场等文化体育设施,不定时举办学术会议、科技或经济论坛等高端文化活动。

家对于中国人有特别的意义,"居者有其屋"的梦想,在松山湖显得更为从容。由松山湖控股公司投资建成的月荷居、松涛公寓、听湖居、青竹园、和堂等廉租房和商住区,极大满足了园区人才的住房需求。松山湖还突出加大对高端人才的优惠力度,将松山湖第一批人才购房优惠面积从100平方米提高到150平方米,用以解决高端领军人才和博士的住房问题,目前已有10多名高端人才通过审批获得人才优惠房。

(载于《中国改革报》,2013 年 11 月 12 日第 4 版)

铸梦松山湖之三:创造多生态特征的发展环境

广东东莞市松山湖高新区将建成行政效能高、公共服务优、人居环境美的科技园区

松山湖一直在追求一个让高新区人民共分享的梦。这里湖光山色,风景如画,令人为之陶醉;这里配套设施日趋完善,生活便利,是安居乐业之地;这里有着高效的行政效能、优质的公共服务,居民的幸福感大大增强。

经济发展反哺于民,生态文明惠及群众,以惠民发展为导向的"幸福松山湖",正让人民群众共享开发建设的成果。

——题记

"科技共山水一色"的园区理念,让松山湖创造出了一条具有松山湖特色的生态与经济融合发展之路,而这种发展同时融入了每一个市民对工作和生活的追求。

量化幸福指数

早在 2011 年，松山湖就有了自己的官方微博，注册名称为"幸福松山湖"，其时，市民对幸福感已经有了普遍的认同。

松山湖经济的高速发展，为松山湖人民群众的富裕生活奠定了物质基础，到 2012 年，松山湖区域生产总值达到 154.9 亿元。"GDP 只是一种表象，实现建设成果的共享才能真正体现幸福的含义。"时任松山湖高新区工委书记刘宁认为，幸福松山湖应该是一个全民共享的松山湖。

幸福的内容是多样的，到目前为止，松山湖已经形成了从学前教育到高等教育的完善教育体系，为高素质人才子女入学提供优质学位；公共文化、体育、医疗卫生、交通、商居设施、服务网络逐步配套、健全和完善，群众性文化体育活动广泛开展，医疗卫生服务档次和水平大大提高，群众出行日益便捷，中高级人才住房问题有效解决；社会保障、民政服务、社区建设等工作有序推进；和谐平安松山湖建设深得民心，居民安全感大大增强；以打造"宜居松山湖"为目标，不断优化投资创业环境，人居环境优于欧美城市。这些成就为"幸福松山湖"建设打下了坚实基础。

2013 年初，为了更大限度地提高园区居民的幸福感，松山湖提出构建"幸福松山湖"，并出台《建设"幸福松山湖"实施意见》（以下简称《实施意见》）。未来 3 年，松山湖将通过改革创新行政服务、商居配套、教育发展、文化体育、医疗卫生、创业服务、社会保障、人居环境和社会管理等方面工作，把松山湖建设成为行政效能高、公共服务优、人居环境美的国家创新型科技园区。

提升人民群众的幸福感不是一句口号，在《实施意见》中，幸福被量化为一个个具体的数字和目标。

在提升行政服务效能上，《实施意见》提出在 2013 年全面启动商事登记改革后，到 2015 年，已下放审批事权的行政许可事项网上办理率达到 100%，非行政许可的政府服务及公共服务事项网上办理率达到 90%；管委会服务好评率达到 90% 以上。

在社会保障方面，到 2015 年底，松山湖将完成社保全覆盖工作，参保人数比 2012 年增加 30% 以上，工伤保险参保率达 100%，工伤事故发生率控制在 0.5% 以内，将非本市户籍职工在莞就读子女纳入基本医疗保险体系，建成 1 940 套公共租赁住房。

在创新社会管理服务方面，到 2015 年底，建成社区综合服务中心 2 个，社区办公用房和室内服务设施面积每百户不少于 20 平方米，室外活动场所面积每百户 30 平方米以上。无线宽带网络覆盖率达到 100%。每万人持证社工人数 5 人、每万人拥有志愿者人数达到 8%。

除此之外，松山湖还将继续打造高水平的教育品牌，加大教育经费投入，加强教师队伍建设，到 2015 年，将建成公办幼儿园一所、市一级幼儿园 2 所，中心小学和实验小学办学总规模达到 85 个班，初中办学规模达到 36～48 个班，幼儿园、小学、初中入学率达到 100%。

此外，松山湖还将加强公共医疗卫生服务体系建设，到 2015 年，建成并投入使用医疗机构 4 所，其中综合性医院 1 所，社区卫生服务站 3 个，居民健康档案建档率达 15% 以上。

打造便民工程

2013 年 9 月 15 日，松山湖的首个大型商业项目——松湖万科生活广场正式开业。据了解，在松湖万科生活广场周边，有松山湖一号、光大锦绣山河、金域松湖等多个高档住宅区，但一直缺乏一个休闲时尚的消费场所。

如今，在松湖万科生活广场，可找到麦当劳、名典咖啡、鹏友汇餐厅、欧麦咖、许多甜这样的休闲餐饮；也可找到许多特色美食，比如川采、湘汁源、秦关面道、雅园蒸品、禾叶寿司等；还有诸如神鹰自行车行、卜卜饰品店、乐悠游儿童乐园这样满足家庭欢聚时光的精品生活配套设施，并配有 400 多个停车位。

此外，在松湖万科生活广场，还可看到大面积的休闲景观广场，上面有喷泉、小品、绿植等。松湖万科生活广场以多种特色美食为基础，融入带着浓厚休闲氛围的咖啡馆、餐饮店、电影院、游乐场等，形成一站式休闲购物中心。

作为松山湖推进城市生活配套的一项惠民工程，松湖万科生活广场填补了松山湖无大型商业中心的空白，品位超市、星级影院、特色餐饮、休闲娱乐、精选酒店等业态齐全，市民在家门口就可以满足吃喝玩乐购的生活需求。

松湖万科生活广场是松山湖打造便民工程的一个缩影。近年来，松山湖以营造良好的宜居创业环境为目标，大力推进商业、公共交通、住房等紧缺和必备生活配套项目建设和招商，园区配套环境建设水平明显提高。积极推进商业配套，设立商业配套扶持专项资金，建设松湖万科生活广场、长城世家商业街，升级完善各片区商业配套。两年来引进星巴克咖啡、天母蓝鸟西餐、松月寿司等 30 多个园区紧缺的中高端商家，2012 年新增各种业态商家 120 余家，2013 年前三个季度新增商家近 60 家。狠抓公共交通建设，投放 20 辆公共的士，开通至毗邻镇线路。推动新能源汽车示范应用计划，投放首批 24 辆 LNG 公交。加大人才房、公租房建设，实施人才安居工程，近年来已建成 3 059 套公租房，正在建设 6 328 套公租房。加快推进同城化战略方案实施，积极协调大朗、大岭山、寮步周边三镇整合共享商业配套资源，利用周边三镇成熟的商业设施辐射服务松山湖。

在社会建设上，松山湖还以创建全省社会建设引领区为目标，积极推进"幸福松山湖"建设。大力培育发展社会组织，健全完善政府向社会组织购买公共服务的长效机制，近年来成立 39 家社会组织，涉及科技研究、科学技术、公益、经济、文化、教育等领域。建设社区综合服务中心，积极引导各类社会组织参与社区管理和服务，丰富社区活动类型，推动社区服务社会化运作。2013 年是松山湖大力推进幸福建设的一年，为此，松山湖明确了 8 件惠民实事，包括要进一步开展科技强警，新建东部派出所；加快教育发展，新建幼儿园一所，启动松山湖初级中学建设；完善生活配套，推进万科松湖中心顺利开业，建成 67 个新公交站停靠点，完成 1 158 套公租房建设；全面启动松山湖商事登记制度和行政审批制度改革，实施重大项目招商引资一站通工作机制；建成社区中心，培育发展 3 个社会组织，推进东莞第二人民医院建设，筹建中心区和东部台湾园社区卫生服务站；投入 25 辆纯电动汽车和 20 台 LNG 公交车，全面推广分布式能源和光伏太阳能技术，实施节能减排。

共享生态文明

巨细科技总经理、归国博士郗旻在松山湖工作已经 3 年了，现在的他，已经很享受松山湖青山绿水的生态环境，每天上下班的路上，他的心情都会特别愉悦，因为沿途都是风景。而对于东莞华中科技大学制造工程研究院副院长刘国祥来说，从武汉到东莞工作后，渐渐对松山湖有了一种感情，这里的一草一木已经无法割舍。

在松山湖的版图中，青山绿水占据了大部分面积，就连每一条园区道路，都全部被花草绿化所装饰，静静绽放精彩。因此，不少在松山湖创业的海归人才自豪地说：松山湖的环境可以媲美美国硅谷了。

没有轰鸣的工厂，满眼不再是灰色的建筑，松山湖的生态环境带给工作和生活在这里的人一种别样的幸福。

据了解，建园之初，松山湖就十分注重对生态文明的建设，在"科技共山水一色"的开发理念指导下,松山湖已经把生态理念巧妙地融入松山湖建设的每一个细节。中心区规划时,对湖区的山地、丘陵、绿色植被予以极大的保护,松山湖内的主干道都是依山傍水而建,并保持丘陵地势的高低起伏。在松山湖72平方公里的规划版图中,绿化覆盖率已经超过了六成,大片大片的土地都留给了山水绿地,在土地资源如此紧缺的情况下,这是十分难得的。在这里,通常为人们所忽视的湿地资源得到了很好的保护和利用,污水和雨水严格分流,雨水经过雨水管,经过滤后排入松山湖水体,从而不让建设用地中的一滴污水进入绿地。

如今,松山湖被认为是东莞市生态文明建设的一个典型样板。

据介绍,松山湖的整个开发过程,强调环境生态、产业生态、人文生态的建设,在建设中依照可持续发展战略的要求和生态规律,贯彻生态、科技、新城三位一体的新观念,立足环境保护,开发多层次的生态建设,实现环境、产业和人文的生态化,创造了一个具有多生态特征的和谐发展环境。其对生态理念的坚持就表现在城市的规划、建设、管理和招商引资当中。

在城市规划中,松山湖充分考虑碳消费和温室气体排放因素,采取内核式圈层结构的总体规划布局,外圈层是生产活动区,中圈层是生活活动区,内圈层是生态核心区,碳排放强度从外到内依次递减,最大限度地减少环境污染。根据这一构想,松山湖按空间规划布局划分为北部高科技产业带、中部教育研发区、东部台湾高科技园、南部生态休闲旅游区四个区域,采取梯度开发方式,在各个时期灵活调整各个区域的碳排放和减排目标,使整个城市的碳排放指标不至于因为经济快速增长而出现大幅提高。

在城市建设中,松山湖最大限度地利用原有的自然植被,充分体现生物多样性,提高绿地系统吸收温室气体的综合生态效益。目前,园区绿化总面积达1 000万平方米,园区绿化覆盖率超过60%,主要区域和主干道绿化覆盖率达到100%。松山湖对生态资源进行保育性开发,先后开发出松湖烟雨、松湖花海等一批滨湖生态项目,初步建成一个自然生态与人工景观和谐共融的园林生态长廊、一个人性化的低碳生态绿城。

在城市管理中,松山湖严格执行国家关于加强节能减排、环境保护和生态建设的有关法律法规,努力做到在开发中保护、在保护中开发,实现可持续发展。2002年,园区获得ISO 14001环境管理体系认证,全面建立环境管理体系,使环境保护工作成为政府、企业和公民个人的共同责任,树立起了园区对环境负责的良好形象。

在招商引资中,松山湖始终坚持高标准招商不动摇,彻底摒弃高消耗、高排放、高污染的粗放发展模式,积极探索符合低碳发展趋势的新型产业发展模式，力求在工业文明和生态文明之间开辟出一条"绿色通道"。一方面，高门槛引进高科技先进制造业项目。要求入园企业必须符合"三高两自"标准，坚决拒绝接收污染大、能耗大、科技含量低的项目。另一方面，高门槛引进现代服务业项目。重点选择国内外著名高校、科研院所、行业龙头企业创建公共技术服务平台。同时，积极引进国内外知名软件开发、创意设计、科技中介、投融资服务等现代服务业企业和机构。2012 年，松山湖单位 GDP 能耗仅为每万元 0.101 吨标准煤，尽管招商引资门槛高，但由于创新创业环境良好、生态环境优美，近年来，松山湖招商引资一直保持良好发展势头。

"松山湖环湖一带空气质量非常好，沿湖每立方米含 1 万个以上负离子。"曾有人这样介绍园区的生态优势。如今，松山湖的生态环境已经成为松山湖对外宣传的亮丽名片，当游客徜徉在松山湖的青山绿水中，当市民每天呼吸着清新的空气，很难说这不是一种幸福……

（载于《中国改革报》，2013 年 11 月 13 日第 4 版《建设环境优美的幸福松山湖》）

铸梦松山湖之四：科技之舟再起航

广东东莞市松山湖高新区 2013 年着重推进四大平台建设，未来 10 年内将建成一座高端人才荟萃、创新创业活跃、产业集群发达、新兴业态兴旺的科技创新之城

以创建国家创新型科技园区为动力，松山湖在 2013 年进入超速发展之年。大学创新城全面动工将凝聚更加坚实的科技力量，台湾高科技园加快崛起将推动转型升级发展新模式，两岸生物技术产业合作基地将在松山湖形成新的产业聚集，中以国际科技合作产业园将在松山湖打造中国的水谷，梦想的奇迹正在松山湖绽放光彩……

——题记

经过 12 年的开发建设，广东东莞松山湖的发展进入"厚积薄发"期，在东莞实现高水平崛起的战略布局下，松山湖高新区围绕创建国家创新型科技园区目标，着力通过加快平台建设、推进科技创新、积极择商选资和创新发展机制，打造新的增长极，增强园区发展后劲，引领东莞转型升级。

科技产业高速发展

近年来，在严峻的国内外经济发展环境下，产业转型升级带给松山湖的是经济逆势高速增长。2013 年前三个季度，松山湖规模以上工业总产值 440.33 亿元，同比增长 37.4%；地区生产总值 136.56 亿元，同比增长 20.3%；总税收收入 21.16 亿元，同比增长 31.5%；进出口总额 35.30 亿美元，同比增长 3.4%。

在招商引资上，2013 年前三个季度，松山湖与 204 家企业签订合作协议，协议投资总额 126.91 亿元。工商注册企业数由 2010 年的 523 家增至 2011 年的 669 家、2012 年的 774 家、2013 年 8 月底的 916 家。两年来，松山湖先后引进了华为终端总部、中集集装箱总部、粤港国际金融服务外包项目、水木动画、记忆科技、大疆科技、红珊瑚药业等总部型或行业龙头企业。

松山湖经济之所以能逆势高速增长，除作为主要支柱的电子信息产业保持高速增长外，近年来，高端装备、物联网、云计算、电子商务等战略性新兴产业、先进制造业和现代服务业的迅速崛起也是重要的推动因素。

高端装备产业方面，坚持研发与产业化并举，已引进东莞华中科技大学制造工程研究院、固高科技、盈动科技等一批自动化产业知名科研院所和高科技企业，孵化出力升智能、百赛等一批极具发展潜力的自动化设备企业。工业机器人产业已聚集了一批世界级科研团队和高端人才，产品已成功应用于东莞、深圳、西安等城市电子信息、食品包装等行业，以工业机器人等为代表的高端装备制造业集群正在逐步形成。

物联网产业方面，在 RFID、芯片等关键技术上取得了突破。东莞华中科技大学制造工程研究院率先成功实施了国内唯一的全自动 RFID 封装生产线工程化研发；东莞电子科技大学电子信息工程研究院开发出符合 ISO 18000–6B/6C 标准的电子标签芯片；广东荣文集团自主研发的物联网智慧城市管理系统和智能型节能路灯，不仅成功地将物联网技术应用于城市路灯等公共领域的智能管理，而且极大地提升了路灯的有效节能。

云计算产业方面，通过产业前沿技术创新、集成创新和成果转移转化，技术水平处于国内前沿，初步构筑起云产业链。中国科学院与东莞市政府共建的"中国科学院云计算产业技术创新与育成中心"，作为我国首个自主知识产权云计算平台，已成功开发自主云 G－Cloud 操作系统，获工信部基于安全可控软硬件产品云计算解决方案重点推介项目，为 200 多家单位提供云计算服务。其教育云已为东莞 1 000 多所学校服务，正陆续推出面向各个行业的企业云服务，荣获"2013 年中国自主创新百强企业"荣誉称号；广东——五科技有限公司拥有国内最大的网盘产品 115 网盘，在云存储领域处于国内领先水平。

电子商务方面，已引进 20 多家电子商务企业，涉足电商行业的多个前沿领域，产业集聚效应日益凸显，骨干企业业务连年超高速增长。如 2011 年 3 月进驻松山湖的尚睿电子商务有限公司，2012 年实现销售收入 6 300 万元，同比增长 300%。2013 年该公司携手全球电商巨头亚马逊，在华南地区推广亚马逊的云平台服务，将从单纯的外贸交易转为外贸电子商务服务。

市场主体快速增长，产业聚集效应快速提高，松山湖正以超常规的发展证明这个年轻高新区的活力和发展前景。

四大平台稳步推进

9 月 16 日，东莞松山湖大学创新城平台奠基，将发展成为国内知名高校优势科系创新资源集聚区、海外一流高校重点项目创新资源集聚区。

9 月 29 日，东莞松山湖中以国际科技合作产业园以色列推介会举行，吸引一大批以色列企业签订意向入园协议。该园将计划引进 80 个以上的水处理企业和项目，产值达到 150 亿元以上，实现水处理环保产业集聚发展，打造中国"水谷"。

这两个项目是松山湖 2013 年建设四个重大平台的其中两个。

2013 年，东莞提出要积极打造三个新的"增长极"，松山湖作为转型升级的重要引擎，任重道远。因此，松山湖决定打造四个重大平台，包括松山湖大学创新城、台湾高科技园、两岸生物技术产业合作基地以及中以国际科技合作产业园。时任松山湖高新区工委书记刘宁表示，这四大平台的建设是东莞经济再起航的"增长极"，也是东莞推进"三重建设"的重要载体，打好这几张牌，就相当于提升了松山湖的产业水平和推进东莞转型升级的能力。

松山湖大学创新城项目总投资约 34 亿元人民币，占地约 397 亩，可容纳 10～15 个大学研究院。创新城致力于打造新型科研机构，培育总部型、高成长性的科技企业，促进应用技术成果转化，集聚金融服务资源，联动镇街科技成果转化基地。自 2012 年启动以来，已成立开发建设和运营管理主体，制订运营方案，完成设计招标和工程勘察招标，落实用地指标，2013 年 9 月正式动工。引进华南协同创新研究院、北京大学东莞光电研究院、东莞深圳清华大学研究院创新中心、东莞华南设计创新院、东莞暨南大学研究院 5 个新型研究院。同时正在积极推动上海教委、武汉大学、四川大学早日签订合作协议。

未来，松山湖大学创新城将建设成为科技、金融与产业融合发展的示范区，科技服务业蓬勃发展的高端区，东莞乃至全省协同创新的先行区。

被列为广东省重大平台的台湾高科技园，重点发展高端电子信息、生物技术等战略性新兴产业和金融服务业，规划高端电子信息产业聚集区、两岸生物技术产业合作基地、粤台金融合作试验区和综合配套区四大板块。台湾高科技园按功能分区采用国际招标完成城市设计，正在开展总体发展规划编制工作；完成台科花园、变电站、污水处理厂等 30 余项基础配套建设，累计完成固定资产投资 75 亿元，建筑面积总量达 55 万平方米；招商引资势头良好，2013 年以来已引进 21 个项目，累计引进 46 个优质项目，协议引资额约 150 亿元。

在未来的发展目标上，"十二五"期间，台湾高科技园计划引进 150 家优质企业（高端电子信息企业 50 家，生物技术企业 80 家，金融企业 20 家），实现营业总收入 220 亿元，总税收 15 亿元。新增固定资产投资 80 亿元，建成总面积 150 万平方米的建筑，初步呈现国际一流园区风貌，为粤台经贸合作和粤台经济发展发挥先驱带动作用。

两岸生物技术产业合作基地于 2012 年 6 月设立，产业方向以生物医药为主体，重点发展新药及生物仿制药、先进医疗器械与设备、基因产业、中药研发、健康产业及生物服务业等。基地设立一年来，共引进 21 个优质项目，协议引资 35 亿元，预期总产值 122 亿元。目前已拥有广东医学院、东莞广州中医药大学数理工程研究院、中大海洋生物科技研发基地、华南协同创新研究院等一批生物技术类高校和产学研平台，并即将引入四川大学、暨南大学等从事生物技术研发的高校和研究机构。东阳光药业、瀚森生物药业、金美济药业、林登生物、泛亚太生物等近 100 家生物技术企业已入驻园区。

中以国际科技合作产业园 2012 年 5 月奠基，2013 年 6 月底入场施工。通过赴以色列开展科技经贸考察、举办招商推介、互访，与以色列相关政府部门、企业、行业协会建立了密切的产业技术合作关系和合作机制，与 12 家以色列企业达成入园协议。园区 2012 年 10 月被科技部认定为"国家水处理技术国际创新园"，正在争取相关部委支持，将产业园列为中以高技术产业合作示范基地。

中以国际科技合作产业园计划通过 5 年以上时间的成功运营，力争引进一批中以合作的优质科技项目，计划引进 80 个以上的水处理企业和项目，产值达到 150 亿元以上，实现水处理环保产业集聚发展。

四个重大平台有如华丽的四重奏，分别从人才积累、莞台合作、生物产业和国际合作四个方面推进松山湖高新区的建设，形成了从教育到产业再到合作的纽带体系，将强力推动松山湖建设一流高新区，为松山湖放大梦想奠定基础。

"未来 5 年，松山湖计划生产总值年均增长至少 20%。"刘宁认为，大学创新城、台湾高科技园、两岸生物技术产业合作基地、中以国际科技合作产业园四个重大平台将是松山湖建设"增长极"的重要依托，并推进产业的升级，实现新东莞奇迹。

创建国家创新型科技园区

2012 年 7 月 12 日，东莞市政府通过《东莞市人民政府关于把松山湖高新区建设成为国家创新型科技园区的若干意见》，计划用 10 年时间将松山湖建成国家创新型科技园区。预计到 2016 年，全区营业收入超过 3 500 亿元，年营业收入过百亿元的企业达到 5 家，专利申请量达到 1 万件，创新创业载体面积超过 300 万平方米。

这又是松山湖的一次追梦，她正以更高标准的要求实现自身的新定位。

由此，松山湖高新区未来的发展方向也得以明确：将聚焦高端电子信息、生物技术和现代服务业三大产业及其他战略性新兴产业，大力吸引行业带动力强、创新水平高或发展潜力大的各类总部、研发机构、科技企业、创新团队及人才，进一步聚集金融及科技中介服务机构，加大创新成果产业化、科技企业成长、国际科技合作、全社会科技招商等扶持奖励力度，重在营造有利于创新创业的可持续发展环境。

为了有序推动松山湖创建国家创新型科技园区工作，在精心编制的"1 + 3 + 1"科技创新和科技金融政策体系中，一系列关于人才、项目、土地、创新扶持等多个方面的政策也陆续出台。在一系列政策刺激下，到 2016 年，松山湖高新区将打造成为拥有高新技术企业超过 120 家、上市公司超过 20 家的一流高新区。

"力争用 5 年左右的时间，完成建设国家创新型科技园区的基础性工作，成功申报国家创新型科技园区；再用 5 年左右时间，把松山湖建设成为高端人才荟萃、创新创业活跃、产业集群发达、新兴业态兴旺的科技创新之城，成为具有较大影响力的国家创新型科技园区。"刘宁如此描绘松山湖的未来。

【采访后记】
为梦想插上腾飞的翅膀

"作为高新区，松山湖要做的就是为自己的梦想插上腾飞的翅膀。"松山湖掌舵者如是说。

松山湖铸梦，实际上是在我国继续深化改革的道路上，为珠三角城市转型升级铸造一个成功的样本。

以外向带动为主的加工制造业，让珠三角许多城市尝到了甜头，东莞制造也因此辉煌一时。然而，自身发展中存在的土地、环境、用工、成本、结构等问题，让传统制造业经济难以为继，亟待转型。

如何转变经济增长方式，从拼汗水到拼智慧，东莞等珠三角城市正经历一场巨大的产业转型升级考验。

12 年前，松山湖被定义为"探索东莞的经济社会转型升级新路"的园区，肩负重任。

松山湖有生态优势，更有产业优势。松山湖正是依靠自身的优势，在推动新城建设、壮大科技力量、发展现代产业上走出了一条自主创新的特色之路。

如今，松山湖转型升级的样本已经初具雏形，梦想正走向现实。

走进松山湖，依山傍水的优美环境，绿意盎然的城市生态，完全改变了制造业城市的旧有印象；众多的科技企业，浓厚的科技气息，加工工厂脱胎为崭新的科技园区；矗立的留学生创业园，舒适的公寓房、人才房，筑起了高科技人才聚集的高地。

智慧与激情，正在松山湖这个 72 平方公里的土地上迸发，松山湖不但成为东莞"科学发展示范区"和"产业转型升级引领区"，更是居住者、创业者实现梦想的乐园。

全国有 89 个高新区，松山湖的目标是一流高新区，对未来的展望中，松山湖还有更大的梦想。如今，围绕创建国家创新型科技园区的奋斗目标，松山湖高新区已经再次起航科技之舟。我们有理由相信，在未来的改革道路上，松山湖必将抒写浓墨重彩的篇章。

（载于《中国改革报》，2013 年 11 月 14 日第 4 版）

经济长安的生态文明之路

在多年的改革发展过程中，各地采取的多是粗放型的发展模式，对自然环境造成较大破坏，形成了资源日益紧张、环境污染严重、生态系统退化的严峻形势。而处于珠三角经济发达地带的东莞长安镇，一手抓经济建设，一手抓生态文明建设，取得了经济与生态发展比翼齐飞的成果，在推进生态文明建设中给出了让百姓满意的答卷。

——题记

经济与生态并不是博弈的双方，而是可以相互促进、共同提升的。

——杨晓棠

东莞长安镇，曾经的一座不起眼的小镇，在改革开放中迅速发展成为珠三角的一颗璀璨明珠，成为广东乃至全国镇域经济的排头兵。

集体经济、外源型经济以及机械五金模具和电子信息产业的稳步发展，铸就了长安镇强大的经济基础，而且在产业的转型升级过程中，长安镇产业特色日趋显著。

在经济发展的同时，长安镇高度重视生态文明建设，实现了经济建设和生态环境保护的和谐统一与协调发展。近年来，长安镇坚持将生态文明建设摆上镇委、镇政府的重要议事日程，加强组织领导，加大投资力度，抓好环保监管，搞好绿化美化，使长安的生态环境得到不断改善，先后被评为"国家卫生镇""国家园林城镇""国家级生态乡镇"，并荣获国际宜居城市竞赛金奖。

做好统筹规划 科学推进生态文明建设

"生态文明建设，我们一直在路上。"时任长安镇委书记杨晓棠在接受记者采访时介绍说，长安镇历来高度重视城市规划和生态环境保护工作，早在 1986 年，长安镇就开始对镇中心区进行规划，随后又多次邀请国家和省市有关专家对规划进行修编完善，并编制了全镇总体规划、控制性详细规划和各类专项规划。

1995 年，长安镇委托国家环保局华南环境科学研究所编制了《东莞市长安镇环境保护规划》，这是广东省第一部镇级环境保护规划，后来根据长安发展情况，对该规划进行了修订完善，并编制了《东莞市长安镇生态建设规划》《东莞市长安镇绿地系统规划》《长安镇生物多样性保护规划》等多项生态建设方面的规划，在这些城建规划和生态建设规划的指导下，科学推进各项城市建设和生态文明建设。

同时，长安镇不断加大经费投入，保障生态文明建设有效开展。2012 年，镇财政投资 1.5 亿多元，用于环境保护、绿化建设和垃圾清运等公共事业，并积极推进节能减排，加强污染整治，搞好生态社区建设等，将长安创建成了"国家级生态乡镇"，全镇共有 10 个社区创建成为"东莞市生态社区"。

加强环保监管　积极开展环境综合整治

2010 年，坐落于长安镇的福安纺织印染公司因为污染问题，被迁移出去。"不能只顾眼前利益，而忽视长远的发展。"杨晓棠表示，关闭福安纺织印染公司这样的纳税大户，长安镇是下了很大决心的，而且不管什么项目，只要是污染大影响环境，坚决不能引进来。

据了解，近年来长安镇加强环保监管，多管齐下开展环境的综合整治。一是建设完善环保设施。投资 1.6 亿多元先后建设了三洲水质净化厂一、二期工程，日处理污水达 16 万吨，并正在抓紧规划建设新民污水处理厂。大力建设环保专业基地，对电镀、印染等污染企业进行集中生产、集中管理、集中治污。二是加强污染源头防控。严格把好各类项目的环保审批关，认真落实"三同时"制度（即建设项目的治污设施必须与主体工程同时设计、同时施工、同时投产使用），积极推动企业节能减排，实施清洁生产，从严控制污染项目落地建设；对合同到期的重污染、低效益企业不予续签，从源头上控制各种污染物的产生。三是开展环境污染整治。积极组织环保工作人员对各污染企业进行执法检查，督促落实环保措施，改进生产工艺，加强工业污水治理，改造燃煤锅炉等。

同时，长安镇还对一些旧工业区进行升级改造，改善城市环境，如将位于镇中心的第三工业区进行全面拆迁改造，建设万科中心；大力推进茅洲河、东引运河等河涌整治工程，加强对五点梅、马尾、莲花山水库等水源地周边污水排放的监管，保证饮用水安全；开展畜禽养殖业污染整治，全面清理养猪场和养鸡场、养鸭场等。

抓好绿化建设　着力构建宜居生态环境

走进长安镇，这里绿色怡人，处处皆景，"藏绿于民"就是这座"国家园林城镇"的真实内涵。杨晓棠表示，长安镇坚持不断创新绿化理念，大力推进绿化建设，就是要实现人与自然的和谐相处。

据了解，目前，长安镇绿地总面积3 200多公顷，绿地率38.7%；绿化覆盖面积3 700多公顷，绿化覆盖率44.8%；公共绿地面积750多公顷，人均公共绿地面积约17平方米，以上指标均超过国家园林县城的基本标准，良好的生态环境有效提高了群众的生活质量。

在推进城镇园林绿化建设过程中，长安镇注重突出岭南特色。加大莲花山林相改造与保护力度，建设莲花古寺、登山径、休息观光亭等景点；以莲花山水库为依托，建设自然保护区，"莲峰赏鹭"成为东莞新八景之一；建成长安公园、体育公园、莲花山郊野公园等大小公园数十个。在统筹绿化布局方面，长安镇实施点、线、面结合，加强各类绿地搭配和设施建设，抓好道路升级改造和绿化建设；开展园林式单位创建工作，全镇93%的单位已实施拆墙透绿。近年来，通过"三旧"改造增加绿地面积150多公顷。2012年，完成植树20万棵，造林3 361亩。长安镇在抓好绿化建设的同时还融合人文景观，如加强自然景观保护，在珠江口长安沿岸设立红树林保护区，种植红树林1 000多亩；加强城市景观建设，将长青街建设成为独具特色的带状公园，并设置各种艺术雕塑；加强历史文物古迹和古树名木保护，确定57处古迹遗存为镇级文物保护点，其中上沙孙中山先代故乡旧址、霄边农会旧址被认定为市级文物保护单位；全镇共有树龄110年以上的古树名木44棵，全部得到妥善保护。

完善城市管理　不断优化城市环境和秩序

城市是"三分建、七分管"，既要抓好各项基础设施的建设，更要积极创新思路，加强各项城市管理。杨晓棠认为，城市作为群众生产生活的重要载体，直接关系到人民的工作和生活质量。为此，长安镇坚持从以人为本的角度出发，注重加强各项公共服务事业的管理，不断优化城市环境和秩序。

近年来，长安镇先后对全镇8个垃圾填埋场全部进行了垃圾无害化处理，并兴建垃圾中转站，对垃圾进行集中收集以后，统一运往其他地方的垃圾焚烧厂进行焚烧；不断充实完善垃圾桶、垃圾清运车等各种环卫设施，推行环卫、绿化市场化运作，加强路面清洁和维护等，切实提高环卫、绿化管理水平和效率。

为维护市容环境秩序，长安镇坚持搞好"六乱"整治，打击各种无牌无证经营和占道经营等行为，开展广深高速长安段沿线景观专项整治，清拆违规广告标牌、管线、窝棚和废品收购站等。大力清理在建违法建筑，维护建筑市场秩序和安全。

为更好地推进各项民生事业，2013 年，长安镇专门成立了公共事业发展有限公司，对汽车站、自来水公司、食品公司、燃气公司等行业企业实行统筹管理，承担起全镇 60 多万人用水、交通、食品、燃气的重任，让广大市民喝上优质水、吃上放心肉、坐上安全文明车、用上安全气。

传统的发展观念认为，经济的发展必然会对生态产生不利的影响，而杨晓棠对这种观点持否定态度，他认为，经济与生态并不是博弈的双方，而是可以相互促进、共同提升的。如今，长安镇强大的经济水平与生态文明建设的显著成效，无疑是很好的实证。

"生态文明建设只有起点，没有终点。"杨晓棠表示，长安镇将以提升制造业水平作为基础，坚持走可持续发展的道路，不断加强对生态环境的保护，积极发展低碳、绿色经济，进一步打造山青、水美、天蓝、地绿的良好生态环境，努力建设富强、幸福、美丽长安。

（载于《中国改革报》，2013 年 7 月 31 日第 4 版）

绿色鼎湖走进高铁新时代

广东省肇庆市鼎湖区借助"建设珠三角连接大西南枢纽门户城市"战略，利用自身丰富的环境资源和良好的区位交通优势，致力打造"绿色鼎湖"品牌，做强做大现代产业体系

2014 年 12 月 26 日，通达华南沿海地区的重要通道——贵广高铁和南广高铁开通，在这个以高铁提升发展速度的时代，沿线站点所在的区域成为人们关注的焦点。两条高铁如游龙起舞，在广东肇庆鼎湖定格下最精华

的一笔，这里拥有北回归线上的绿宝石——鼎湖山，生态文明升华为岭南山水，而广东拼搏进取的改革气息又推动着鼎湖区做强做大现代产业体系，实现新型城市化，在加速进入"高铁时代"之际使"绿色鼎湖"品牌绽放魅力。

面向社会展现一个生态的鼎湖，一个发展的鼎湖，一个在全面深化改革时期拼搏向上的鼎湖，是贵广高铁开通之际的华丽篇章。

——题记

随着贵广高铁、南广高铁在 2014 年底的开通，广东省肇庆鼎湖区的旅游效应凸显出来。而近年来，在持续擦亮生态鼎湖这块金字招牌的同时，鼎湖借助"建设珠三角连接大西南枢纽门户城市"战略推动以及自身独特的区位优势，在发展战略上实施"绿色崛起、产业兴区"，经济社会发展一路高歌猛进。在改革的深入推进中，肇庆新区建设更是为鼎湖区插上了腾飞的翅膀。

区域崛起　走进高铁时代

肇庆东站是贵广高铁、南广高铁在广东的枢纽型车站，坐落在肇庆市鼎湖区，作为充分对接高铁站点的鼎湖大道建设项目，也于贵广高铁开通期间同步投入使用。据了解，鼎湖大道（新区段）是联系肇庆新区、端州、四会以及城市内部各功能组团的重要交通干道，这一重点项目将于 2015 年底实现双边通车，有助于鼎湖区实现交通外联内畅，成为枢纽门户城市桥头堡。

事实上，路网先行的理念早已体现在鼎湖区委、区政府的工作中，并在全区掀起了"交通大会战"的热潮。近年来，鼎湖区加快区域主干道、连接线、快速干线的规划与改造，实现与重大交通工程之间的路网无缝对接，科学布局重点交通沿线客货运站场、TOD 城市综合体等项目建设，推动交通设施建设与绿色崛起发展战略的密切协调、良性互动。以新型城市化建设为重点，鼎湖区着眼于完善城市功能、提升城市品位、推动城乡统筹发展，开展了一批市政基础设施项目建设，项目总投资 8 亿元。其中包括道路新建、升级改造和续建，公园建设，小区建设以及道路亮化、绿化建设。

贵广铁路、南广高铁在 2014 年底开通，起于大西南腹地，一路穿山入粤，交汇于肇庆东站。这两条交通大动脉一旦运行，"轰轰"车鸣必将为鼎湖大地带来珠三角与大西南等地巨大的客流、物流、资金流和信息流。

　　而且，鼎湖还坐拥众多高速公路、高速铁路、城际轻轨等纵横交错的立体交通网线，是连接珠三角、港澳和大西南的咽喉要道。其中西江航道、321 国道和三茂铁路贯穿全境，东靠经济发达的珠三角核心区，西连资源丰富的大西南，具有"东引西连"的优越经济区位。

　　如今，正在建设中的广佛肇高速、广肇佛城际轻轨等高等级快速干线，让位于珠三角核心区一小时经济圈内的鼎湖如虎添翼。公路 40 分钟可达佛山、广州，与珠江三角洲形成"同城概念圈"。广佛肇城际轻轨建成后，鼎湖至广佛中心城区仅需 25 分钟，"广佛肇（鼎湖）同城化"已成为可见的现实。与此同时，多个铁路客货运站和肇庆火车东站部署"正在进行时"，肇庆新港向上至广西梧州，连接大西南，向下出海接驳国际海运网，是华南地区唯一具有江海、水路、公路、铁路联运功能的大港口。

　　外联内畅的交通格局，将鼎湖区的区位优势凸显出来，而借力肇庆新区的建设，无疑为鼎湖的发展再下一城。

　　以鼎湖为主体规划建设的肇庆新区，是广东省肇庆市实施"两区引领两化"战略，以肇庆新区引领新型城市化，将肇庆市建设成为能够代表珠三角科学发展成果的理想城市的重大举措，并于 2012 年 10 月正式挂牌。为此，借助新区建设的东风，依托新区建设对鼎湖绿色崛起所产生的巨大溢出效应，鼎湖着力谋划实施将"打造城市发展新轴心"加速融入肇庆新区的发展当中。当前，新区筛选重点项目陆续动工建设，奏响基础设施、公共服务配套、新兴产业齐头并进的开发建设"三部曲"。肇庆新区开发建设一路高歌猛进，与鼎湖区全力以赴服务、配合、融入新区一体化发展交相辉映。

　　"要深化鼎湖与新区互动交流，以新区发展新态势、新成效凝聚一体化发展共识。"鼎湖区委书记李奔对鼎湖发展有着清晰的认识。借助新区建设的社会正面效应加速扩大，在肇庆新区规划建设的巨大引领下，鼎湖区顺势而为，把完善规划作为促进发展、推动落实的"牛鼻子"，引领城市转型有序发展。目前，正抓紧协调处理鼎湖区与新区用地布局、功能定位、交通路网以及基础设施建设等方面规划衔接；结合鼎湖大道、鼎湖大型商业综合体以及"三旧"项目改造等建设，启动《肇庆市鼎湖区坑口片区控制性详细规划》以及一系列交通干道、城市节点、公共敞开空间的规划设计修改工作，借鉴新区规划宝贵经验，努力实现与新区功能互补。加强与新区基础设施建设的对接，协调推进鼎湖大道新区段、珠外环高速永安互通至肇庆新港连接线、进港大道升级改造等交通路网建设，形成方便快捷的城市交通体系，进一步凸显鼎湖的交通区位优势，为新区近、远期重点工程项目建设提供坚实的保障。

产业兴区　建设新型城市

　　鼎湖区曾属于典型的传统农业大区，经过多年来的改革和发展，如今已经发展成为以工业经济与城市经济为主导的新兴城区。在珠三角区域经济一体化的推动下，鼎湖区走上了一条产城互动、以城带产、以产促城的新型城市化、新型工业化道路。

　　走在鼎湖城区街道上，高楼林立，道路宽敞整洁，环境怡人，一座新型现代化城市雏形显现。鼎湖城市的新貌，源于近年来积极落实"两区引领两化"发展战略，以新型城市化建设为重点，通过推进一批重点精品工程建设，不断完善城市功能，使城市的综合功能和辐射力不断增强，城市形象和魅力得到全面提升。

　　为了实现以城带产，鼎湖区在城市建设转型中，充分发挥"肩挑两头"的区位优势，全力以赴推动城市新轴心建设，加快商贸、购物、休闲、旅游、文化等配套设施建设，切实推动下湾公园、城际轨道鼎湖站TOD项目等重大项目。同时，配合服务肇庆新区建设，实现两区快速高效无缝对接，以城促产、以产兴城，增强城市发展活力。以构建和完善城区道路主要网络来说，鼎湖加快中心城区建设、改善投资环境和促进产业发展，开展了一批市政基础设施项目建设，涉及道路新建、升级改造和续建，公园建设，小区建设，城区更换LED路灯等。良好的基础配套设施成为鼎湖提升城市形象的"名片"，同时也带动了周边住宅地产和商业地产项目的发展，如好世界凯旋荟花园、团星高尚社区、天标山水城、景骏名苑、漫谷高尚住宅等一批房地产项目剪彩开盘销售，为鼎湖城市升级注入了新动力。

　　城市的转型吸引了越来越多人来鼎湖投资创业，鼎湖区的聚集效应也呈现出来。"在整个珠三角区域，鼎湖区通过在新型城市化发展中练好'内功'，使之成为一个具有很大发展潜力的城市理想地。"一位城市建设者如此表达对鼎湖区的信心。

　　"绿色崛起，产业兴区"，如何通过产业转型升级推动工业经济的持续发展，是鼎湖区实现产城联动以来的思考和实践。为顺应发展方式上的转变，鼎湖区盘活了东部永安、莲花中心镇资源，创新区镇联动开发管理机制，规划、建设永安工业园区发展平台，提升园区工业生产和生活配套，为招商引资、培育产业提供更好条件和载体。据了解，该园区位于永安镇辖区内，近期规划面积约为7 000亩，中期扩展到15 000亩，远期扩展到25 000亩，是鼎湖区新型工业化重大发展平台之一。园区产业规划发展金属加工及新材料产业、汽配产业、电子信息产业、生物制药产业、纺织、现代先进制造业等产业。

　　选择一批事关全局、带动性强的重大项目，促进产业转型升级，是鼎湖区坚持项目建设的主要目标。2014 年该区共实施重点项目 30 个，是近年来项目落地最多、投资增幅最大的一年，产业集群建设在关键性环节上取得了实质性的突破。如今，通过以项目求发展、用项目促升级、靠项目强后劲，推进重大项目顺利建设，收获累累硕果。在年底召开的 2014 年"肇庆金秋"经贸洽谈会上，奥航电器、康特运动用品、奥林金属制品、鼎湖力智电器制造等 21 个项目亮相经贸洽谈会的投产剪彩、奠基动工及签约仪式等，合同投资总额 89.3 亿元，鼎湖区成为珠三角经济热土的效应显现。

绿色鼎湖　打造生态之都

　　说起鼎湖，必先想到鼎湖山。鼎湖拥有丰富的森林资源，是北回归线上的绿宝石。据广州市环境保护科学研究院最新的《鼎湖山景区环境空气检测评估报告》显示，鼎湖山空气负离子浓度最高达每立方厘米 12.5 万个，是名副其实的天然大氧吧。

　　独特的生态优势，使鼎湖区成为众多游客的心仪之地。山清、水秀是鼎湖留给游客最深的印象。在鼎湖区 596 平方公里的土地上，山、河、湖、溪、岩等自然地貌一应俱全，鼎湖山、葫芦山、砚洲岛、羚羊峡等景区星罗棋布，行走在其中，就如畅游在画中。远处，群山连绵，云雾缭绕；近处，湿地广袤，湖泊天然。丰富的森林资源孕育了鼎湖山、九龙湖、黄金沟、藏龙沟、砚洲岛、天湖生态邨等远近闻名的生态旅游景点。

　　如今，贵广高铁的开通，让鼎湖这幅绿色画卷更近眼前。为了吸引贵广高铁沿线旅客到鼎湖区旅游，鼎湖区还借助"迎高铁·鼎湖行"等宣传活动，宣传鼎湖区旅游形象。

　　事实上，近年来，鼎湖区利用自身的生态优势，精心规划保护生态，持续擦亮鼎湖生态环保这一金字招牌，实现真正的绿色崛起。

　　蜿蜒鼎湖城区的休闲健身环湖栈道，是 2014 年鼎湖碧莲湖公园改造工程里浓墨重彩的一笔。一旦该工程改造完成，围绕"一轴五园"的构思，可把东入口广场、水上景观廊、凌云阁以及休闲垂钓区、酒店区全部串成一线。

　　生态环境与城市发展融合，环湖栈道是鼎湖区生态文明建设的一个缩影。在《珠江三角洲地区改革发展规划纲要》和肇庆市建设绿色低碳新城战略的实施中，鼎湖区高瞻远瞩，以长远眼光、宏观思维谋划鼎湖发展，聘请清华大学教授等著名专家学者进行战略研究，确立了"绿色崛起、产业兴区、构造名城"的发展思路；坚持规划先行，先后完成《鼎湖区发展概念性规划》《肇庆市鼎湖区坑口片区控制性详细规划》等规划，既着力构造鼎湖山麓天然大氧吧、西江流域魅力滨海新城，打造旅游休闲之都、现代产业高地，又以生态绿色作前驱进行产业整体布局，实现绿色制造，建设绿色园区。

近年来，随着旅游热的兴起，鼎湖区紧紧围绕鼎湖山这个"天然大氧吧""北回归线上的绿色瑰宝"的品牌，在森林旅游度假上做文章，规划建设面积达 137 平方公里的"肇庆鼎湖生态休闲旅游产业园"，通过建设六大功能各异、优势互补的主题园区，打造一个以生态旅游休闲度假为核心的大型旅游产业园。与森林为邻的生活，将是鼎湖旅游的"新常态"。

据了解，目前该产业园已完成规划编制工作。根据规划，产业园将建设六大片区，即鼎湖山片区、鼎湖山新入口片区、云顶片区、羚山—下湾片区、砚洲岛片区和砚阳湖片区。每一个片区的功能各不相同，如鼎湖山片区将是生态旅游高地，云顶片区主打森林养心旅游，羚山—下湾片区则以湿地运动旅游为主题，资源互补性强。按照规划，产业园将形成"一轴三带六片区"的格局。"一轴"是从鼎湖山到西江的人文景观和旅游发展轴线。"三带"是森林生态旅游带、城市休闲旅游带、滨江休闲旅游带。

此外，另一个重磅出击的项目当属鼎湖岭南文化古城项目。该项目选址鼎湖区鼎湖山新入口，项目总投资约 50 亿元，首期投资 30 亿元，占地面积约 1 600 亩，将打造成集旅游观光、休闲度假、生态居住于一体的鼎湖旅游新名片。

可以想象，在贵广高铁的带动下，正积极建设"岭南生态休闲旅游最佳目的地"的鼎湖山，给人留下的将不仅仅是山水景色，更是一种生态情怀。

城乡统筹　创建和美乡村

作为珠三角最年轻的县（区）之一，鼎湖区在新型城市化建设道路上日新月异。与此同时，推动城市生产要素向农村延伸，实现城乡统筹发展，鼎湖区又走出了一条别样的发展道路。

2012 年，鼎湖区以创建"和美乡村"为主题的农村居住环境改造在该区蕉园村启动，计划五年内由政府、社会、企业等共同投入近 3 亿元，一改全区 80 多个行政村、400 多个自然村"农村垃圾靠风刮，污水靠蒸发"

的传统旧习。

"实现村庄绿化美化，并配套完成改厕、垃圾处理、污水处理，探索'户收集、村集中、镇转运、区处理'的农村垃圾管理方式，整体提升乡村休闲观光、生态农业惠及乡民的地域特色。"鼎湖区委书记李奔表示，创建"和美乡村"是鼎湖首创的新农村惠民工程，是为改善农村人居环境、打造新农村建设名村、提高农村综合改革发展水平而推进的一项惠民工程。

据了解，过去两年鼎湖全区共有41个自然村开展"和美乡村"创建，各级共投入建设资金5 200多万元，通过对下水道、改水改厕、道路硬底化、垃圾收运、绿化美化亮化、休闲健身设施等项目进行改造建设，共完成巷道与村道硬底化10万平方米、下水道建设59.4公里、新建（改造）公厕34间、新建（改造）篮球场24个、种植绿化3.34万平方米、种植乔木1 414株；共有17个创建村通过省卫生村考核验收，30个创建村通过区"和美乡村"考核验收。在农村环境整治上，农村环卫基础设施有效改善，卫生状况持续向好，特别是垃圾处理这项困扰多年的难题，通过全区上下的共同努力，形成了"户收集、村集中、镇转运、区处理"模式。全区7个镇（街道）共建成6个生活垃圾转运站（其中坑口、桂城共用1个），并全部投入使用；全区80多个行政村全部建立保洁员清扫制度，419个自然村中已有385个建成了生活垃圾收集点，建成率91.9%；各镇、村共有保洁人员538人。农村生活垃圾基本能做到每日收集，每日清运，垃圾堆积现象得到有效解决。

如今，一个个布局科学、结构合理、环境优美的"和美乡村"充分体现了鼎湖农村改革发展新成果，营造了良好的农村宜居环境，创建了自然、亮丽、宜居、和谐的新农村。

（载于《中国改革报》，2014年12月26日第4版《融入高铁时代　生态鼎湖提速绿色崛起》）

常平镇：看"京九第一镇"如何变美

东莞市常平镇是一座经济繁荣的城镇，多年来借改革开放的春风，利用交通便利的优势，大力发展制造性产业，高端电子、装备制造、汽车零配件、节能环保和光机电一体化等新兴产业和先进制造业发展势头强劲。因经济实力名列京九沿线县（市）前茅，常平素有"京九第一镇"之誉，近年来还先后荣获"中国电子信息产业名镇""中国最佳物流名镇""中华餐饮名镇""国家卫生镇""全国文明镇"等国字号荣誉。

经济的繁荣吸引了人才与资金的聚集，而城市品位的相应提升显得尤为重要。近年来，常平镇委、镇政府不断加大投入，改善城市环境，致力于推动提升城市品质。特别是党的十八大提出努力建设美丽中国，为常平镇委、镇政府建设美丽常平增强了信心，为此，常平镇积极抓住生态文明建设不放松，在城市升级方面创新方式，致力于打造一座宜居宜业的美丽新城。

——题记

2011 年以来，常平镇已投入 8 亿多元加快城市升级，新建和改造道路 20 多条，打通了一批断头路、瓶颈路；推进了一批水利防灾减灾工程建设，内涝问题明显减少；加大了环境建设和保护力度，建成常平公园，推进旗岭公园升级改造以及体育公园、河西公园、寒溪河"一河两岸"的规划设计，实施 LED 路灯改造工程，镇主干道路基本建成道路护栏，加快推进"三旧"改造。

狠抓生态文明建设，是东莞常平镇 2013 年的重要着力点，如今这个有着"京九第一镇"美誉的经济发达城镇，正按照"整山、治水、建城、造绿"的思路，做好城市绿色文章，深入实施城市升级工程，提速城市升级步伐。

城市升级　建设美丽新城

生态文明水平是推动转型升级的强大利器。对于常平镇这样一个处于

地形，因地制宜进行设计，在人行道较窄的地方不再加种树木，避免人流不畅；在人行道较宽的地方，建设大小不一的花池、树坑，栽种易于生长的乔木、花木，确保人行道的宽度刚好不足以停车和行驶，倒逼驾驶者改变乱停乱放车辆的现象，真正实现人车分流，保障行人安全。另一方面，以树为本重管理。树木的成活率直接关系绿化建设的成败，为此，常平镇不断加强绿化养护监管工作，将中心区绿化养护项目进行重新发包，提高养护标准，实行逐月量化评分考核制度，确保"植一片，活一片，绿一片"。与此同时，高度重视古木的管理与保护，对全镇树龄过百的 57 棵古树进行挂牌管理，为其制作专有"名片"，介绍树名、树种、树龄及生物特性等相关知识，让城市绿化留下历史印记。

在 2013 年常平镇政府十件实事当中，加大生态治理力度是其中重要的工作。据了解，2013 年常平镇将计划完成 10 多个点的绿化升级改造工程，并形成"一街一景""一园一特色"城市绿化景观，满足社会不同层面对绿化生态景观的要求。同时，投资约 500 万元建设社区公园（规划绿地），投资 122 万元实施石马河流域绿化整治，还将在京九铁路常平段沿线营造生态景观林带，优化绿色生态环境。

环境治理　　实现宜居宜业

在制造业比较发达的城市，推进生态文明建设，环境整治是重要的一环。对此，常平镇在推进城市升级的过程中，始终注重污染源的整治与监管，提升城市的环境质量，真正让常平成为宜居宜业的城镇。

2013 年是常平镇大力推进治污治涝的一年。根据常平镇的计划安排，该镇将加强对东西部污水处理厂的日常监管，逐步铺开截污次支管网建设，加快构建污水收集处理体系。加快规划设计，分批开展镇中心区河道整治，逐步治理"黑水、臭水"问题。加快环保专业基地建设进度，严格落实节能减排工作，全力完成主要污染物总量减排任务。加快沙湖口水堤围达标工程、木榻湖支流整治工程、田尾排站工程以及仁和水元江元桥工程等在建工程的建设，加快启动常平大道主排渠工程、常平中学排涝站工程、旧石马河司马段河道覆盖整治工程以及"一河两岸"整治工程等项目。

其中，常平镇的专业环保基地是东莞市的重点工程，已于 2012 年 3 月开始动工建设。据了解，该基地建成后，将对常平及周边镇区的高污染企业实现集中管理。根据建设计划表，常平专业环保基地 2013 年投入 2 亿元，9 月底前完成全部工程，污水厂投入运行，具备接纳企业搬迁进入的条件。基地建设工程分三期，第一期工程占地 547 亩，将整合常平镇现有的洗水、漂染、印花等重点污染企业 141 家（其中洗水、漂染 133 家），以及承接凤岗、塘厦、清溪、樟木头、谢岗、桥头、企石、黄江等上游区域部分洗水、印花企业，并适当承接本镇居民投资新建企业所配套的印花、洗水项目车间。对此类企业实行统一规划、统一定点，集中建设、集中治污、集中管理，从源头上加强环境管理，实现质量明显优化，循环经济和清洁生产水平明显提升，污染物排放总量明显减少，环境质量明显改善，保障群众身体健康，促进常平镇及整个东莞市经济社会全面协调可持续发展。

在环境整治方面，常平镇 2013 年还实施农村环境卫生整治工程，大力推进城乡市容环卫统筹管理工作，开展创建"市容环境卫生管理示范点"活动，完善农村道路设施和景观建设，实现农村环境卫生、公共秩序、村容景观等方面全方位提升。将除"四害"项目纳入统一清扫承包的范围，定期组织企、事业单位统一开展除"四害"行动，将突击行动和常规治理相结合，有效控制"四害"密度，保障人民身体健康。

另外，为了改善城市空气质量以及市民的乘车环境，常平镇大力推行新能源公交，2013 年 6 月，首批 50 辆新能源公交车投放使用，计划下半年继续更新 20 台新能源公交车，并力争在 2014 年实现镇内新能源公交车全覆盖。据介绍，新能源公交车的运营成本相较柴油车节省 25%，综合排放量可减少 85% 以上，对进一步倡导和深化绿色交通、低碳生活理念，缓解中心区交通拥堵，改善市民出行条件，优化人居环境具有重要的现实意义。

（载于《中国改革报》，2013 年 9 月 23 日第 4 版《以城市升级促进生态文明建设》）

南头镇：外延内拓谋转型　创新服务为民生

广东省中山市南头镇，是一个面积不到 30 平方公里的小镇，20 世纪 90 年代初，南头镇还是一个农业镇，但目前的南头镇已经成为全国首个镇级"中国家电产业基地"，成为以家电工业为主导的特色工业强镇。作为中山"北大门"的南头镇，改革开放以来，经济建设快速发展，综合实力显著增强，基础设施建设不断完善，城乡面貌日新月异，其发展势头令人刮目相看。

"发展经济是基础，社会管理是保障，民生建设促和谐。"在实地调研采访的过程中，笔者发现南头镇无论是在通过打造"华南家电城"项目、广东省家电产业转型升级示范园区等举措推动产业转型升级上，还是在探索实践"2＋8＋N"创新社区管理模式上，都闪耀着创新的光芒，其经验、做法值得分享和借鉴。

——题记

目前，南头镇共有大小企业 1 000 多家，其中年产值超亿元的企业 50 多家，超 30 亿元的企业 3 家，家电及其配套产业产值占全镇工业总产值的 80％以上。时任南头镇党委书记招鸿在谈及南头镇未来的发展思路时表示，南头镇坚持工业的主导地位，走"外延内拓"的发展道路，在经济发展的同时，加大民生建设力度，让经济发展成果惠及群众。

外延：打造家电产业转型升级示范园区

在中山市大力推进从"行政区经济"向"经济区经济"转变，并实施"三个一百"等一系列战略措施促进产业转型升级的大背景下，南头、阜沙两镇经过深入调研，达成了互惠双赢的合作共识，2012 年 4 月 23 日签约启动南头—阜沙经济协作区项目，利用南头项目优势，以阜沙作为基地，着力打造高起点、高标准、高效能的家电产业转型升级示范园区。

据笔者了解，该示范园区总规划面积 9 600 亩，分三期开发。首期开发 3 000 亩，计划总投资 80 亿元以上，预计实现工业总产值 150 亿元、GDP 约 42 亿元、税收 7.2 亿元。全部园区 9 600 亩建成投产后，将达到"千亿元产值、百亿元税收"的规模，主要凸显"三大功能"：一是优势家电企业"研发、设计、营销、人才、培训、财务、金融、管理"等核心要素的聚集地和总部基地；二是引入中国联通、IBM 等信息化与工业化融合创新公共平台，创建为"智慧示范区"，将示范园区打造为家电产业智能化创新、创意与全新产品的孵化基地；三是企业产品品质提升与品牌国际化升级基地。

南头镇委认为，南头的发展思路要"跳出南头看南头，跳出土地空间去思考未来的发展空间"，协作区项目对南头来说也是南头镇党委政府的一个创新思路，一方面要做优做强现有企业，做好总部经济，推动企业上市；另一方面则是开拓发展，将一些优质项目以及世界优质重点项目引到合作区内，共同打造家电产业升级平台，拓展更广阔的发展空间。对于该示范园区的项目，中山市政府也寄予厚望，希望家电产业转型升级示范园区项目能够突破行政边界，用市场去合理配置资源，减少按照行政区域重复配置资源、浪费资源的现象，进而推动产业转型升级。

内拓："抓两头带中间"力促转型

生产总值44.8亿元，同比增长13.3%；工业总产值175亿元，增长15.5%；规模以上工业总产值165亿元，增长16.7%……这是南头镇在2012年上半年经济工作中交出的漂亮答卷，这样的成绩离不开南头镇在转型升级中不断寻求新突破的努力，在"内拓"方面，南头镇通过扶强做大龙头企业、鼓励企业进行技术创新、推动有条件的企业上市、打造"华南家电城"项目等举措促进转型升级，实现产品由低端到高端，产业链由低级到高级的转变。

"内拓，就是引导企业加快产业转型升级，具体来说就是要做到'抓两头带中间'，重视实体经济的发展，防止产业空心化。"招鸿认为，"抓两头"就是抓好龙头企业和优质企业的扶持，抓好耗能高、产出少、污染大的企业转移，一步步引导企业转型；"带中间"就是通过两头来带领中间成长性较好的企业做强做优；积小胜为大胜，积小成为大成。

2012年4月16日，奥马电器在深圳证券交易所中小板上市，成为南头镇继松德之后第二家上市企业，这是南头镇在推动有条件企业上市工作中取得的一大进步。招鸿表示，在"十二五"期间将积极推动2~3家南头企业上市，对条件成熟的企业、成功上市的企业给予补助。据奥马电器综合管理部部长韩士峰介绍，奥马电器是南头家电行业龙头企业，也是国内最大的ODM冰箱生产企业，自2002年成立以来，国内和出口销售一直保持着健康、稳定、快速的增长，奥马电器成功上市对于奥马的可持续发展具有重要的意义。

南头镇依托便捷的交通条件和"三旧"改造的政策背景，大力打造华南家电产业服务创新区项目"华南家电城"。据了解，"华南家电城"项目总体规划用地面积约1 500亩，规划建设家电商贸区、商业配套区、公共服务区及商住配套区四大功能区域，主要发展专业市场、仓储物流、综合技术服务、商贸服务、会展服务、金融服务、信息服务等生产性服务业，并以高端商业、房地产作为有益的补充。根据规划，华南家电城建成后预计每年顾客消费额可达25亿元，创造财政税收1.5亿元，将有力促进南头镇第三产业发展。

"2＋8＋N"：创新社区建设亮点多

南头镇在着力产业转型升级的同时，也非常重视民生建设，不断提高居民幸福指数，建设幸福和美南头。保护群众权益才能更好地维护社会稳定，让群众共享改革发展的成果，这也是农村社区建设的最终落脚点。据南头镇宣传办公室负责人介绍，南头镇在2010年成为中山市推进城乡一体化示范镇，并全面完成"村改居"工作，创先推动社会治理，积极探索践行"2＋8＋N"的创新社区管理模式，形成创新社区管理的新机制。

据了解，"2＋8＋N"模式中的"2"指各社区组建一个农村社区建设协调委员会，搭建一个社区服务中心；"8"指各社区服务中心内设"四站"和"四室"，即社区公益事业服务站、社区环境卫生监督站、社区志愿者服务站、社区农技服务站，社区文体活动室、社区计生卫生室、社区治安警务室、社区法律服务室；"N"指根据农村社区和村民生产生活需要增加若干服务项目。

目前，南头镇的南城社区、民安社区是中山市农村社区建设"2＋8＋N"模式的观察点，笔者在南城社区的调研采访中发现，该社区结合自身的实际情况，推出的创新服务非常有特色，比如设立居务工作贡献奖，鼓励广大党员积极为社区各项工作建言献策，并对意见被采纳的党员干部予以表彰；成立扶助基金会，通过每年定期举行的捐款慈善活动募集资金帮助困难居民；整合资源打造便民中心，设立社会事务、计生、司法、医保等窗口，并将外来人口居住证登记办理、房屋租赁登记信息发布、劳动就业信息发布、积分入户入学申请和信访投诉等纳入一站式服务范围，为广大群众提供全方位服务；组建化解基层矛盾的经联社；成立的老龄志愿者服务站等创新服务形式都设身处地为居民着想。

南城社区建设树立"民生优先"理念，抓好基础设施和文化建设，为居民创造"适宜就业、适宜居住"的生活环境，笔者在南城社区看到文化活动中心、老年活动室、篮球场、图书阅览室、健身广场等基础设施，社区办公室设有体育活动室、健身器材、文化书屋等供广大居民锻炼身体、陶冶情操。除此以外，南城社区还组建曲艺、秧歌舞、柔力球、太极等文艺队伍，发展群众文化活动，并积极推动劳动力"双转移"技能培训工程，提高居民就业水平。

南城社区在基层管理、社群服务方面都做了不少有益的探索，一直坚持"便民、利民、为民"的宗旨，多为居民办实事、办好事，不断努力在社区建设方面取得更大的进步。招鸿表示，创新社会管理贵在重民生、谋在顺民意、成在解民忧，目前南头镇已基本实现了"领导协调机制、社区建设规划、社区综合服务设施、社区服务、社区管理"五项全覆盖，全面推进城乡一体化发展，建设全域幸福南头正从概念变成现实。

（载于《中国改革报》，2012年12月17日第11版《南头镇：在转型中实现腾飞》）

厚街镇：实现产业从低端向高端攀升

广东省东莞市厚街，是一座典型的制造业城镇，在改革开放30多年的发展中，这个小镇借势起飞，汇聚了一大批制造企业，造就了一个又一个经济传奇。

然而，在全球经济的影响下，以外向型经济和劳动密集型产业为主的厚街镇经济发展一度遭遇困境，特别是在2008年金融危机的冲击下，一些制造企业历经生死考验。

制造企业向何处去？产业经济是否还有未来？转型升级的变革已是必然。2008年5月，厚街镇被定为东莞市特色产业转型升级试点镇。加速转型升级，为厚街的发展注入强大动力。

——题记

经过4年来的坚持，厚街镇经受金融危机的考验和转型升级的阵痛，苦练内功，走出了一条实现产业从低端向高端攀升，从制造向创造转变的重生之路，如凤凰涅槃般华丽转身。2011年下半年，厚街镇获评东莞市产业结构调整和转型升级先进镇。

厚街在转型升级领域的探索，正逐渐成为东莞乃至珠三角转型升级的一个样本。

做强产业体系　整体转型升级

2012年，厚街家具市场集群被正式认定为首批唯一的广东家具国际采购中心，这是厚街在推进产业转型升级中，发展总部经济，推进产业集群化发展的一个缩影。

经过多年的发展，厚街的产业已经形成很好的基础。作为厚街经济的支柱，产业的走向决定了转型升级的成败。

"不管怎么调怎么转，其实都是围绕'产业'两字做文章，原来是单个企业单打独斗，形成不了一个产业集聚的效应，那么厚街镇委、镇政府通过把握住厚街的支柱产业，然后延伸产业链，做强产业体系。"时任厚街镇委副书记、镇长万卓培认为，只有将厚街的家具业、制鞋业、会展业、商贸业等整合为一个互为支撑、互为一体的强大产业集群，厚街才能实现整体的转型和升级。

据了解，厚街目前已形成以机电、鞋业、家具等为支柱的产业集群，优势突出。拥有民营个体企业 3.3 万个，其中民营企业 4 700 多家。2012年上半年，全镇私营企业登记注册户数 5 798 户，比 2011 年末增长 6.4%；个体工商户 27 406 户，比 2011 年末增长 3.4%。形成了房地产、酒店、家具、食品等一系列特色产业，涌现出驰生集团、华源集团、金河田、永益食品等一批名优企业。

在商贸服务业方面，会展和酒店业近年来发展较快。镇内的广东现代国际展览中心每年举办国际车交会、国际名鞋展、国际机械展等大型展会30 多个，形成具有鲜明区域特色的会展经济。厚街拥有酒店、旅馆 130 多家，其中星级以上酒店 23 家，是我国酒店服务业最密集、最发达的镇区之一。

长期以来，厚街加工制造业已形成规模，特别是家具业、鞋业和电子产业特色明显。目前厚街拥有家具企业近 400 家、家具专业市场 10 多个，从业人数超过 10 万，"家具之都"盛誉驰名海内外。制鞋方面拥有国际鞋业采购商超 1 000 家，各类鞋企 200 多家，年产鞋量超 3 亿双，产量占全国的 1/4，全球的 1/10，出口占据了广东省 1/3 的份额，形成完善的制鞋产业链，具有较成熟的产业集群。厚街还拥有电子机电类企业 130 多家，占外资企业总数的 22.85%。拥有包括三星、泰科在内的世界 500 强企业和昆盈、创科、广泽等一大批电子机电龙头企业，出口占全镇出口总额的72.37%。另外，黄金珠宝、汽车配件和高端装备等三大新兴制造业在厚街发展较快，形成了产业集群。

拥有了良好的产业基础，如何让产业形成集聚力量，实现产业的整体转型升级，厚街找到了一条因"产"制宜、因"企"制宜的路子。万卓培表示，厚街的产业发展一定要从长远规划着手，全面谋划厚街产业布局，依托全镇已确立的"家具、制鞋、机电、会展"等主导产业，着力在建平台、拓内销、促集聚上下功夫，推动主导产业向产业链两端延伸。

一是突出展销平台建设。把会展业立为支柱产业，大力扶持，并借助厚街镇成功创建中国会展名镇的契机，突出打造十大品牌展会，加快规划建设会展三期工程，在继续提升名家具展等知名品牌的同时，又新引进了汽车改装展、华南印刷展、瓦楞纸展三大展，其中瓦楞纸展为全球行业最大展会，以会展业推进重大产业集聚区发展。近 3 年来举办各种展览 108 次，参加各类展会的企业达 12 000 家，带动国内外专业买家 500 万人次，累计成交额 3 600 多亿元。厚街名家具展成为国内三大品牌家具展之一。

二是突出专业市场建设。发展家具、鞋业专业市场 37 个，品牌展出企业 600 多家，其中家具专业市场囊括了全镇所有家具企业的产品展出，年家具原材料市场交易额超 200 亿元，年家具成品交易额超 220 亿元。2012年以来，厚街镇以广东省政府授予该镇"广东国际家具采购中心"称号为契机，抓紧建设面积达 70 万平方米的家具世博园、兴业家具之都和鞋业总部基地三大项目平台，着力完善家具、制鞋两大产业集群。

三是突出内销市场拓展。推动企业借助加博会拓展内销，2012 年，外博会成功升级为国家级展会，镇内企业参展前三届外博会和 2012 年加博会 244 家，为全市之最。坚持"请进来、走出去"，"请进来"英国乐购等 7 大知名国际买家与 150 多家企业对接；组织 400 多家企业"走出去"参加国际大展、国内名展和"莞货北行"等，160 多家企业参加武汉、长春等产品展销会，现场签约项目 230 个，达 180 多亿元，推动家具、制鞋等共 300 家民营企业在全国一线城市开设直营店或加盟店达 15 000 家。2011 年内销外企由 2008 年的 40 家增加到 123 家，外企内销达 77.5 亿元，同比增长 34.5%。2012 年上半年内销总额 40.3 亿元，同比增长 12.2%。

四是加快主导产业集聚。抓好家具业和制鞋业等传统产业的改造、传承和提升，成功推进家具、鞋业产业成为东莞市第一批重点培育产业集群区，鞋业成为广东省第四批产业集群升级示范区，家具创意产业成为东莞市十大产业集群之一。目前全镇共有 10 家民营企业发展总部经济，23 家大型外资企业迁入或新建总部基地。机电、鞋业、家具三大主导产业出口占全镇总额的 85.8%，其中机电类占 72.4%，集聚效应更加明显。正在建设的世界鞋业总部基地项目，已与清华大学、法国 CTC 鞋业皮具技术中心合作，建成后将成为华南最大的鞋业研发基地。

培育经济"月亮"　壮大榜样力量

2009 年，厚街科技工业园里，出现了一座占地面积达 27 万平方米的大型企业总部基地——创科亚太工业园，它是由原本分散的4家来料加工企业、3家独资企业合并而成的。整合后的创科实业，集研发、生产、销售于一体，原本设在欧美等地的80%的研发中心全部迁至其中，现已拥有超过10个自主品牌，产品市场份额居全球同类第二位。创科实业在成功实现从生产型企业向总部型企业转变的同时，也一举跃升为东莞机电行业的龙头。

东莞三星视界有限公司，曾是一家生产电子枪和电池的加工贸易工厂。如今，它的厂房"躯壳"还与原来一样，但内部的设备技术等"心脏"部件已全部更新，旧机器近乎绝迹，取而代之的是全新的全自动生产线。

在金融危机的倒逼下，三星视界瞄准转型升级的契机，通过引进先进工艺、加大研发投入、调整产品结构，转向高端AMOLED（有源矩阵有机发光二级体面板）显示屏生产，一举建成了7条自动化高速生产线，实现了产能和出口的快速增长，产能大增，相当于3年再造了之前的10个三星视界公司。2012年前5个月，三星视界更是以一厂之力拉动了东莞全市4.5百分点的出口，出口增速达到了惊人的341%。现在，三星视界已是厚街着力培育的"月亮工程"对象。

另外一家"转型明星"企业是厚街楷模家居用品制造有限公司，该公司从一家100多人的小工厂，发展到如今拥有11个品牌系列、近千家实体店、年产值20亿元的知名家居企业，公司董事总经理李震认为这得益于品牌的自创建设，其间研发设计是关键的一环，每年楷模家居将利润的10%投入研发设计，如今已开发实用新型专利35项，外观专利1 000多项，同时还从德国、意大利等国进口了多条先进的生产线。

在近几年推进转型升级的过程中，厚街将扶持大企业做大做强作为一项重点工作，而以上几家企业就是厚街推动企业实现产品和技术设备的换代，打造自有品牌所进行探索的代表。

企业的转型升级，也是一次生死考验，特别是龙头企业，对整个行业的健康发展至关重要。如何培育经济"月亮"，厚街已经采取了一些积极的措施。

如今，厚街镇通过启动实施"双百企业"培育"月亮"工程，三个翻番计划培育龙头企业，重点打造三星、创科和金叶珠宝三个百亿级"经济月亮"，突出扶持各100家外资和民营企业，计划5年内总部型企业数量、龙头骨干企业和产业产值规模各翻一番，形成"星月争辉"格局。上半年"双百"项目中，已有15宗外资和10宗内资企业完成增资扩产。

在培育大企业的同时，厚街还专门出台《厚街镇招商引资奖励暂行办法》和《厚街镇优质企业投资指引》，投入 2 000 万元设立促进生产力专项基金，宣传推广重点项目。近几年来，班子成员分头走访目标引进企业168 家，邀请 134 家海外企业走访厚街镇，3 年引进外资项目 133 宗，合同利用外资 3 亿美元，成功引进了韩国诺帕斯电子、日本大华广泽、希尔顿大酒店、广泽汽配公司等高新企业和龙头企业，其中韩国诺帕斯电子公司将投资 3 000 万美元。2012 年，又突出加快大项目引进，开展了 3 场区域性招商工作，引进内外资项目 28 宗，其中 1 亿元以上大项目 3 宗，协议投资 8.4 亿元，三星视界增资 1.12 亿美元扩大 AMOLED 生产规模。

大企业、大项目的培育和引进，对于推动厚街产业结构调整，起到了很强的带动作用，当前厚街已经着力培育出三星视界、创机电业和金叶珠宝 3 个经济"月亮"，打造百亿级企业，而三星视界也成为东莞仅有的两家超百亿企业之一。截至 2012 年 6 月，厚街镇拥有规模以上企业 212 家，工业产值 325.58 亿元，同比增长 52.8%，占全镇工业总产值的 91.74%。

据万卓培介绍，目前，厚街已在深圳设立招商联络处，强化项目招商，并借助厚街科技工业园区，重点跟进重大项目的投资进度，以及协助企业建立总部基地和增资上市的有关工作，有意向地培育年产值 100 亿元的企业 2 家、30 亿元的企业 5 家、10 亿元的企业 10 家，力争 3 年内新增上市企业 3 家。

转型更要"扶小" 帮扶社区企业

金融危机来袭，受影响最大的是中小微企业。2012 年上半年，厚街镇调查了 197 家中小型企业的经营情况，其中有 69 家企业出现亏损。没有雄厚的资金和技术实力，许多中小企业要么倒闭，要么"死撑"。中小企业何去何从？面对这一道难关，厚街已经在行动。

"不仅要抓大，还要扶小。"万卓培认为，中小企业占厚街镇内企业总数的绝大部分，厚街转型升级的各项政策势必要覆盖到这些企业。基于此，厚街在启动实施"双百"工程中，重点培育 100 家中小型外资企业、100 家中小型民营企业，并设立了亿元产业转型升级基金，在 4 年内安排4 000 万元专项资金帮扶企业创建名牌名标。

万卓培介绍，对于中小企业而言，技术平台等公共服务平台能够为企业减少成本，为转型升级提供支持。为此，厚街下一步将加大对公共服务平台的扶持力度。其中，包括名家具研发设计院、东莞国际鞋业研究院和鞋业行业科技创新平台、华南国际电子交易中心和机电行业科技创新平台等的建设，提升企业整体的自主创新能力。同时，准备扶持中小型企业

"触电"，借力电子商务平台实现壮大和快速发展。厚街目前正筹划在家具行业建立公共电子商务平台，按照政府资助、行业运作、企业参与的模式进行推动。

作为帮扶中小企业的一个重要举措，激励社区企业转型是厚街镇2012年的一个重要方向。

早在2000年，厚街已通过设立工业园区的形式进行社区层面的整合。厚街镇曾在环冈、河田、汀山、桥头、南五5个社区交界处规划了约11 000亩的厚街科技工业园，引导一些大型有潜质的分散的企业迁至园区里面。如创科公司，将原来分散在厚街镇的7家企业进行合并，兴建占地面积达27万平方米的集研发、生产、销售于一体的大型厂区。园区各项设施日臻完善，为企业提供了更大的发展平台和更广的发展空间。

2012年是厚街镇社区企业结构调整年，年初以来，厚街将转型升级的重心下沉，从规模以上企业调整为向社区企业纵深突破。厚街镇出台了《厚街社区企业转型升级工作方案》，制定十大激励政策和社区"三高一低"企业退出时间表，确立5个社区和30家社区企业为试点，按照"统、引、迁、转"的办法，推进社区企业转型方式从一区一品向多区一产业提升，全力推动社区企业生产经营形态由传统向高级化转变、由加工制造环节向产业链微笑曲线两端提升。

社区企业的强筋壮骨，为厚街工业经济增长提供了有力支撑。此外，厚街镇意识到，目前该镇90%以上的企业在社区，推进社区企业结构调整是厚街镇产业转型升级的关键。因此该镇把产业结构调整的重点从镇延伸到社区，进一步整合社区资源。同时，借助互联网信息平台，及时收集和发布有关空置厂房和招商项目信息。逐步统筹土地，由镇、社区联合开发；统筹社区空置厂房，由政府统租、统招，实现社区土地二次开发，力争3年内实现社区50%的外企调整结构。

未来，厚街将以片区为单位，会展、家具、物流、制鞋、电线电缆、机电和汽配七大产业集群社区圈比邻而立、错位发展，形成多片区一特色产业聚集。这就是厚街社区企业结构调整工程所描绘的蓝图。

厚街在技术研发、品牌营销、产品展销等方面加大支持力度，争取用5年时间，使总部型企业数量、龙头骨干企业和产业产值规模各翻一番。2012年上半年的200个试点中小企业中，已有15宗外资和10宗内资企业进行了增资扩产。

政府服务升级　企业信心倍增

2007年，面对国际市场的风云变幻，厚街镇党委、政府敏锐地认识到传统的发展模式已难以为继，"借脑"中科院、省府发展研究中心、中山大学、暨南大学等单位的专家学者，调研形成了东莞第一份乡镇产业转型升级研究报告——《推进厚街经济社会双转型研究》。

通过政府这一有形之手推动转型升级加快步伐，是厚街转型升级样本的一大亮点。

如何发挥政府的引导作用？厚街镇党委认为，政府有形之手要为企业转型帮忙而不是添乱，应该将力量集中在改善企业转型环境上来。据了解，近年来，厚街镇通过打造政策、技术、服务和交流等平台，发展总部经济，帮扶企业创建名牌名标，做好环境方面的服务建设，推动了众多企业积极转型。

在助推转型升级的平台搭建上，厚街主要突出政府在政策、技术、服务和交流上有所为。

在政策平台上，帮助企业挖掘"政策金库"，着力抓好政策引导，将国家、省、市出台的帮扶企业政策汇编成册发到企业，引导企业活用、巧用转型升级政策，以及"科技东莞""创业东莞""商贸东莞"等扶助专项资金政策。

在技术平台上，加快品牌的培育和技术的研发，4 年累计投入 1.36 亿元支持科技创新，重点推进名家具研发设计院、东莞国际鞋业研究院、机电行业科技创新等项目平台建设，培育和帮扶 100 家"两自"企业、50 家名牌名标梯队企业设立研发机构和申请技术专利。

在行业服务平台上，支持东莞名家具俱乐部、东莞食品协会、东莞机械协会、东莞鞋机商会等行业协会建设，帮助企业"抱团过冬"和转型升级。

在贸易和交流平台上，利用会展推动企业参与国际竞争，拓宽企业产品的出口渠道。如英国乐购等 7 大知名国际买家与 50 家东莞家具企业实行对接，帮助家具企业拓展出口销路。如利用升级为国家级展会的中国加工贸易产品博览会，组织企业拓展内销市场。

厚街镇在推动特色产业转型升级中，还坚持了因"产"制宜、有所侧重的原则。不同产业有不同的特色，推动产业转型升级的具体措施不能一成不变。对于产品变化迅速、转型升级较快的机电产业，厚街主要是从做好环境方面提供服务。例如三星视界有限公司将位于韩国的一条生产线转到厚街时在入关方面遇到困难，厚街镇便主动和海关沟通协助，让该企业的新生产线能够在短时间内投产。

对于制鞋业、家具业等传统制造业，厚街镇采取了更为灵活和有针对性的措施。在推动制鞋业发展方面，厚街镇制订了《东莞市鞋业转型升级和集群发展政策扶持方案》，力争到 2015 年，把东莞建设成为集鞋业研发设计中心、鞋业贸易中心、鞋业品牌集散地、鞋业生产基地于一体的世界鞋业之都。

在企业的转型当中，厚街还致力于谋划发展总部经济，把"根"留住。近年来，厚街一方面对设立总部的企业和引进总部企业者给予奖励，优先帮助总部型企业解决发展用地、招聘人才等问题，总部经济渐现雏形。创科电子、昆盈电子、栢能电子、绿洲鞋业等23家大型外资企业迁入或新建总部基地和研发中心。与此同时，占地面积18万平方米、建筑面积40多万平方米、总投资1.6亿美元的世界鞋业（亚洲）总部基地也在厚街生态科技工业园动工。该项目建成后可招商 3 000 家独立工商户，安置 2 万 ~ 3 万人就业。

"如果企业是一棵大树，厚街则是一片沃土，企业总部就如同大树的根脉，让厚街这片土壤更好地为根脉服务，才能帮助企业将枝叶伸展得更远。"厚街镇通过政府有形之手，将企业的危机压力转化为转型升级的动力，从而使得企业转型升级的信心更加坚定。据了解，在企业"一对一"贴身服务中，厚街镇自 2008 年以来，共走访企业 1 620 多家（次），解决企业转型升级问题近 500 个，协助中小企业融资贷款 1 367 宗，融资贷款金额 157 亿元，为企业转型升级提供了生产资金、科研立项、申报名牌等全方位服务。可以说，作为转型升级的重要推手，厚街镇的这一系列举措让人印象深刻。

强化城市升级   夯实转型载体

产业的转型升级以城市作为载体，而城市升级能带动产业的转型升级。自 2008 年被定为东莞市特色产业转型升级试点镇后，厚街镇着力强化城市升级，突出抓好"三旧"改造和工业园区等载体建设，加快投资环境的改造，夯实转型载体。

一是加快"三旧"改造步伐。坚持向"三旧"改造要空间，实现腾笼换鸟，完成"三旧"改造标图建库红线调整工作，纳入标图建库的"三旧"改造地块共83宗，面积8 529.5亩。已通过市审批的"三旧"改造方案27宗，编制单元规划6宗。镇中心标志片区改造项目已与万达公司达成合作意向。力促"退二进三"，实施"退二进三"项目55个，其中迁移镇中心区小工厂、小作坊80多家。如寮厦村转移中心区 6 家劳动密集型企业，腾出空间建设"鸿运二期"，成为全市面积最大的鞋材专业市场。资源整合，腾笼换鸟，改变了城市的空间形态，推动了城市升级。厚街国际大酒店、南峰鞋材市场等一大批高端商贸服务业项目拔地而起，正在建设中的世界鞋业总部基地、家具世博园、兴业家具之都、希尔顿酒店、兴业材料物流城、好景电线电缆城等大型商贸项目，在延伸厚街传统产业链条的同时，进一步优化了城市的空间布局，提升了城市形象。

二是加快工业园区建设。投资约 2 亿元完善科技工业园区基础配套设施建设，扩大三星视界厂房，重点推进世界鞋业总部基地，爱高、广泽等四大工业项目建设，推动科技工业园成为镇经济发展的现代化工业基地。

三是加快投资环境改造，优化政务环境服务，简化办事程序，改进政风行风，切实减轻企业和群众负担，致力于打造营商环境"加一"，综合成本"减一"的新优势。围绕"六个东莞"建设，按照市"三打两建"部署，重拳打击"三类"违法犯罪活动，铁腕整治群众反映强烈的重点领域、重点行业和重点问题，全镇营商环境得到了极大的改善。大部分遵纪守法、诚信经营的企业得到促进、提升。如在食品市场方面，厚街大部分食品企业经营保持了两位数增长。

【采访后记】

转型也从容

本次调研走访东莞市厚街镇，是在 2012 中国加工贸易产品博览会落幕后不久进行的。一个国家级的加工贸易产品博览会，让厚街镇汇聚了全球的目光。而这背后有深刻的理解，那就是厚街在推动加工制造业转型升级上，被认为是一个样本。

从 2008 年厚街镇被定为东莞转型升级的试点镇，历经金融危机影响下的疼痛，上演转型升级下的企业生死战，到如今成为东莞产业结构调整和转型升级先进镇，厚街这 4 年来所经受的考验、忍耐和突破，要比其他城镇丰富得多。

此次采访，让记者感受最深的是这个制造业镇在转型升级中所表现的从容和信心。往更细处探秘，我们看到的是，镇委、镇政府将有限的资源用在刀刃上，推动产业转型升级因"产"制宜，因"企"制宜，因"地"制宜，有的放矢地用力发力。而企业在面对转型升级的各种风险时，表现出临危不乱的巨大勇气，挺过"阵痛"寻求突破，终于守得云开见明月。

记者从对万卓培的专访当中感受到，作为转型升级的有形推手，厚街镇委、镇政府运筹帷幄，全盘谋划，调整产业结构，使得传统产业焕发了勃勃生机。在对企业的政策引导和服务上，党委政府做好"服务员"的角色，帮忙而不添乱，集中力量改善企业转型环境，增强了企业转型升级的信心。在面对转型升级的"阵痛"和"诱惑"时，有效设置"关卡"，严防传统模式复归，保护了转型升级的成果。

作为转型升级的主角，企业在推进技术创新、自创品牌方面更让人看到一种非凡的远见。记者在采访厚街楷模家居时获悉，这家曾经的小工厂，从走贴牌之路度日维艰，到成功塑造11个品牌，成为智能化家居市场的领跑者，其惊人的"质变"就是转型升级的效果。公司总经理李震笑言：品牌建设让制造业实现了完美跨越。

经过4年的转型升级努力，厚街的方向更清晰，信心更充足，脚下的道路更宽广，据此可以预言，厚街的转型升级之路将会更加从容，并收获喜悦。

（载于《中国改革报》，2012年11月19日第11、12版《探秘转型升级的"厚街样本"》）

改革对话——
万卓培：转型升级，迟转不如早转

广东转型升级看东莞，东莞转型升级看厚街。

近年来，在金融危机的冲击下，以外向型经济和劳动密集型产业为主的东莞厚街经济，与珠三角诸多制造业镇一样，经历生死考验。然而，克服困境和阵痛，厚街制造业又重新焕发活力，而活力来自转型升级。

作为东莞转型升级试点镇，厚街近年来逐渐形成了自己的发展路径。近日，本报调研采访走进厚街，专访时任厚街镇委副书记、镇长万卓培，尝试剖析广东转型升级的厚街样本。

转变观念：迟转不如早转

记者：厚街产业转型升级是在什么样的情况下进行的，信心来自哪里？

万卓培：厚街经济以外向型经济和劳动密集型产业为主，受市场波动影响大。尤其在2008年以来金融危机的冲击下，厚街产业结构明显失衡，大多数企业陷入困境,借金融危机倒逼产业转型,坚定不移地推进厚街及其企业产业结构调整和转型升级。2009 年 3 月,省委领导来厚街调研时,提出了"今天不主动调整产业结构,明天就会被产业结构所调整"的指示要求,坚定了厚街转型升级的信心。

记者:在危机面前,如何做好转型升级前期的准备工作?

万卓培:只有强化思想认识,把准转型方向,才能在转型升级上开好头。为此,厚街镇坚定不移地把转型升级工作放在第一位,动员全镇干部群众解放思想,牢固树立"转也得转,不转也得转,迟转还不如早转"的思想。坚决破除狭隘的利益观念,要求干部群众放弃眼前小利,谋取长远大益,明白地提出"今天的断腕,就是为了避免明天的断头",在全镇努力营造一种时不我待的转型升级紧迫氛围。

为了科学地把准转型升级方向,我们委托中山大学第三产业研究中心课题组,在认真调研和评判的基础上,全面规划转型升级实施方案,重点突出机电、家具和制鞋三大支柱产业,以及外企和民营各 100 家重点企业,先易后难,包括具体的实施步骤和主要措施,使干部群众进一步明确方向,解决了为什么要转,以及怎么转的问题。

寻找路径:探索企业转型

记者:对很多企业来说,转型升级存在困难,不知道怎么转。近年来,厚街在推动企业转型升级方面有哪些卓有成效的经验?

万卓培:在强化企业转型方面,我们进行了一系列的探索,主要来说就是通过"推技改、促创新、抓增资、建品牌、转形态",突出优存量,促增量。

在推技改方面,我们通过激励企业提高生产技术水平,引进先进设备,促进企业加工向自主品牌生产转变。4 年来全镇企业累计技改投入 119.5 亿元,年均递增 35%,共有 167 家企业更新生产设备。

在促创新方面,镇财政 4 年累计投入 1.36 亿元支持科技创新,重点推进东莞国际名家具研发设计院、东莞国际鞋业研究院、机电行业科技创新三大项目平台建设,为家具、鞋业和机电业企业提供研发平台和服务。其中名家具研发设计院已成为省级示范平台;创科、昆盈、绿洲等 23 家大型外资企业和 6 家民营企业拥有研发中心。

在抓增资方面,实施了 100 家重点优质企业增资扩产工程,积极推进三星、创科、爱高、广泽等镇内优质企业增资扩产,设立研发机构。3 年来全镇共有 216 家外资企业增资扩产,增资总额达 3.5 亿美元。如三星视界，金融危机后厂房空置率达 50%，产能降低 50%，但通过公司增资 1 亿美元，淘汰原来落后的设备和生产线，引进高端显示屏 AMOLED 产品，2012 年上半年出口额同比增长 3.3 倍。

在建品牌方面，4 年来共安排 4 000 万元专项资金帮扶企业创建名牌名标，获得名牌名标 48 件，专利授权 7 150 件，连续 3 年专利数和新增名牌名标数为全市第一。目前，全镇外企拥有品牌 172 个，比 2008 年增加了 4 倍；拥有研发环节的外企 183 家，比 2008 年增加 63 家，占外企总数的 1/3。

在转形态方面，有 137 家"三来一补"企业转变形态，来料加工企业占全镇外企比例由 2007 年的 60% 下降到现在的 10%。89 家外企由 ODM（原始设计制造商）企业转变为 OBM（工厂经营自有品牌）企业，350 家外企从 OEM（定牌生产和贴牌生产）企业转变为 ODM 企业，比 2008 年增加 137 家。2012 年上半年，全镇出口总额 42 亿美元，比 2007 年增长 176%，其中三资企业出口增长 88.2%，占全镇出口总额的 96.1%，"三来一补"企业出口减少 66.2%。

记者：通过这些举措，达到了什么样的效果？

万卓培：通过企业转型升级，厚街镇的工业结构与资源配置明显优化。2012 年上半年，机电制造业产值同比增长 96.6%，占全镇出口总额的 80%；高新技术企业出口比 2007 年增长 252.5%；黄金珠宝、汽车配件和高端装备三大新兴制造业完成产值同比增长 197.1%；2011 年，全镇每万元生产总值耗电、耗水比 2007 年分别下降 38.4% 和 49%，每亿元生产总值耗地下降 36.9%，每平方公里土地产生 GDP 增长 58.4%；4 年来，全镇转移劳动力 7 万余人，常住人口呈逐年下降趋势，比 2007 年下降了 14%。

重点突破：加快"三重"建设

记者：为了突破"星星多，月亮少"的产业格局，东莞大力推进"三重"建设，"三重"建设在厚街推进情况如何？对于转型升级有何积极的意义？

万卓培："三重"建设是东莞市委、市政府做出的一项重大决策，对于厚街来说，强化"三重"建设，能够大大激发转型动力。

2011 年以来，厚街组织中层以上干部参观了佛山南庄等地，考察"三重"建设等方面的先进经验和做法，建立"三重"目标管理责任制，成立重大项目、重大产业集聚区、重大科技专项"三重"建设项目专责组，建立"三重"项目信息报送和督导制度，推行目标倒逼进度机制，扎实推进"三重"项目建设。

一方面推进项目培育工程，实施了"双百企业"培育"月亮"工程、三个翻番计划培育龙头企业，设立1亿元专项资金，重点打造三星、创科和金叶珠宝三个百亿级"经济月亮"，突出扶持各100家外资和民营企业，计划5年内总部型企业数量、龙头骨干企业和产业产值规模各翻一番，形成"星月争辉"格局。上半年"双百"项目中，已有15家外资和10家内资企业完成增资扩产。

另一方面加快项目引进，出台《厚街镇招商引资奖励暂行办法》和《厚街镇优质企业投资指引》，投入2 000万元设立促进生产力专项基金，宣传推广重点项目；设置招商引资"六大关口"，加大电子信息、新能源、新材料、生物制药等新兴产业引进力度，并防止了150家低端企业复归。推动产业链关键项目与缺失项目引进，近几年来，班子成员分头走访目标引进企业168家，邀请134家海外企业走访我镇，3年引进外资项目133宗，合同利用外资3亿美元，成功引进了韩国诺帕斯电子、日本大华广泽、希尔顿大酒店、广泽汽配公司等高新企业和龙头企业，其中韩国诺帕斯电子公司将投资3 000万美元。2012年，又突出加快大项目引进，开展了3场区域性招商工作，引进内外资项目28宗，其中1亿元以上大项目3宗，协议投资8.4亿元，三星视界增资1.12亿美元扩大AMOLED生产规模。

此外，加快市、镇28个重点项目建设，成立28个项目专责组，推行目标倒逼进度机制，明确项目主任，全力推进重点项目建设。上半年已有23个项目动工，完成固定资产投资8.2亿元。投资约2亿元完善科技工业园区基础配套设施建设，加快爱高、广泽等四大工业项目建设。

政府主导：全方位的服务

记者：在转型升级过程中，政府作为有形之手如何发挥力量，从政策、环境和结构调整方面推动制造企业成功转型升级？

万卓培：在转型升级过程中，我们吃透和巧用上级帮扶政策，并坚持以市场为主体、政府为主导的原则，因势利导。

突出政策帮扶，将国家、省、市出台的帮扶企业政策汇编成册，印制5 000多册发到各企业，并成立专门办公室给予解读和服务，引导企业活用、巧用转型升级政策，以及"科技东莞""创业东莞""商贸东莞"等扶助专项资金政策。

落实政策配套，立足厚街实际，制定了《厚街镇产业结构调整转型升级措施》《厚街镇社区企业转型升级方案》，出台了重大项目引进、"三旧"改造、科学技术创新、总部企业扶持、名牌名标创建等一系列配套办法，减轻企业负担，助推企业转型升级。

激励社区企业转型，把 2012 年作为社区企业转型升级启动年，把结构调整层面从镇延伸到社区、从镇重点企业转向社区中小企业，出台《厚街社区企业转型升级工作方案》，制定社区企业转型升级奖励等"十大政策"，并按照"统、引、迁、转"的办法，推进社区企业转型方式从一区一品向多区一产业提升，力争用 5 年时间，使 50% 以上的社区企业结构得到调整优化。

优化政府服务，借助危机倒逼机遇，通过政府有形之手，将危机压力转化为企业转型的动力，实行了"千干入千厂宣传"制度，建立了机电业、制鞋业、家具业、会展业四大龙头行业联席会议制度，以及企业联络小组协调会议制度、镇班子挂钩联系制度，成立用地规划和产权补办等 7 个解决问题工作组，提供"一对一"贴身服务。2012 年以来，我镇又着力推进"中小企业服务年"活动，并将班子成员分为 5 个调研组，走访重点企业。2008 年以来，共走访企业 1 620 多家（次），解决企业转型升级问题近 500 个，协助中小企业融资贷款 1 367 宗，融资贷款金额 157 亿元，为企业转型升级提供了生产资金、科研立项、申报名牌名标等全方位服务。

（载于《中国改革报》，2012 年 11 月 19 日第 11 版《厚街产业转型升级的发展路径》）

乐从镇：商贸之都崛起"物联新城"

在中国的专业镇中，佛山市顺德区乐从镇是一个特例。在珠三角制造业的广阔海洋里，乐从却以商贸业立镇，仅家具、钢材、塑料这三大专业市场，就在全国甚至世界上拥有非凡的号召力，"商贸之都"名副其实。

传统产业辉煌延续，而乐从的智慧在产业转型升级过程中越来越凸显。近日在顺德乐从举行的北上广三地孵化器经济暨青年创新创业论坛上，首批 9 家企业集体进驻物联天下物联网信息产业园孵化园，而这一孵化园，将在三年内建成为国家级物联网孵化器基地，一个物联新城即将浮出水面。

乐从的商贸发展模式难以复制，而乐从新型产业发展的思维方式却走在镇域工业经济的前面。

——题记

"商贸之都" 熠熠生辉

作为一个仅有 78 平方公里的弹丸之地，乐从成就了世界最大的家具市场、全国最大的钢铁交易市场、华南最大的塑料交易市场的经济奇迹。蓬勃的产业发展为乐从经济注入强大的动力，2011 年，实现地区生产总值 129.36 亿元，贸易业销售收入 793.34 亿元，税收入库 26.26 亿元，全镇银行人民币存款余额 431.84 亿元，三次产业比例为 1.5：29.2：69.3。据广东县域经济研究与促进会近日发布的最新研究报告，乐从综合发展力跻身全省前十名。

乐从的传统产业，在多层因素的催化下，获得了蓬勃发展。乐从镇党委委员蔡遥炘认为，在政府强有力的扶持和引导下，而且兼具自身的地理位置优势，雄厚的民间资本，以及跨越千年的岭南文化，灵活的融资和担保方式，作为乐从的主导产业，商贸流通发展势头迅猛，特别是三大专业市场的辐射力和号召力日渐强大。

乐从家具市场目前已发展成以 180 多座现代化的家具商场为主体，商铺总面积 320 多万平方米，绵延十里，气势宏大的家具集散采购中心，容纳了海内外 3 500 多家家具经销商，年促成交易额约 500 亿元，家具销售量居全国家具市场之冠，市场规模全球最大。2004 年，乐从镇获得中国轻工业联合会和中国家具协会共同授予的 "中国家具商贸之都" 荣誉称号。

乐从钢材市场占地面积 220 多万平方米，至 2011 年 12 月拥有贸易商户 3 359 家，年促成钢材贸易总量超过 2 000 万吨，销售网络辐射全国各地，是全国最大的钢铁贸易集散地；2010 年 4 月获由中国物流与采购联合会评定的 "中国钢铁专业市场示范区" 荣誉。

乐从塑料市场商铺经营面积达 100 万平方米，经销商户 600 多家，年促成塑料交易量 200 多万吨，是华南地区最大规模的塑料原料交易市场。2006 年，乐从被中国轻工业联合会和中国塑料加工工业协会授予 "中国塑料商贸之都" 称号，2010 年蝉联此殊荣。

除三大市场外，这里还拥有全球最大的汽车外饰件生产企业、全国最大的啤酒贴纸生产基地、广东最大的烟包及滤咀纸生产基地。专业市场扎堆，商贸流通业兴旺发达，乐从"商贸之都"的形象熠熠生辉。

传统产业转型谋变

商贸流通业的发展，使得乐从走出了一条与珠三角其他专业镇迥异的发展路径。如今，乐从再次迎来了一个全新的头衔"国家级智慧城镇试点示范"，为全国两万多个小城镇的转型升级寻找出路。

传统产业转型升级，是在为产业自身的优势寻找更好的着力点和发挥平台，考验着乐从的智慧能力，而乐从的智慧就体现在持续的创新上。

早在 2005 年，尽管家具、钢材、塑料三大专业市场已经享誉国内外，但传统的商品交易模式已不能满足经济发展的需要。而彼时电子商务开始兴起于草根，乐从党委政府敏锐地意识到，将电子商务嫁接到专业市场，会是一盘更大更好的棋。在政府的扶持引导下，一些电子商务运营商和电子商务平台陆续涌现，如欧浦钢网和易发塑料网两大行业电子商务平台，就是提供钢铁、塑料的网上现货与电子合同、电子仓单交易服务。

之后，电子商务开始在乐从异军突起，走出了一条电子商务嫁接传统市场、制造业向营销领域延伸的发展轨迹，不但将实体经济带入更广阔的网络市场，还推动了传统行业的自我革新。而乐从也被工信部授予"国家级电子商务试点"，是全国唯一的镇级试点。

在充分发挥传统产业优势和利用电子商务助推市场扩张的同时，乐从总部经济的引领作用也更加强大。如罗浮宫总部大厦项目，推动顺德家具产业向总部形态升级。该大厦楼高 236 米，计划投资 20 亿元，法国索菲特酒店已签约进驻，是目前世界唯一一座以家居产业为主题的总部经济大厦，建成后将成为全球家居流通总部与品牌总部。广东乐从钢铁世界项目，力促乐从钢材市场走向总部集群实现"换巢升级"。该项目占地 2 500 亩，已全面铺开建设，并将于 2012 年 9 月迎接首批客户进驻，积极发展电子商务和物流业务，依托金融产业，充分发挥集群优势，进一步巩固和提升乐从钢铁市场地位，把乐从钢铁市场打造成中国钢铁贸易战略基地。北围物流基地、新塑料市场及配套仓储区等项目，力促各大产业集约升级。

智慧乐从产业突围

2011 年 4 月份，获广东省经信委和省科技厅的支持，"广东省物联网应用产业基地"和"广东省华南物联网应用研究院"落户乐从。基地采取"政企联动"的发展模式，由政府统筹规划和指导立项，广东物联天下物联网信息产业园有限公司在政府监督下进行市场化运作。

打造中国首个以产业化应用为目标的物联网基地，积极支持孵化器经济培育，以新思维、新项目带动地方经济快速发展和社会转型，这是乐从智慧的又一绝好体现。

"把乐从建设成国家重点示范智慧城镇，在南方树立一个标杆，把乐从建设成为'物联新城'，使它成为全国首个智慧城市的样本。"中国城市科学研究会数字城市专业委员会规划部部长万碧玉的期望正是乐从努力的方向，一个全面崛起的"物联新城"正在乐从镇执政者的脑海里现出雏形。

谁能把握科技革命所催生的新产业崛起先机，谁就能在竞争中领先一步。物联产业能催生集群效应，通过科技产业、孵化器经济以及金融资本的共同发展，将新技术服务于产业，推动产业的转型升级。为此，许多省份及地区都纷纷扛起产业升级的大旗，抢占物联网产业的制高点。而乐从要做到的是借助物联网实现城市和产业的整体提升，让这座未来的"物联新城"以传统产业和新兴产业为两翼，真正地"飞起来"。

"乐从做物联网产业基地不仅仅是增加了一个新的产业，更核心的意义在于提升乐从地区整体的核心竞争力，将让乐从的城市管理更有序、更智慧、更节能、更低碳。"乐从镇党委负责人认为。

乐从创建智慧城镇正是为全国两万多个小城镇寻找智慧发展之路。自2011年开始，IBM就携手物联天下与软通动力，以建立"新技术实现中心"、构建中国第一个"物联化"智慧城市建设为远景目标，为乐从规划和建设"智慧家具云平台""物联网智慧城市公共云平台"等基于物联网的公共云平台，同时为提升乐从家具商贸产业的核心竞争力、实现"智慧乐从"等产业升级和"智慧城镇"建设目标提供了全方位支撑。

如今，基于"商贸之都，物联新城"的发展战略目标，依托中国城市科学研究会数字城市专业委员会的专业指导，乐从镇以物联网产业为发力点，不仅推动了云计算等信息技术在产业、社会民生、公共管理等各个领域的应用，更深入探索了"智慧城镇"建设标准，全力打造"立足乐从，辐射华南，影响全国"的"智慧城镇"示范区。

"物联新城"期待崛起

据了解，广东省物联网应用产业基地"物联天下"自落户乐从就以其依托产业的应用基础、得天独厚的比较优势，吸引了众多国内外顶尖科研院校与行业巨头抢滩入驻。IBM集团、软通动力、三星SDS，随着这些有影响力的物联网及信息企业入驻，乐从诞生了一系列以此为基础的新兴现代信息服务业企业，聚合了一系列物联网产业上下游的企业参与其中，重新调整了乐从的产业业态，成为乐从经济新的支柱产业。

据估计，3～5年内，该产业基地将达到300亿元产值的规模，而乐从也将为广东加快发展方式转变，大力发展战略性新兴产业，打造智慧广东提供先行的经验，同时也为全国的专业镇提供宝贵的先试典范。

而这一切仅仅是开始。据悉，物联天下将1 000亩园区规划建设为研发功能区、物联网应用及信息化高新产业聚集区、电子商务协同发展区、数据信息服务区、体验展示区、商务区、优质生活区、休闲商业区共8大功能区，对于乐从打造全国首个"物联化"城市、顺德建设"物联产业新城"，实现产业和城市升级有积极意义。

据介绍，物联天下的应用主要分为政府管理、产业升级、民生运用、节能减排四大类。目前，产业园区30 000多平方米的产业园基本上全部被厂商抢滩入驻。随着这些企业的入驻，物联网产业将与乐从传统产业相融合，家具、物流、商贸纷纷借助物联网的发展，如虎添翼，为实体经济高速发展保驾护航。

据了解，2012年物联天下产业园区计划引入5家以上关键进驻商，50家以上物联网企业，人才数量达到1 000人，园区产值达到5亿元，成为国内领先的物联网产业示范基地。到2018年，基地核心区载体建成后，企业数达到1 000家以上，其中规模以上企业20家以上，成熟企业500～800家，具有成长性的初创期孵化器企业保有量在150家以上，人才数量达到45 000人，年产值将达到700亿～900亿元。

如今，物联天下产业园区的建设正在如火如荼地进行，这里将成为广佛城市圈新的经济增长极，也将成为顺德区域城市与产业升级的"新引擎"，还将激活区域新经济的发展，带动区域内新城市、新生活的升级。

幸福乐从共建共享

经济的发展最终都要反馈到人民群众的幸福生活上来，传统产业发展是如此，物联产业的发展也是如此。"对于这个地区的发展而言，真正的意义不在于物联网将撬动十亿八亿的产值，而是它将改变一个地方未来发展的方方面面，给城市居民带来幸福感。"乐从镇党委负责人认为，未来的乐从，将通过智慧城镇建设与产业相结合，对城镇运行的各个核心系统进行智能的整合，实现人、物、城镇功能系统无缝连接与联动，形成安全、便捷、高效、绿色的城镇形态。

只有建立一个全民共享共建的幸福乐从，城镇才有未来。乐从镇党委委员蔡遥炘认为，就产业经济来说，乐从的发展形势是喜人的，无论是总量上还是质量上，都是走在前列的，然而在城市化建设上，乐从却倒过来了，城市化发展是乐从的一大短板。

"没有产业支撑的城市，是没有活力的，没有城市化支撑的产业，也不会长久。"如何推进乐从城市化的发展，建设幸福乐从，乐从近年来加大了力度，在政府服务、民生建设等方面大胆改革。

结合产城升级、利用水乡特色，乐从编织起了"六纵六横"的交通网络，高标准精细化打造绿道，充分利用水乡特色打造城乡景观水系。而通过投入6亿资金打造实施提升村容村貌的"美乐计划"，正努力刷新美丽乐从，城乡环境、管理水平实现大提升，加强民生建设，构建和谐乐从。

在打造从容生活的美丽乐从方面，TC公交实现全覆盖，交通便捷，教育、卫生、养老、医疗、社会保障等公共服务体系完善，公园、广场等人文设施健全，居民基本医疗保险实现全镇覆盖，每年出资近1 000万元为户籍居民购买基本医疗补充保险；居家养老服务覆盖全镇，被确定为省居家养老服务示范中心创建点，并逐步高标准引入香港居家养老服务模式；率先购置6辆大鼻子校车保障学生上学安全，2011年投入2.7亿元教育经费，办学质量年年攀升；镇慈善会率先实施专业化、品牌化管理，镇村两级慈善资金接近8 000万元。

如今，乐从已是文明之镇，先后获得"广东省文明镇""广东省教育强镇""国家卫生镇""慈善中华行杰出贡献单位"等多项荣誉。

在政府服务方面，乐从借顺德大部制改革、三大改革（行政审批制度改革、农村综合改革和社会体制综合改革）的契机，借鉴我国香港、新加坡经验，使得政府的管理与服务尽可能向广度与深度延伸，向更加协同共治、更加高效便捷发展。如今，镇行政服务中心开放为民集中办理审批服务。构建诚信环境，近3 000户企业加入先行赔付承诺，集体诚信品牌建设、集体诚信基金制度为各方经营者、消费者的往来筑起信心的保障。

蔡遥炘表示，打破现在自上而下的无休止的检查、批评、问责的体系，重新塑造一个新型的行政体制和行政体系，不但可以大大节省资金，政府的行政效率也会大大提高。"智慧的社会管理体系将会给政府的管理带来脱胎换骨的改变，为乐从发展添上亮丽的色彩。"

随着佛山新城建设日益加速，乐从镇区位优势越发凸显，乐从积极融入中心城区建设，推动各项城市建设，以产促城，以城兴产。如对接佛山新城发展建设高端的北部强中心区，结合家具产业、岭南文化和祠堂文化建设中部城市核心区，打造高端居住和创意产业的聚集地，并以一个商场的理念将乐从家具城改造成观光休闲购物的旅游景区；以集约发展的理念建设南部产业核心区，立足乐从的产业优势，解决产业布局混杂的问题，形成产业集聚，促进区域资源的空间整合与协调发展。

（载于《中国改革报》，2012 年 9 月 24 日第 11 版《辉煌的"商贸之都"崛起的"物联新城"——广东顺德区乐从镇走创新发展之路纪实》）

大朗镇：毛织小镇的产业大梦

为牢抓经济发展主动权，大朗镇始终紧紧抓住毛织产业这一富民强镇的特色产业，全力推进毛织产业的转型升级，并通过实施择优扶强战略，一大批优势企业、成长型企业快速发展，装备制造业、电子信息产业异军突起，逐步发展成为大朗的支柱产业，使大朗的产业结构更加科学。

——大朗镇委副书记、镇长邓卫洪

"荔枝之乡"的美誉令东莞市大朗镇闻名全国，"中国羊毛衫名镇"的称号，更是让面积仅 118 平方公里的小镇享誉全球。居安思危，早在 2008 年，广东省委领导到大朗视察时，就指出：推动产业结构调整和转型升级，是东莞落实科学发展观最核心的任务。今天不主动调整产业结构，明天就会被产业结构调整。作为产业特色明显的大朗镇，将如何驶上转型升级的快车道？

主导产业"三足鼎立"

改革开放 30 多年来，大朗镇在工业上形成了毛织产业、电子信息产业、装备制造业三足鼎立的发展模式，被授予"中国羊毛衫名镇"、全国唯一的"中国毛衫流行趋势发布基地""中国电子信息产业名镇""中国电脑针织横机集散基地"等荣誉称号。全镇现有毛织企业 3 000 多家，其中规模以上近 100 家，全镇数控织机使用总量超过 40 000 台，招揽高级设计师 1 300 多人，年设计毛衣 30 万款，以大朗为中心的产业集群年销售量超过 12 亿件，仅在大朗集散的就超过 8 亿件，形成了辐射周边镇街、上下游完备的产业链。现有装备制造业企业 500 多家，涉及数控机床、自动化机械、精密模具、注塑辅助设备等领域。拥有一批电子信息龙头企业，如世界 GPS 行业龙头远峰科技、世界热缩材料行业龙头长园集团等。

同时，大朗的现代服务业逐步完善，目前已引进东莞标检等 5 家专业检验检测机构，吸引了天虹物流等 80 多家物流企业进驻，已落户的银行、保险、证券等金融机构近 40 家，酒店旅馆包括五星级酒店（1 家）、四星级酒店（3 家）等共 100 多家。

毛织产业成功转型升级

大朗镇是首批中国羊毛衫名镇，以大朗为中心的产业集群，有近万家毛织企业，仅大朗就有 3 000 多家，整个产业集群的毛衣年销售量超过 12 亿件，在大朗集散的有 8 亿件。

邓卫洪说："2012 年以来，大朗镇委、镇政府结合大朗镇毛织产业的发展实际，提出以'两城一区一体化'为思路谋划高水平崛起。其中'一城'即依托毛织产业集群优势，规划建设一个 10 平方公里的中国大朗毛织商贸城，并通过'五向五要'，不断优化提升毛织业的产品研发、产业开发、市场竞争、品牌质量保障四种能力，加快推进大朗毛织业从产品经营向品牌经营转变，从生产基地向现代毛织商贸城转变。"

2012 年 1—9 月，面对经济下行压力，大朗毛织行业经受考验，逆势增长，总产值达 130.4 亿元，同比增长 2.5%。邓卫洪表示："我们的做法归纳为五点，向规划要特色、向科技要动力、向研发要市场、向品牌要利润、向管理要效益。"

大朗镇委、镇政府高度重视产业规划，要在规划中充分体现产业特色。针对 10 平方公里毛织商贸城的建设，专门邀请了中国纺织工业联合会等机构编制《大朗针织毛衫产业转型升级和可持续发展规划》和《大朗毛织商贸城概念规划》。在发展蓝图里，大朗毛织商贸城不仅拥有纱线原料一条街、数控织机一条街、五金配件一条街等专业街，还拥有完善的商业配套，同步引进金融、餐饮等企业进驻，毛织贸易中心一带将形成产品交流、展示、销售与旅游、休闲购物为一体的商业旗舰中心。

科技是第一生产力，制造业名镇大朗也在向科技要动力，着力推进信息化与毛织业的融合，不断奖励购置电脑针织横机，提高数字化生产能力。2012 年，镇财政为 56 家毛织企业发放奖金 415.4 万元，涉及电脑针织横机 2 322 台。据东莞市卓为集团总经理李文凯介绍，"我们工厂由传统手工机器更换成数控织机，生产效率提高了 30 多倍"。为提升产业链电子商务应用的整体水平，大朗镇加快打造位于毛织贸易中心三楼的毛织企业电子商务集聚区，总面积约为 12 000 平方米，为毛织企业电子商务发展提供全方位、一站式服务的综合性孵化平台。

想要有市场，就要在产品研发上下功夫。邓卫洪表示："我们毛纺织业升级不仅是抓生产环节，还把升级的视野延伸到整个产业链条，它的内涵还可以包括服装、服饰的有机结合。"大朗镇通过加强与世界知名设计师和服装院校的合作、完善毛衫流行趋势发布基地、举办毛织服装设计大赛等，不断优化研发载体，依托大朗职中开设的毛织设计与管理专业，加快专业人才培养，全面提高毛织行业的整体研发设计水平。目前，全镇超过 80% 的规模以上毛织企业设立了研发设计部，全镇拥有中高级设计师1 300 多人，形成了"设计—发布—销售"一条龙的产业模式，以毛织为主，向服饰、首饰等品种扩展的产业态势。

在传统加工的利润空间不断缩水的形势下，大朗镇决定带着企业向品牌要利润。镇政府建议企业量力而为，通过不断提升产品质量，推进品牌创建工作，并提出分加工贸易、营销设计、品牌创建三步走，逐步实现由"大朗制造"向"大朗创造"转变；不断加大对创牌企业的奖励和扶持力度，2012 年为 16 家新创牌的企业颁发奖金 480 万元（其中 12 家为毛织企业）。大朗镇还加大区域品牌的宣传推广力度，增强毛织产业集群的整体竞争力。2012 年，积极组织印象草原等 5 家毛织企业参加巴黎纺织服装展等，并推动产业逐步实现由依赖国际市场过渡到国内国际市场均衡发展。东莞市东晟羊绒制品有限公司董事长李胜利说："我们从单一加工转向建立自有品牌，虽然投入加大了，却改变了以前靠等打版下订单的时代，现在是自己设计样品供客户选择，主动创造订单，不但做到了心中有数，利润也在大幅提升。"

邓卫洪说："大朗镇要通过政府的系统管理，实现企业效益的不断扩大。"大朗镇将 2012 年确定为"企业服务年"，落实镇党政领导班子挂点联系企业制度，采取主动走访、现场办公等形式，高效地解决企业发展中遇到的问题。推进商事登记试点工作，着力简化企业注册程序，提高效率。至 2012 年 7 月末，全镇毛织行业总户数和公司数分别比 2012 年初增长 11.5% 和 15%。在优化产业结构和布局的同时优化发展环境，2012 年 7月，首期占地 180 亩，计划投资 1.8 亿元的大朗毛织环保专业基地开始建设；环保专业基地首期工程建成后，将对毛织洗水、印花等重点污染企业进行整合，实现有效削减主要污染物排放量，确保大朗环境安全。

（载于《中国改革报》，2012 年 11 月 12 日第 11 版《"羊毛衫名镇"走上转型升级的快车道》）

广州白云：规范农村住宅建设
统筹城乡一体发展

出台《白云区农村村民住宅规划建设实施意见》规范农民建房，引导走科学规划、合法建设、正道生财的阳光大道，不走布局混乱、手续不齐、心中无底的羊肠小道，坚决反对违法用地、违法建设、低效混乱的歪门邪道。

随着我国城市化进程显著加快，一些地方的农村村民建房热情空前高涨，由于存在制度欠缺、审核把关不严、规划引导不强等众多问题，导致合法用地渠道不够畅通，并出现违法建设现象。为了保障符合法律和规划要求的农民建房需求，2013 年，广州市白云区研究出台《白云区农村村民住宅规划建设实施意见》，着眼完善村庄规划，实现城乡规划无缝衔接，引导农村村民依规划、有序科学建房，营造布局合理、配套完善的农村居住环境，不但能有效遏制农村违法建设，而且对推进美丽乡村建设具有重大意义。

——题记

为进一步规范农村村民住宅的规划建设，加快推进城乡一体化进程，2013 年 4 月起，广州市白云区根据广州市关于村民住宅规划建设、村庄规划编制的相关法律法规和文件精神，结合白云区实际，先后出台《白云区农村村民住宅规划建设实施意见》（以下简称《意见》）、《白云区村庄规划编制工作方案》（以下简称《方案》）。

农村村民建房"四步走"

白云区出台《意见》，为辖内太和、人和、江高、钟落潭 4 个镇的行政村村民建房提供服务指引。适用于上述行政村（已完成村改居或已纳入市"三旧"改造范围的村除外）的村民利用本村建设用地新建或原址拆建住宅的用地、规划、建设和产权登记管理。

据白云区有关负责人介绍，相比过去的有关农村村民建房法律法规，《意见》的一大改革是农民建房的审批权从市级下移到区级，为村民建房提供了极大的便利。据了解，《意见》实施后，白云区农村村民建房需经过办理《乡村建设规划许可证》、办理开工备案、办理规划验收、产权登记与发证四个规范的流程。

其中，办理《乡村建设规划许可证》时，村民需要以户为单位向所在村民小组或经济合作社提出建房申请，递交《农村村民住宅建设申请表》和符合"一户一宅"的保证书。村民小组或经济合作社根据已通过的本行政村宅基地使用方案对村民申请进行审核，在审核村民申请并公示之后，递交当地镇政府审核。镇政府将在 5 个工作日内加具审核意见。之后，村民可以持相关申请材料到区政府服务中心的区建设局窗口申报建房。在规划、国土、建设、农林、水务等各部门依法进行审核后，通过审核的申请人就可领取《乡村建设规划许可证》，总的审批时限最长为 30 个工作日。

值得注意的是，《意见》对农村村民规划建房还明确提出一户一宅、限高三层半等细化标准。村民住宅规划建设的建筑基底面积不能超过 80 平方米，建筑面积不得超过 280 平方米。建筑间距、建筑外立面、建筑高度以及房屋使用功能等都要符合规划设计要求方能获批。

继《意见》实施 10 日后，白云区再次出台《方案》。该区按照村庄所属地域，结合城市发展现状、功能布局要求，把村庄规划划分为建成区、规划发展区和生态保护区三类，并明确：建成区通过"三旧"改造、现状整治、登记确权、股份改造等手段，发展为新城区、新市民；规划发展区通过统一规划、集约开发、留住集体、保障个人等手段，发展为新社区、准市民；生态保护区通过就地整治、有序建设、改善环境、增加收入等手段发展为新农村、新农民。

30 个工作日完成审批

《意见》的另一个重大突破是村民建房的审批效率大大提高，审批程序从原来的 120 个工作日压缩为 30 个工作日。

据了解，白云区明确区建设局是白云区农村村民住宅规划建设的牵头部门，在区政务服务中心设立农民建房报建窗口，统一受理村民住宅建设的申请案件，案件经受理后，再由区建设、规划、国土、农林、水务等各相关部门进行并联审批。通过审批的申请人就可领取《乡村建设规划许可证》，申请人原来需要到多个部门窗口排队办理的审批环节被浓缩在一个窗口。从原来的 120 个工作日压缩为 30 个工作日即可完成审批。此审批方式的建立和推广是对审批流程的优化，为申请人节省了时间和精力，提高了办理效率，是一项方便快捷、优化创新的举措。

目前，白云区建设局正会同国土、规划等部门以及当地村委，积极对申请的地块进行实地勘察及复核，并多次联席研讨所存在的问题，以主动促进农民建房的审批成功。

村民看到规划的好处

为了引导村民了解流程，看到科学规划的好处，白云区还组织各相关单位负责人参加广州市举办的《广州市农村村民住宅规划建设工作指引（试行）》培训；及时将农民建房宣传板报、《工作指引》单行本及解读本、《美丽乡村民居设计图集》发放到各村委；区规划、国土、建设部门印发了《农村村民住宅规划建设问答》，发到各镇、村，并根据实际情况到镇、村实地指导，使村民充分理解相关政策并熟悉办理程序，取得了良好的效果。

"农民建房有了明确指引，从过去的无序逐步规范，农民宅基地建房也有了出路。"不少村民认为，《意见》从便民、利民、切实解决农村村民个人住宅报建难的角度出发，梳理并简化农民申请建房的审批程序，指导农村村民依法申请宅基地规划建房，将有效解决农村村民新建住宅报建难的问题。

有村干部表示，《意见》着眼完善村庄规划，实现城乡规划无缝衔接，引导农村村民依规划、有序科学建房，营造布局合理、配套完善的农村居住环境，将疏堵结合，在攻破农民建房难问题上跨出了一大步。

缓解无序建房现象

"必须实实在在地做好农村生产与生活两方面的规划：在生产方面，要完善村庄的农业、工业、商业发展的发展规划；在生活方面，要把村庄未来需要的与现在已有的规划建设好，要把学校、公园、公交、卫生站点、体育设施等基础配套统筹考虑。"广州市白云区区委书记、区人大常委会主任马文田强调，此次村庄规划一定要落地，让美好的蓝图变为现实。

而对于村庄规划的推进，广州市白云区区委副书记、区长叶牛平（注：现任广州市发改委主任）认为，搞好村庄规划与农民建房规划，是解决白云区城乡建设管理混乱的迫切需要，要引导村民走科学规划、合理建设、正道生财的阳光正道，放弃边拆边建、手续不齐、心中无底的羊肠小道，反对违法用地、违法建设、损公肥私的歪门邪道。并指出，《意见》与《方案》的出台同时要求创新全区管理体制，切实把村庄规划、村民建房与加强组织建设、加强村民自治结合起来，把村庄规划、农民建房管理工作与切实提高政府服务农村、农民、农业结合起来，还要促进干部熟悉村情、社情。

　　自《意见》和《方案》出台后，白云区农村村民建房有法有规可依，将逐步解决村民建房难、无序建房的情况。

（载于《中国改革报》，2013 年 10 月 14 日头版）

霓裳虎门　舞动珠江口

　　在粤港澳经济圈的腹地，虎门如一颗濒江临海的明星，闪耀在珠江口东岸。依靠这一独特的区位优势，改革开放以来，虎门引进了全国第一家"三来一补"企业，开通了东莞市首个开放口岸，从 1978 年率先引进外资，到 20 世纪 90 年代初大力实施"服装兴镇"，再到当前"滨海国际商城"建设，虎门实现了工业化、城市化、国际化、信息化的大发展。

　　如今的虎门，已经成为生产总值超 300 亿元、富有现代气息的时尚之都，先后获得"2005 年全国首届小城镇综合发展水平 1000 强（第一名）""2008 年全国乡镇综合实力 500 强（第一名）""中国最具影响力经济名镇"等 30 多项国家和省级荣誉称号。

——题记

产业特色日趋鲜明

　　服装产业的发展成就了虎门经济的腾飞。经过多年发展，虎门经济发展走出了一条从"服装兴镇"到以"大市场"促"大流通"，以"大流通"促"经济大发展"的道路。

　　虎门具有鲜明的产业特色，是国内外知名的"中国服装名城""中国女装名城"、广东省产业集群升级示范区，被纳入国家火炬计划。打造了全国最大的服装交易批发市场，虎门服装市场集群被列为广东休闲服装国际采购中心重点培养对象；成功举办了 16 届中国（虎门）国际服装交易会。

商贸业方面，虎门镇酒店、物流运输、策划、咨询、中介等商贸行业发达。截至 2011 年末，全镇共有五星级酒店 4 家，与旅游购物相关的大中型服装商场 32 家、服装店铺 10 000 多家，旅游从业人员约 15 000 人。

产业结构不断优化

当前虎门已经形成服装、信息线缆、商贸、旅游四大优势产业和现代物流、高端电子、文化创意三大新兴产业，并着力推动产业升级。在完善政策体系方面，设立了"三个 3 000 万"扶持产业升级发展专项资金，出台了一系列产业扶持政策文件。在招商方面，全力招大引强，引进了首期投资 56.4 亿元的中国电子东莞产业基地（CEC 项目），投资 68 亿元、总面积 70 多万平方米的人防工程等一批优质项目。在推动社区集体经济发展方面，着力引入项目建设，统筹镇与社区可开发利用的土地，引进优质的大项目、好项目。着力推动"三旧"改造，优化社区资产存量。规范社区集体经济组织社员分配、建设工程招投标活动等，实施新的农村会计核算、土地基金管理等制度，并在全镇范围内实行"收支两条线"等制度，有效加强了社区集体资产管理。

城市升级全面铺开

近年来，虎门着力建设对接区域合作的设施体系、承接区域辐射的城市格局和具有区域优势的城市环境。完善城市规划，投入规划编制费用 3 100 多万元，完成了虎门镇城市总体规划修编、土地利用总体规划修编、控制性详细规划、城市设计、专项规划等多项城市规划。全面启动重点工程，2011 年启动了十大重点工程建设，推动中心区板块、新湾板块、威远岛板块建设，着力构建了"一河两岸三板块"的城市格局。以广深港客运专线、穗港深铁路、东莞地铁 R2 线、省道 256、358 大修工程等国家、省、市重点工程以及滨海大道、长堤路、环岛路等镇内路网工程为支撑，优化城市框架，完善城市功能。随着国家、省、市轨道交通网的建成投用，虎门将成为东莞唯一集高速铁路、城际轨道、城市轨道、高速公路和粤港航线于一体的区域性交通节点和综合性换乘枢纽。

民生建设得到加强

为了提高群众幸福指数，虎门近年来积极强化社会发展的民生导向。一是坚持安民为先。狠抓综治维稳和安全监管，五年来镇财政累计下拨公安经费近5.8亿元强化治安工作，全镇治安形势稳步好转；成功创建28个达标"平安社区"。二是坚持惠民为要。着力完善覆盖户籍群众的社保体系，投入2 810万元，建立了城乡一体化社会养老保险体系。积极优化医疗卫生服务，促进劳动就业，投入1亿多元实行奖教奖学、"联合办学""校安工程"，推动教育均衡发展。三是坚持富民为本。着力促进集体经济持续发展，制定税收返还政策。加强对新湾、威远等后进社区的帮扶，实现脱贫致富，其中新湾社区2011年区组两级经营性总收入1 351万元，比2010年增长93%。

文化影响逐渐扩大

虎门拥有深厚的文化底蕴，从新石器时代贝丘遗址，到林则徐销烟旧址以及威远炮台、沙角炮台等鸦片战争遗址；从明代引进番茄第一人陈益，到中国海员工人运动的革命先驱刘达潮、抗日名将蒋光鼐等名人；从横跨珠江口、雄伟壮观的虎门大桥，到坐落于威远岛、气势恢宏的海战博物馆，众多的名人、名址、名胜，都彰显着虎门厚重的历史底蕴、爱国爱家的精神情怀和开放包容、敢为人先的城市精神，尤其是民族英雄林则徐率领虎门军民禁毒销烟、抗英御敌的壮举，更将虎门载入史册。如今，每年到虎门参观鸦片战争博物馆的人数近500万。

另外，虎门大力建设区域文化产业重镇，初步形成了服饰文化展览、图书文具批发、印刷出版等文化产业市场，年产值达30多亿元；建设公共文化服务强镇，建成了文化广场、艺术培训中心、图书馆等一批公共文化设施；推出大批文化艺术精品，5年来共有近2 000件文艺作品获市级以上奖励。

（载于《中国改革报》，2012年11月5日第12版）

产业透视——
虎门服装城呼之欲出

改革开放以来，广东省东莞市虎门大力发展服装服饰业，历经30多年的洗礼，虎门服装服饰业走出了一条破茧成蝶之路，形成了规模庞大的产业集群、配套完善的产业链条、成熟发达的市场体系，成为虎门的特色产业、龙头产业、支柱产业。如今，全镇上下给智给力，积极推进服装服饰产业结构调整和企业转型升级，扬帆远航致力于打造重大产业集聚区。

敢为人先铸辉煌

目前，虎门服装服饰产业已成为全国名列前茅的产业集群，特色明显。

产业集群规模居全国镇级服装产业集群之首。截至2011年底，虎门有服装服饰生产加工企业2 346家，总生产面积274万平方米，从业人员超过20万人，年工业总产值约200亿元。

产业链条完整。全镇有299家面辅料企业，438家物流、印染、绣花等配套企业，324家咨询、培训、设计、策划等服务机构，形成了集研发、设计、生产、销售、服务于一体的完整产业链，实现全环节生产销售。

市场规模庞大。现有服装服饰市场区域面积约7平方公里，总经营面积232万平方米，有40个专业市场、1.5万经营户，年销售额近500亿元。另外，在建市场面积约170万平方米，均位于虎门商务区内。

品牌集聚效应明显。有服装服饰注册商标5万多个，仅"以纯"一家就有209个注册商标。有中国驰名商标1个、中国名牌产品3个、广东省著名商标12个，涌现了以纯、松鹰等一批龙头企业。

公共服务平台作用强大。有虎门服装服饰行业协会、服装设计师协会、服装服饰行业协会纺织面辅料分会、服装技术创新中心等服务平台。与中国纺织信息中心合作，共同建设国家级服装服饰公共服务平台，包括国家纺织面料馆虎门馆、检测中心、打样中心、培训中心等。成功举办了16届中国（虎门）国际服装交易会，在业界享有较高的知名度和影响力。

南派服装特色鲜明。虎门服装以时尚女装和休闲服装为主，设计以天空、大地、海洋为灵感，着力表现南国蓝天、碧水、绿树的明快色调，注重突出岭南风格和南粤水乡韵味，自成风格。

辐射带动能力强。虎门服装服饰业的发展，带旺了餐饮、运输、旅游、零售、房地产等行业，现全镇有4家五星级酒店。每天到虎门进行商贸活动的人，形成了规模庞大的消费群体，2011年，全镇社会消费品零售总额达121亿元。

给智给力谋发展

2012年，虎门镇委、镇政府开展服装服饰业大调研、大讨论，全镇上下给智给力；组织企业到北京、武汉参展，组织相关人员赴江浙、新疆考察，出台了《2012虎门服装服饰产业调研报告》《关于加快虎门服装服饰产业重大集聚区发展的实施意见》，提出将虎门服装服饰产业发展成为年销售额超500亿元，带动东莞服装产业集群实现年销售额超1 000亿元目标，提振了虎门做大做强服装服饰产业的士气，坚定了广大企业与商户的信心。

虎门镇委、镇政府坚持以科学发展观为指导，抓住"十二五"我国产业结构调整和纺织工业转型升级的关键时期，坚持以企业为主体，以市场为导向，以自主创新为动力，以提高行业贡献率为路径，积极推进服装服饰产业结构调整和企业转型升级；树立大产业、大市场、大品牌、大企业"四大理念"，建设"三个重点、六个中心"，即将虎门服装服饰产业建设成为东莞市重大产业聚集区、全国重点产业集群，将虎门服装城打造成全国重点专业市场；将虎门建设成为区域重大科技专项平台服务中心、区域总部中心、区域创意中心、区域品牌中心、区域时尚信息发布中心、区域电子商务中心。

在发展大产业方面，虎门将建设东莞重大产业聚集区和全国重点产业集群。促进生产企业做强做大，同时以大产业的理念把服装产业链所有环节，包括生产、销售、配套、中介、交通、酒店等与服装服饰产业有关的服务业全部纳入服装服饰大产业范畴，努力将虎门建设成为东莞市服装服饰重大产业聚集区和全国重点服装服饰产业集群，力争两年内实现虎门服装服饰产业集群年销售额超500亿元，带动东莞服装产业集群年销售额超1 000亿元的目标。

在培育大市场方面，虎门以整合提升、集约经营为抓手，整合10平方公里的市场资源，全力打造和提升"虎门服装城"这个大品牌，争做全国性、国际性的服装市场，努力形成"服装服饰市场北有常熟，南有虎门；面辅料市场北有柯桥，南有虎门；服装服饰机械、电商聚虎门"的态势。

在培育服装服饰品牌上，虎门将力争在"十二五"期间，有 2～3 个品牌成为中国驰名商标，有 10～15 个品牌成为省级名牌产品、名牌商标，区域性品牌超 50 个，着力将虎门打造成珠三角服装服饰区域品牌中心、名牌名标孵化基地、南派服装风向标、女装潮流发散地。

在培育本土龙头标杆方面，力争在"十二五"时期，虎门服装服饰规模以上的企业占行业企业总数的 15%；积极鼓励、大力扶持若干个行业龙头企业，争取有 5～10 家企业年产值达 3 亿～5 亿元，2～3 家企业年产值达 10 亿元，鼓励以纯集团创超百亿元企业，打造百年名企。

多管齐下稳格局

为了践行服装服饰业发展思路，实现既定目标，虎门将坚定不移地"抓住两个龙头，打好一套组合拳"。"抓住两个龙头"，就是抓住以纯这个服装品牌，做强做大以纯集团，打造百年名企，充分发挥其在虎门服装服饰产业中的标杆和中坚作用；抓住富民公司这个服装市场品牌，充分利用其闻名全国的品牌效应，盘活集体资产，发挥其在虎门服装城中的龙头带动作用。"打好一套组合拳"，就是集全镇之智，举全镇之力，打造"四城"，实施"五大工程"。

打造"四城"，即从大概念上打造总面积达 10 平方公里的虎门服装城，从中概念上打造虎门服装城、虎门布料城、虎门商务城、虎门物流城。其中虎门服装城包括富民商业大厦、黄河时装城、大莹女装城等 23 家服装服饰专业商场，配套服务功能齐全。虎门将着力改造升级基础设施，改善营商环境，加强商场之间的并联整合，合理配置资源，提升服务水平，努力将其打造成功能强大、中国最大的服装服饰营销综合体，成为"国家 4A 级购物旅游景区"，成为"珠三角服装服饰区域品牌中心、名牌名标孵化基地、南派服装风向标、女装潮流发散地"，形成"服装服饰市场北有常熟，南有虎门"的局面。

实施"五大工程"，即实施培育龙头、打造国家级公共服务平台、创新驱动、两化融合、产业联盟。

在实施培育龙头工程中，将扶持培育以纯等行业龙头企业。实施大企业、大集团培育计划，着力打造一批品牌价值高、规模大、实力强、拥有核心技术和自主知识产权的大企业集团，引领带动一大批中小微配套企业协同发展。培育好虎门服装城旗舰品牌，完善黄河服装服饰营销综合体功能，大力实施名牌带动战略，建立虎门服装企业总部基地。

　　实施打造国家级公共服务平台工程。虎门镇与中国纺织信息中心合作，引进国家级行政资源，投资 1.2 亿元，在富民商务中心建立国家级服装创新服务中心，着力完善服装服饰研发设计、质量检测、人才培训、信息咨询、展销物流、融资服务六大公共服务平台。公共服务平台主要包括国家纺织面料馆虎门馆、纺织服装产品检测中心、虎门服装款式研究及打样制作中心、服装技术创新培训中心、国家火炬计划东莞市虎门镇服装设计与制造产业基地、新丝路时尚发布中心、电子商务示范基地等，将为虎门打造重大产业集聚区注入强劲动力，引领虎门服装服饰业向高端发展。

　　实施创新驱动工程。以创新的精神、创新的意识、创新的举措，推动服装服饰产业集群实现高端化。包括建设虎门服装服饰创意产业园，推进人才培养模式创新，提高产品设计创新能力，构建时尚创意传媒聚集系统等。

　　实施两化融合工程。坚持走新型工业化道路，推进信息化与服装服饰业高度融合，逐步实现数字化设计、数字化生产和网络化销售。提高企业技术装备水平。制定虎门镇服装服饰企业技术装备升级的奖励办法，对更新生产设备的企业给予一定的资金补贴，引导企业通过更新提升技术装备加快转型升级，提高劳动生产率和经济效益。争取银信部门的融资支持，协助企业解决更新技术装备中的融资难问题。提高企业信息化水平，引导、扶持企业在生产、流通、销售等环节全面推进信息化应用，改变服装企业传统的设计方式、制造方式、营销方式和经营模式，提高生产经营管理水平和效率。打造服装服饰产业网络和微博群，建好"富民服装城网"；办好"虎门服装""虎门富民"等微博，将服装服饰产业网络和微博群打造成行业意见领袖、业内最负盛誉的信息发布平台和对外展销平台。大力推广电子商务，成立虎门电子商务协会，力争引进阿里巴巴等进驻富民服装商务中心，引导和扶持企业应用电子商务，尽快促成虎门电子商务示范基地等重大产业项目落地，着力将虎门培育建设成华南地区的"网购物流集聚区"和"电子商务服务与集聚区"。

　　实施产业联盟工程。创新产业集群之间合作的模式，健全和完善服装服饰产业上下游供应链，与佛山市南海区西樵、湖州织里等多个产业集群结成战略合作联盟，实行多元化合作，减少中间环节，降低企业生产成本。通过建立产业联盟，加强政府层面的公共服务平台集成、行业层面的机制统筹、企业层面的市场需求对接，破解当前产业集群横向过度竞争的产业格局，着力为产业转型升级和集群互动发展探索一条新路子。

（载于《中国改革报》，2012 年 11 月 5 日第 12 版）

水乡道滘擦亮美食名片

随着广东东莞市委、市政府统筹发展水乡经济片区，道滘镇确立了自身定位：将道滘打造成东莞幸福导向型产业发展的核心区或岭南水乡文化的展示区。如今，作为水乡一体化核心区的道滘镇，正依靠独特的优势和资源大力发展幸福导向型产业。

培育特色优势产业成为道滘镇谋划发展的重要一环。在东莞市产业结构调整和转型升级的战略推动下，道滘镇充分利用美食品牌优势，推动食品工业转型升级，大力引进科技含量高、实力雄厚的食品工业项目，发展后劲越来越足。

——题记

借助中国（道滘）美食文化节，作为岭南水乡文化名镇，东莞市道滘镇在弘扬岭南美食文化的同时，擦亮道滘作为"中国特色食品名镇"的名片。

据了解，近年来，道滘镇坚持特色化发展策略，走错位发展道路，其中作为道滘镇传统产业之一的食品产业，产业基础较好，在珠三角有一定的知名度和市场占有率。从 2009 年开始，道滘镇积极实施打造"食品工业名镇"战略，通过加大招商引资、加强宣传推广、规划食品产业园、举办美食文化节等措施，大力推动食品产业发展，并取得了良好的效果，荣获中国特色食品名镇，广东省食品专业镇、美食名镇、广东省食品产业集群升级示范区等，道滘食品越唱越响。

特色美食成为亮丽名片

道滘昔称"到滘"，又名济川，意思是到了河川相聚的地方。道滘镇是著名的中国民间文化艺术之乡、中国曲艺之乡、鱼米之乡、美食之乡、中国特色食品名镇。美食文化底蕴深厚，其中"道滘粽子""道滘肉丸""道滘米粉"等风味独特的传统美食蜚声粤港澳，在珠三角已形成道滘特有的产业优势。

近年来，道滘镇积极实施特色品牌发展战略，道滘镇食品工业以较快的速度持续发展，特别在 2010 年，"道滘"商标获得广东省著名商标后，更是进一步扩大了道滘的对外影响力和美誉度。

目前，道滘镇食品产业已逐步形成规模化、集群化的态势，食品产业发展骨架初步成型，成为拉动全镇工业经济增长的重要力量。雪糕、米粉、腊味、饼食等产品质量居行业领先水平，部分产品达到国内先进水平。近年来，伊利、五芳斋、思朗等知名企业纷纷落户道滘。全镇现有食品企业 180 多家，年产总值达 25 亿元，以米粉、粽子、传统饼食等企业为主。道滘传统水乡的特色食品瓜子酥、艾角、茶果、麻葛、道滘裹蒸粽、枣红糯米粽、松糕、眉豆糕、鸡仔饼、龙船饼等，均获得了"广东省名小吃"称号。道滘已初步形成国家、省、市多层面的龙头食品企业集群。

食品企业规模不断壮大

近年来，道滘镇政府采取积极措施，着力加快转变经济发展方式，推动产业结构调整及转型升级，大力引进科技含量高、实力雄厚的食品工业项目，以进一步提高当地食品产业竞争力。调查显示，道滘镇经济活力持续增强、潜力逐渐凸显，食品工业经济保持了持续、快速、健康发展的良好势头，行业整体的经济发展速度、企业的自主创新能力、产业技术水平均有明显提升。

多年以来，道滘镇食品企业积极抢抓发展先机，利用道滘美食名声在外的优势，坚持以市场为导向，以资源为依托，以增效为目标，大力推进产业扩张，部分食品企业完成了原始资本积累过程，从小作坊走向了小工厂、从小食品走向了产业化、从小土产走向了品牌化、从小门店走向了大市场，从过去的季节性、节日性生产转变为全年生产。其中如祥兴饼家、佳佳美美食加工厂、麦之来食品厂等多家饼食制作厂家已进入了厂房生产阶段，祥兴饼家生产的龙凤礼饼以物美价廉的优势占领着东莞礼饼市场相当一部分份额，而佳佳美、济川等 3 家粽子生产厂家也改变过去家庭式生产模式进入 QS 标准生产模式，利用保鲜技术将产品销往珠三角各城市。道滘食品企业逐步形成了传统美食与新兴食品联动发展的新型特色食品产业发展模式，食品产业实现了大发展和大提升。

转型升级做强食品产业

产业转型升级是东莞实现可持续发展、谋划高水平崛起的抉择，同时也给道滘的传统食品产业发展带来新的发展动力。

传统食品工业小作坊式生产、无品牌意识、技术创新能力差等特点，使得道滘食品工业发展难以做大做强。为此，道滘镇委、镇政府充分利用转型升级的契机，引导和扶持食品企业向品牌化、规模化发展。

2008年，道滘镇借美食节打响了"美食名镇"品牌，从2009年开始，道滘镇实施打造"食品名镇"战略，通过加大招商引资，加强宣传推广，规划建设食品工业园，举办美食文化节暨名优食品展等措施，产业集群明显提高，产业链不断完善，并取得了良好的效果。该镇先后被评为中国特色食品名镇、广东省食品专业镇、美食名镇等。道滘粽、道滘肉丸、道滘米粉作为道滘镇的名片，备受广大群众青睐。镇内食品企业通过转型升级，已实现在传统工艺中提高生产效率和产品质量，促使道滘粽、道滘肉丸、道滘米粉、道滘礼饼等传统美食走向工业化。

近年来，道滘镇政府又利用多种手段，鼓励和协助食品企业实施品牌战略，名牌产品不断增加。现有中国驰名商标、农业产业化国家级重点龙头企业广东五芳斋食品有限公司，省著名商标企业广东东鹏维他命饮料有限公司，全国优秀饼店麦之来食品有限公司。

鼓励企业技术创新是道滘镇强化企业升级的又一强有力举措。据了解，道滘镇根据《关于实施科技道滘工程建设创新型城镇的意见》《道滘镇人民政府关于加快食品产业发展的意见》有关规定，大力引导食品企业进行技术改造和管理创新。全面落实科技道滘工程配套奖励资金，大力引导企业申报高新技术企业及省市民营科技企业，积极举办科研院校与企业对接洽谈会，促进产学研合作。2011年R&D（研发）投入4 082万元，企业获得专利366项，其中发明专利23项。

水乡优势提升产业辐射力度

近年来，道滘镇食品工业转型升级步伐加快，食品工业发展规模不断扩大，基础进一步加强，重点龙头企业具备了带动功能，已成为该镇工业经济发展的亮点。

随着产业转型升级的深入推进，在东莞实现高水平崛起的战略目标下，道滘镇的食品工业发展将怎样部署？

据了解，按照东莞市的经济区划，道滘镇处于水乡片区的核心镇，而东莞市委、市政府加大水乡镇街的统筹发展力度，对道滘镇而言是一次发展的良机。在时任道滘镇委书记陈灼林看来，只有利用优势坚持错位发展、特色发展，道滘镇才能不断突破，而错位发展的重中之重就是食品产业的发展。

陈灼林认为，随着道滘食品产业的不断壮大，从原料购进、生产加工到市场销售等环节，都不是单靠一个镇就可以完成的。随着东莞统筹水乡地区的推进，未来水乡片区的农产品、肉类等都将是道滘食品业的原料来源。而虎门港和麻涌的物流配套、中堂的包装印刷，都可能成为该镇食品工业产业链中的重要一环。同时，道滘镇的特色旅游观光业和岭南水乡文化，都将给道滘的食品工业增加重要的市场渠道。

"要借东莞水乡统筹发展的东风，继续推动美食产业的转型升级，将食品产业做大做强。"时任道滘镇委副书记、镇长钟浩滔在接受采访时表示，道滘镇以打造"中国食品工业名镇"为目标，将通过引进和培育龙头企业、建设食品工业园、搭建美食文化节平台、建设食品手信街、突出产业联动等举措，推进食品产业的集群发展，不断扩大产业辐射力度，促使食品工业各产品结构愈加合理，特色食品得以凸显，美食文化得以弘扬，形成相对完善的食品产业链条，力争使东莞道滘成为全国重要的新型食品工业基地。

（载于《中国改革报》，2013 年 6 月 13 日第 12 版《水乡道滘擦亮美食名片　做强美食产业》）

杏坛镇：传承水乡文化　让城市有灵魂

改革开放以来，杏坛镇充分发挥自身的优势，实施"科技工业、生态农业、水乡文化"三大品牌战略，经济和社会发展取得了显著进步。以社会体制改革为核心，农村综合改革为基础，行政审批制度改革为关键的三大改革，成为杏坛实现城市化建设的根本。水乡小镇杏坛，在这块面积仅有 122 平方公里的土地上，通过在产业转型、体制改革、城市升级、文化传承等多方面整体布局，不断开拓，朝着"现代产业新城、宜居魅力水乡"的目标大跨越挺进。

——题记

杏坛镇位于广东省佛山市顺德区西南部,南宋时由夏、谭两姓开村,因读书者甚众,取古语"孔子居杏坛,贤人七十,弟子三千"的"杏坛"二字为名。采访时任杏坛镇委书记鲁国刚时,他脱口而出的"让群众满意是衡量我们工作成败的唯一标准"让人颇生感慨,谈起杏坛的发展他更是如数家珍。

没有改革就没有发展,鲁国刚强调,牢牢抓住社会体制改革、农村综合改革、行政审批制度改革三大要素,是杏坛实现城市化建设的根本。杏坛的未来发展将按照"现代产业新城、宜居魅力水乡"的定位来规划,突出产业、改革、城市、文化四个关键词。

面对记者,鲁国刚坦诚地说,杏坛虽然目前还比较落后,却有很多独特的优势。在经济发展方面,由于过去发展相对缓慢,杏坛保留有顺德区最大面积的连片土地,为发展现代产业提供了得天独厚的条件。杏坛当下占据着顺德西部生态产业区主战场的有利位置,随着交通网络的不断完善升级,杏坛的发展也将进入"快车道"。文化产业也是杏坛的优势,不但拥有为数众多的原生态村居,而且还保留着宋朝的李仕修祖祠、逢简明远桥和巨济桥以及右滩黄氏大宗祠等古建筑以及龙舟说唱、人龙舞、锣鼓柜等非物质文化遗产。只要抓住改革机遇,科学规划城市布局,杏坛完全可以进行补偿式的跨越性发展,实现前慢后快,后来居上。这一刻鲁国刚眼神中充满坚定。

产业转型　环保为重

对于一个面积仅 122 平方公里的水乡小镇来说,2012 年上半年实现地区生产总值 159.5 亿元,数字相当可观。不仅如此,目前,全镇现有 6 000多家工商企业,规模以上企业就有 163 家,还涌现出一大批拥有中国驰名商标的企业。全镇拥有省级工业园一个,省级高新技术区一个,国家级高新技术企业 9 家,龙腾企业 14 家。

杏坛作为顺德西部生态产业启动区,经过多年的发展已经初步形成以环保材料、纺织制衣、绿色食品、五金电器、汽车配件等为主的工业体系。面对产业转型,鲁国刚胸有成竹地说,杏坛把新的经济增长点落在加快建设重点项目上,结合产业转型升级的有利契机,淘汰转移落后产能,实现杏坛镇经济总量、发展速度、发展质量的全面提升。通过推进重大项目建设、扶优扶强等手段,培育一批发展势头较快、经济效益较好、发展潜力较大的骨干企业,努力形成更加完备的规模企业梯次结构,促进工业结构升级、企业结构优化。

"产业转型是乡镇迈向城市化建设的前提，不断优化经济结构，打造'区域品牌'是杏坛发展的方向。"鲁国刚从工业、农业、服务业以及城市建设等方面详细介绍了杏坛的产业转型策略。

在新的发展阶段，杏坛以土地、劳动力和资本驱动发展的模式已难以为继，原材料价格上涨、劳动力成本提高、城镇环保压力加大，这要求杏坛加速传统塑料产业的技术升级、结构升级和产业链升级，从而带动杏坛发展模式的转变。这样就确立了以环保为中心，打造新型产业集群的战略。重点规划了环保材料、汽车配件等新型产业集群，为城市化目标打下坚实基础。为促进区域大型企业做大做强，政府全力协助四家优质企业上市，并有望在 2015 年前完成上市项目。政府还为扶持中小企业的发展，大力推行担保基金项目，截至 2011 年 12 月，担保基金融资额达到 1.47 亿元，共有 22 家中小企业成功申报。

目前杏坛镇农业用地面积共 80 000 多亩，全镇农业总产值达 10 多亿元，全镇"高产、优质、高效"的水产养殖面积达 30 000 多亩，以养殖鳗鱼、甲鱼、鲈鱼等优质品种为主，是珠三角重要的淡水养殖基地之一。为逐步完善现代农业体系，将以调整和优化结构为主。商贸服务业以大型楼盘群带动服务业快速向城市化发展，已有数十家大型楼盘落户中心城区，带动购物、餐饮等方面的商业服务巨头进驻杏坛。

针对总体产业转型升级工作，杏坛制定了"1234"产业发展战略："1"是全力配合西部生态产业区开发建设，为承接外来新兴产业和本地企业升级发展提供载体支持；"2"是加快建设"华南汽车用品"和"塑料交易"两大专业市场，引导塑料行业转型发展；"3"是加快发展逢简、右滩、马东的文化旅游项目，培育水乡旅游业；"4"是加快建设顺德新港物流仓储园区、绿色有机农产品种植示范园区、龙腾企业配套园区和中科院合作项目园区四个特色产业园区，逐步催生一批新产业。

谈到如何落实"1234"产业发展战略，鲁国刚表示，跟踪巩固新项目的落户很重要。政府相关部门将全力配合西部生态产业园区开发建设，为承接外来新兴产业和本地企业升级发展提供载体支持。两个专业市场的推进也不容忽视，培育壮大汽车用品生产行业，全力推进华南汽车文化城项目；加快建设"塑料交易"专业市场，引导塑料行业转移转型；整合包装材料行业，在成功申报环保材料专业镇的基础上，争取成为广东省纳米材料产业基地，形成产业集群和品牌效应。建设好顺德新港物流仓储园区、绿色有机农产品种植示范园区、龙腾企业配套园区和中科院合作项目园区四个特色产业园区也很关键，配套服务要同步跟进，让入园企业有良好的生产生活环境。

正拟定建设高新生态农业观光园，在农业转型的同时，将农业和旅游业有机融合，创造更大的产值。工厂化养鱼项目也是一个创新，引进先进的设备和管理机制，将有限的资源集中管理，科学提高产能。

三大改革　诸多创举

从社会服务综合中心挂牌到成立农村集体资产交易管理所，杏坛镇在综合体制改革方面也是创举无数。以社会体制改革为核心，农村综合改革为基础，行政审批制度改革为关键的三大改革，杏坛都在不断探索中推进。

"三大改革虽然工作复杂，任务繁重，但是只要老百姓叫好，我们就要坚持不懈地干下去。"鲁国刚在说到改革时，不由得将语调提高，足见其对改善民生的重视。

说起社会体制改革，社会服务综合中心的挂牌对外服务令杏坛镇声名鹊起。2011 年，杏坛镇整合优化原镇敬老院、文娱康乐中心和新建的民政综合楼等社会服务机构，建成杏坛镇社会服务综合中心（以下简称"中心"），综合提供群众文娱康乐、老人托养、老人大学、残疾人康复中心、康园工疗站、居家养老服务、家庭服务中心、社工服务中心、义工代表处、爱心超市、慈善会、敬老医疗门诊、社会组织孵化基地等多项社会服务，构建起社会资源共享、功能设施集中、服务对象互容、信息交流相通的社会服务综合体。中心以向社会购买服务的形式运作，据统计，2012 年一季度共服务群众 19 180 人次，开展社区活动 15 场、个案 24 个，小组活动 38 个，开展义工服务活动 50 次，服务对象 2 500 人次，服务时数达 875 小时。目前镇康复中心每天为 50 人次提供服务，敬老院入住老人 120 位，230 多名长者享受平安钟等应急服务。在此基础上，以中心为枢纽、村居为依托、社会组织为支撑全面铺开村级社会综合服务站的建设。目前，桑麻、右滩、马东、麦村、雁园、南朗 6 个试点村的综合服务站全部建设完毕。

杏坛镇还积极探索"两站合一"的运作模式，将村（社区）行政服务站和社会综合服务站二位一体，打造综合行政服务和民生服务相结合的服务站，为群众提供一站式的家门口服务，初步确定新联、麦村为试点。鲁国刚还谈到，各办、局也在积极创新工作模式，确定具有示范推广意义的试点及亮点工作，集中力量、重点推进。比如，镇纪监办完善机关绩效考评方案、效能建设督查制度，促进各办、局提升工作执行力。宣文办推进旅游项目开发建设，启动了岭南水乡（逢简）文化创意公园村改造工程；

开展精神文明创建活动，启动了"水乡杏坛好人之星"评选工作。国土城建水利局探索农民安居工程推进办法，积极解决农村住房问题。财政局积极推进财政预算决算公开工作。卫计局建立健全卫生服务体系，成立镇社区卫生服务中心，将原杏坛医院开办的3家社区卫生服务站纳入社区卫生服务中心管理。环运城管分局积极推进"美城行动"，垃圾收运处理体系已提升改造，生活垃圾的统筹收运一期工程已建成。

对于农村综合改革，杏坛镇除了加大农村经济组织改革，出台鼓励农村经济发展的政策文件外，还针对广泛存在的农村集体资产交易管理不规范问题，率先在2012年2月17日成立杏坛镇农村集体资产交易管理所并举行了揭牌仪式，同时，成立了农村集体资产公开交易工作领导小组，由镇委副书记担任组长，并下设办公室在镇社工局，交易所与镇招投标采购中心合署办公。选取了吕地、马东作为试点村（居），根据交易资产的性质类别、标的金额、面积大小、期限长短等的不同，对农村集体资产进行分级进场交易。管理所于5月25日在西登村大镇小组成功进行首宗基塘公开投标，取得了良好的效果。鲁国刚微笑着说："明标举牌，比过去的承包机制更公开透明；村民想出价就举牌，自主性较强。重点是可以避免暗标操作的围标现象。"

"我们还在不断加大推广互联网技术在农业生产领域的应用，规划以互联网为平台，以云计算为核心，采用模块化的思想，搭建成一个完整的农业物联网系统。"鲁国刚介绍，拟利用GPRS（移动通信）对水产养殖的鱼塘水质进行监测，采用探头采集相关鱼塘水质的数据，经电脑分析，对水温、光照、溶氧、氨氮、硫化物、亚硝酸盐、pH值等进行标准化的调控，使养殖环境得以改善，从而确保养殖户在增加养殖量的前提下又可节约成本，推动绿色环保养殖，为社会创造更多的财富。

在谈到行政审批制度改革方面，鲁国刚自豪地说，杏坛已经完成对全镇所有行政审批事项的整理工作，共清理行政审批事项494项，清理率达100%。同时，通过减少审批环节，压缩审批时间，推行"一审一批""即审即办"，实施并联审批的一窗口综合受理，全面简化审批流程，实现了流程再造。如将原来房屋换证"两进两出"、河涌管理"三进三出"调整为"一进一出"，将工商年检15个工作日压缩为"即时办结"，大大便利了群众办事。据统计，当前各行政审批事项精减率达30%，省时达56%。

杏坛还根据自身实际，在审批事项多的镇国土城建水利局增设审批股，其余各局增加审批服务职能，同时在各办、局设置审批首席代表，并整体入驻行政服务中心办公，实现"三集中三到位"：审批权向审批股、首席代表集中到位，审批服务和首席代表向镇行政服务中心集中到位。在消除多头管理问题上，杏坛镇也有自己的妙招，2011年底，杏坛镇将隶属于不同办、局的窗口工作人员全部归口镇行政服务中心统一管理，实现职、责、权高度集中。同时，为规范中心人员管理，出台了《杏坛镇行政服务中心人员管理配套文件》，明确人员职责、行为准则、轮岗方案、考核办法等，确保服务质量。为提升窗口服务质量，树立起服务型政府的良好形象，专门制订了行政服务中心培训提升计划，从2012年3月份开始利用节假日定期开展包括行为规范、礼仪、塑造阳光心态、危机意识管理、业务交流等方面的系列培训，以全面提高窗口工作人员的综合素质和服务水平。

探索对村居的事权下放也是改革的重要工作，早在2011年底，就制定了《杏坛镇村（社区）行政服务站建设配套文件》，包括村（社区）行政服务站业务主管聘用条件、聘任方案、管理办法等，逐步完善村（社区）行政服务站各项制度建设。

"美城行动"　净化家园

"现代产业新城、宜居魅力水乡"是杏坛的建设目标，基础建设至关重要，其整体规划和建设关乎城市的未来发展。对此，鲁国刚大到整体布局，小到街道改造都了如指掌。

杏坛城市化发展格局围绕"一城两片"，规划建设"一轴四带"。重点推进杏坛中心城区建设，打造中心湖公园，营造杏坛城市新面貌、新形象，全面提升城市综合服务功能。加强生态保育和绿道建设，全力将东海大河打造成为杏坛的城市"绿轴"和景观"水轴"；将镇属二环路打造成为协调联系西部生态产业园区和镇中心城区的纽带，将百安路打造成为物流产业集聚带，将高富路打造成为现代产业集聚带，将杏龙路打造成为特色商业带。

在基础建设方面，除了土地开发和旧城改造外，着力推进高富路、佛山一环南延线、镇二环路北段和村居道路等工程，打造四通八达的交通网；全面推进"净化、绿化、亮化、序化"的"美城行动"，提升城市形象。鲁国刚谈到，在2012年开展一系列"美城行动"后，能感受到的就是道路干净整洁，临时摆卖也规范，设施改造更加人性化了，夜景灯饰也是一道亮丽风景线。值得一提的是，2012年7月份起，为配合"美城行动"，杏坛镇在中心城区新添了一支市容女子督导队，活跃在杏坛建设路、河北路、文化广场、北河中心市场等地，既可帮助市民纠正不文明的行为，又可及时通知有关部门解决城市管理问题。

状元之乡　粤韵悠扬

杏坛镇可谓文明古镇，源远流长，人杰地灵。自从隋唐开科取士以来，这里人才辈出，广东九名文科状元中，杏坛占其二；杏坛曾是联合国教科文组织重点考察的生态环境基地，也是岭南水乡文化的杰出代表之一；礼乐之乡、琴瑟缭绕、粤韵悠扬，舞龙狮、赛龙舟，品香茗、听粤曲……这里的民俗文化令人流连忘返，赞叹不已。

"杏坛不但要建设现代化新城，还要传承我们的水乡文化，让城市有内涵、有灵魂。"鲁国刚对于杏坛的传统文化如是说。对于传承水乡文化，杏坛将开展历史文物保护、民间文化保育和文化产业提升三大工程。其中属历史文物保护工程难度最大，杏坛是顺德的文物大镇，拥有省、市（区）级文物保护单位37处，占全区的28%，保护工作十分繁重。镇政府在完成右滩黄氏大宗祠、逢简金鳌桥和明远桥、北水九列故居、昌教大宅门等文物单位修缮工程后，将继续修缮逢简梁氏宗祠、古朗漱南伍公祠、昌教民居群等文物单位。民间文化保育工程是指，推进文化品牌战略，继续打造好包括"人龙舞""锣鼓柜""龙舟说唱""龙潭水乡文化节""正月十五闹元宵"等文化品牌，做强"杏坛岭南民间文化艺术团"；落实"杏坛镇传统文化三三二发展规划"，建立传统文化发展扶持基金，引导社会及文化团体参与文化建设，力促文化发展百花齐放。文化产业提升工程则是以杏坛水乡自然景观和民间文化为基础，推进"岭南水乡——逢简文化创意公园村""右滩状元文化""马东咏春拳"等文化项目的建设。

（载于《中国改革报》，2012年10月8日第12版《现代产业新城　宜居魅力水乡》）

虎门港：从码头到临港产业集群

港口单纯的码头装卸功能，对东莞庞大的加工制造业经济体系的支撑，已经略显疲软。虎门港按照发展"服务东莞经济的综合型港口"的目标，确定了高效利用港口资源，带动临港产业发展的努力方向；重点打造现代物流发展平台、临港产业集聚平台、全国性电子交易平台，并逐步实现对周边镇街的产业辐射。港口物流实现突破性进展，临港产业布局逐步完善，港口发展进入"提速"阶段，虎门港已荣获中国物流实验基地和国家港口物流业标准化试点，为推进东莞转型升级、实现高水平崛起提供强劲动力，并在强港林立的珠江湾凸显出重要的战略地位。

——题记

作为闻名全球的制造业名城，广东东莞具有高度发达的制造业和活跃的国际贸易，在降低运输成本和发展现代化物流体系的市场需求下，位于珠江出海航道要冲的虎门港，于 1997 年经国务院批准成为对外国籍船舶开放的国家一类口岸。在 21 世纪初，正值经济全球化的浪潮汹涌澎湃之际，东莞市委、市政府提出了规划建设以虎门港为依托和龙头的西部沿海产业带的决策，虎门港的建设进入了新的历史时期。

优势得天独厚　发展潜力巨大

虎门港位于珠江出海航道要冲，地处广州—东莞—深圳—香港城市发展轴带中间和珠三角经济区中心，背靠外向型经济发展最活跃的珠三角东北部，具有得天独厚的地理区位优势和优越的经济集聚优势。同时，东莞又是闻名世界的现代制造业名城，全市集装箱生成量约 700 万标箱，占全省的 20%，其中 90% 的货物通过水路运输；散杂货（粮食）年需求量达 4 800 万吨，石化年需求量 1 500 万吨，煤炭年需求量约 2 700 万吨。这为虎门港的发展提供了强大的腹地经济支撑。

不仅如此，东莞作为我国公路密度较大的城市，还为虎门港的进出口贸易提供了极为便捷的陆路交通保障；广深高速、沿江高速、虎岗高速毗邻虎门港港区，从京九铁路、广梅汕铁路到港区仅需半小时车程；港口大道、松山湖大道、东部快速路、西部干线等构成市级快速路网。据虎门港相关人员介绍，东莞市厂家的货物从虎门港出口，平均陆路成本比经黄埔、深圳、香港等周边港口每标箱可节省一半以上。

此外，虎门港还可以享受国家级政策优惠，在使用东莞保税物流中心方面，作为东莞首个享受国家级特殊政策的园区，国内货物进入中心视同出口，享受出口退税政策，使用中心的本土企业享受财政补贴等。在集装箱航运扶持方面，对从虎门港沙田港区西大坦作业区深水泊位进口集装箱货物的本地企业，按照 200 元/FEU（英文 Forty-foot Equivalent Unit 的缩写，是以长度为 40 英尺为国际计量单位的集装箱）和 350 元/FEU 的标准给予市专项资金资助。

虎门港的大规模可开发的深水岸线和后方充足的陆域资源，完全具备发展现代物流、临港产业、港口城市配套业等的空间资源条件，相比周边成熟港口更具开发潜力。

全力打造三大产业集聚区

虎门港不单要做大码头，还想方设法完善产业链。重点开发沙田港区西大坦商贸主港区、沙田港区立沙岛石化基地以及麻涌港区新沙南作业区三大区域，朝着发展专业物流、精细化工和加工制造为主的临港产业集群方向大步迈进。

现代专业物流产业集聚的西大坦商贸主港区，拥有 4.2 平方公里的码头作业区、3.38 平方公里的物流基地和现代专业物流市场，以及 1.2 平方公里的虎门港中心服务区，重点发展集装箱运输、保税物流、临港产业、港口综合配套业、信息业、金融业以及商贸服务业。规划建设 12 个 50 000 吨级集装箱和多用途泊位，重点发展近洋和内贸集装箱航线，兼顾远洋。后方以东莞保税物流中心为核心，延伸拓展港口功能，加大港口现代专业物流市场建设，打造全国性电子交易平台，以"市""场"互动促进港口繁荣。

精细化工产业集聚的立沙岛石化基地，总面积约 20 平方公里，由石化码头仓储区和港后石化工业园两部分组成。前方规划建设 10 个 50 000 吨级和 16 个 5 000~10 000 吨级油气化工泊位，配套化工总库容 1 000 万立方米，将发展成为服务东莞，面向华南的石油化工原料储运中心；港口后方石化工业园面积约 12 平方公里，重点发展以安全环保、高科技和高附加值为特色的精细化工产业。

新沙南作业区则定位为食品加工制造产业集聚区，该作业区岸线长 4.2 公里，面积约 4.2 平方公里，前方规划建设 12 个大型散杂货深水泊位，将打造成以散杂货综合集疏运功能为主的现代物流体系。后方以临港工业为支撑，着力打造以加工制造为主的产业集聚区，涵盖粮油加工、散杂货以及环保产业，保证区域内多货种的物流服务需求。

2012 年前三季度，虎门港三大区域共引进项目 31 个，总投资额约 302 亿元。虎门港沙田港区一期、二期码头 4 个泊位集装箱吞吐量达到 65 万标箱，与 2011 年同期相比增长了 1 183%，已开通 20 条内贸航线和 2 条对台直航航线。东莞保税物流中心进出口业务累计票数 54 456 票，同比增长

200%。货物总值 26.9 亿美元，同比增长 226.5%。虎门港散杂货码头吞吐量达 4 578 万吨；立沙岛石化码头吞吐量达 477.5 万吨，占整个广东省液体化工品码头吞吐量的 1/5 强。

三大平台交易配送"一站式"

虎门港立足高目标定位、高起点谋划、高标准要求，充分发挥港口资源优势和区域经济集聚优势，打造现代物流发展平台、临港产业集聚平台、全国性电子交易平台；加快形成高效便捷的蓝色物流通道、集约科学的临港产业布局和具有影响力的电子交易中心。

现代物流发展平台的建设，以集装箱运输为核心提升港口物流综合实力，以保税物流和专业物流全面优化东莞现代物流体系。虎门港临港产业集聚平台，是以集约科学的理念布局临港产业体系，启动西大坦现代专业物流产业集聚区、立沙岛精细化工产业集聚区、新沙南加工制造产业集聚区三大集聚区建设，形成产业特色明显、产业链条完善、产业高度集聚的发展模式。虎门港在集装箱码头后方，将建设钢材、皮革皮草、塑料、冷冻品、粮油、副食品、水果等一系列专业物流市场，依托市场信息化和电子商务，开创有形市场和无形市场的无缝结合，最终打造成全国性电子交易平台。

三大平台将贸易的供求方和物流有机结合，从原料供给到交易平台，再到成品运输，都囊括其中；实现了交易和配送"一站式"，为商家提供了便捷，更降低了成本。

为企业提供"保姆式"服务

航线布局决定港口发展态势，虎门港根据东莞产业特性，已开通 20 条内贸航线，覆盖珠三角、长三角、京津唐三大经济区域，货种覆盖家具、纺织品、电子产品等东莞八大支柱产业。开通了虎门港直达台湾基隆港和高雄港的航线，成为珠三角地区对台直航最快和航线最密集的港口之一，并打通了东莞与欧美贸易往来畅通的中转渠道。

在各项建设有序进行的同时，虎门港还在加强配套建设和完善自身服务上狠下功夫。大力提升政府在服务方面的高效性，全面掌握、及时协调和快速解决园区在招商引资、项目落地等方面存在的各种问题，推动企业投得放心、建得舒心、营得安心。为企业提供"保姆式"服务，树立"企业事无小事"的服务理念，建立企业信息及时反馈机制、企业问题限时办结机制、企业落地全程服务机制等，简化工作环节，优化办事流程，强化特事特办，以更加高效的专职团队与优质服务优化营商环境。

　　优化通关环境也是虎门港的工作重点，让海关、国检、边检、海事等口岸查验单位进驻港区，集中办公，主要为虎门港提供综合性、一站式口岸配套服务。同时，针对虎门港实际情况，不断优化口岸查验作业流程，建立以智能化监管为核心的口岸管理系统，推动计算机管理和信息监控的实现，构建高效、便捷的现代化一流口岸环境。

　　（载于《中国改革报》，2012 年 11 月 12 日第 11 版《虎门港新型产业布局　构建临港海滨新城》）

广州白云：力推街道集体经济管理改革

　　广州全力推进新型城市化的建设和发展，作为城乡接合部的白云区，经历着村改居、村民变市民的变迁，由此农村集体经济组织"三资"管理问题也变得越来越突出，为了遏制集体资产的流失，在 2012 年 5 个经济联社试点改革的基础上，广州市白云区从 2013 年开始全面开展街道（转制社区）集体经济管理改革，推动行政事务、集体经济事务、自治管理事务分离，搭建资产交易平台。

——题记

　　据了解，广州市白云区此次街道集体经济管理改革主要实施的是"事务三分离、搭建两平台"的改革思路，从而形成良好的集体经济运行和监管机制，推动集体资产阳光交易。在实现"三分离"上，白云区将集体资产经营和治安、卫生、道路、社保等社会事务管理分离，将资产经营账务与社会事务账务"两分离"；全面推行会计电算化管理，提倡建立经联社一级财务结算中心，经联社、经济社及下属机构财务统一纳入该中心管理；严格规范集体经济组织的印章使用管理，实行印章双人双管、用章审批和登记备案制度。在搭建两个平台上，白云区委托专业公司开发街道（农村）集体资产管理的软件系统，建立区集体经济组织三资管理平台网络，该三资管理系统分为财务监管和资产交易两大模块。白云区在各集体经济组织全面实现会计核算电算化，并在录入基础数据的基础上，通过互联网（或局域网），建立财务监控平台，将经济联社的资产、资金、合同、债权、债务、会计账、出纳账以及集体各项收支全部纳入平台进行动态、全过程的监管，并设定区、街及经济联社的监管权限。资产交易平台的建设采取"两级平台、三级联动"的新模式，即与白云产权交易所有限公司合作，搭建区级交易中心，各街道经济联社成立联社交易站，形成两级平台，街道作为监督部门形成三级联动。

通过以上做法，白云区集体经济管理改革工作取得了积极的成效。在全面完成全区街道联社清产核资工作的基础上，白云区利用现代信息化手段把财务监督、资产管理和交易整个链条整合在"三资"管理网络平台上，建立了合同台账，通过重大事项审查备案制度实现了集体资产管理、交易、监督"三统一"，初步形成了集体资产管理交易的现代管理机制。同时，各街道联社通过区交易中心、经联社交易站两级平台，形成两级平台和街道监督部门相互联动的交易体系，确保交易在阳光下进行，而且交易平台的公开公平公正交易畅通了群众与基层干部的关系，打消了群众疑惑，增强了基层干部的依法办事意识，保障了社会稳定。经统计，白云区按照全新交易规则，目前通过两级交易平台完成交易 52 宗，总标的额约 1.11 亿元。其中，8 月 1 日白云区集体资产交易中心完成首宗区一级平台的资产交易，对萧岗联社 48 个商铺进行公开竞价。通过竞价，实现合同总金额由原来的 649.74 万元升至 988 万元，相比底价溢价率达 27%，相比原租金提升率达 52%，为萧岗村增加收益近 170 万元/年。

另外，为了在改革的推行过程中强化民主监督，白云区此次改革工作从宣传发动到全面验收的每一个程序都让社员（股民）参与、社员（股民）知情，如清产核资报告各集体经济组织需要召开成员大会或成员代表大会表决通过，并按程序进行公示；经济联社交易站开展交易的过程需要监事会成员和股东代表进行全程监督，为基层群众行使民主权利提供了一条有效的实现途径。同时联社全体社员（股民）可通过平台查询了解联社的资产及财务状况，确保"群众明白、干部清白"，提升政府、联社干部的公信力和廉洁自律形象，促进社会和谐稳定。

（载于《中国改革报》，2013 年 11 月 11 日第 3 版）

绿洲上辟出试验田

——广东省肇庆市鼎湖区"可持续发展试验区"发展思路述评

2007 年 9 月 6—7 日，广东省科技厅组织专家组对肇庆市鼎湖区申报广东省可持续发展实验区总体规划进行论证评审并通过了该规划。专家组通过到鼎湖中学、飘雪鼎湖山泉有限公司、蕉园生态文明村等地进行实地考察，审阅申报材料，听取鼎湖区人民政府关于实验区建设工作和总体规划汇报后，一致认为鼎湖区生态条件得天独厚，区位优势明显，经济基础良好，历史文化底蕴深厚，领导对可持续发展工作高度重视，总体规划指导思想和目标明确、思路清晰、措施可行，具备了创建广东省可持续发展实验区的条件，一致同意推荐其为"广东省可持续发展实验区"。当年 11 月，广东省科技厅确定鼎湖区为"广东省可持续发展实验区"，为该区增添了一个新的城市名片。

建设可持续发展实验区

广东省肇庆市鼎湖区扼"两广"水陆交通之咽喉，是华西南商贸之枢纽。同时，北回归线穿越鼎湖区北部，使该地雨量丰富，四季常青，形成北回归线地带的绿洲。

鼎湖区因鼎湖山而名声在外，然而，"可持续发展实验区"的崭新名片，让我们看到的是绿洲上新生出的一片试验田，并在执政者的大手笔书写下，焕发出生机与活力。

随着泛珠三角战略和"东引西连"战略的深入实施，肇庆市把端州、鼎湖两区作为城市中心区，加快发展高新技术产业、科技教育文化产业、休闲度假旅游和商贸物流等新兴产业和服务业。鼎湖区作为肇庆市的东大门，在发展中的区位优势日益凸显，中心城市的竞争力和辐射力进一步增强。

鼎湖区结合自身实际，贯彻落实科学发展观，以增强自主创新能力为主线，充分发挥科学技术对经济社会发展的支撑和引领作用，坚持抓好发展这个第一要务，转变发展思路，从原来的单纯强调经济增长转入经济、社会、人口、资源和环境协调发展的轨道，逐步摒弃以牺牲生态环境为代价换取经济增长的传统发展路子，走一条资源利用好、环境污染少、经济效益高的发展路子，使经济发展能够保持良性循环，不断解决人与自然的矛盾，实现人与自然和谐共处。在该思路的引领下，鼎湖区实现了三次产业协调发展，经济结构优化合理，成为广东县域经济强区。

长期以来，生态建设支撑鼎湖区可持续发展。以鼎湖山得天独厚的生态环境为依托，鼎湖区以建设生态工业、生态农业、生态城市、生态社区为目标，走生产发展、生活改善、生态良好的可持续发展道路，努力建成"山更绿、水更清、天更蓝、人渐富"的人与自然和谐相处的生态区、人人向往的居住创业区。在旅游方面，借助鼎湖山的名山效应，充分利用九龙湖、砚洲岛、羚羊峡、烂柯山、葫芦山等旅游资源和历史文化优势，大力发展旅游及相关产业，促进旅游业从低水平、粗放型向高层次、集约型转变，做大做强鼎湖旅游业，把鼎湖区建设成为省内一流、国内知名的旅游区。

如今，鼎湖可持续发展实验区获得大跨步发展，在肇庆市鼎湖区委看来，这得益于发展思路的明确，把改革的力度、发展的速度和社会承受度统一起来，妥善处理各方利益关系，充分调动了一切积极因素。据介绍，实验区在建设过程中，把发展作为第一要务，以科学发展观为统领，从鼎湖实际出发，实施了"绿色崛起、产业兴区"等一系列发展战略，"生态旅游、商居会展、港口物流、新型工业、休闲农业"五大功能板块齐头并进，产业结构大幅提升，从而实现人与自然和谐相处的科学发展。

科技支撑现代产业体系

鼎湖区"广东省可持续发展实验区"实至名归，其中得益于该区整体科技基础对经济形成的强劲支撑。近年来，鼎湖区通过科技创新和技术开发，深化可持续发展战略，构建了比较完善的现代产业体系，为可持续发展奠定了坚实的产业基础。

近年来，鼎湖区大力发展高新技术产业，重点发展先进制造、新材料、生物医药等高新技术产业，实施一批重大高新研究开发项目和引进创新项目。针对金属加工、制药、饮用水、林产化工、纺织服饰、新型建材等重点领域开展产学研联合科技攻关，推进专利、标准、品牌战略实施，获得一批具有自主知识产权的核心技术，开发一批技术含量较高的高新技术产品，培育一批具有较强竞争力的产业链高端产品。当前，广新星湖科技产业园正在加快建设，对设备正进行安装调试和配置先进的实验、检测设备，为年产 10 万吨精铝薄板全面投产和投资 14 亿元不锈钢板项目开工打下基础。广东鸿特精密技术股份有限公司依托市"汽车零部件省部产学研创新联盟",参与本田、福特、广汽集团等品牌汽车零部件研发和配套生产,还吸引了湖南大学汽车重点实验室等国内知名高校和重点实验室加盟。在鼎湖山泉有限公司实施标准战略,起草了《瓶装饮用纯净水》国家标准和《瓶装饮用天然净水》等广东省地方标准,现正参与《其他饮用天然水》国家标准起草。重新认定省级高新技术企业 5 家,高新技术产品 35 个,依托高新技术企业建立市级工程技术研究开发中心 4 家,高新技术产值约 26 亿元,全社会研发投入(R&D)3 700 多万元,占全区 GDP 比重的 0.6%。

鼎湖区通过产学研结合形式,从高校、科研院所引进适用技术,改造提升化工、陶瓷、塑料加工、印染等传统产业,提高精深加工能力。大力推进应用信息技术和现代管理技术,进一步提升企业生产经营效率和效益。加强节能减排技术合作,引进高效节能技术,推广先进清洁生产技术,降低原料和能源消耗,循环利用物料,减少环境污染。鼎湖山泉有限公司等 4 家企业被评为广东省的清洁生产企业,在 11 家陶瓷企业推广使用烧水煤浆技术,用窑炉计算机智能控制和隧道窑结构技术对传统窑炉改造,实现技术升级,有效降低了能耗。永盛纺织印染有限公司获得广东省节能专项扶持资金 129 万元,"金盛豪苑""鼎湖森邻"地产项目成为该区建筑节能示范项目,全区使用新型墙材的面积共 5.8 万平方米,占总竣工面积的 60%。依法注销 3 家石场的采矿权。在永盛纺织印染有限公司开展车间照明节电改造,选用 T5 系统取代传统的 T8 系列,年节约电费 140 多万元。

攻克行业关键技术体现了鼎湖区技术创新能力水平。在生物医药产业方面,加大了民族药、创新药物的开发;在金属加工方面,开展汽车轴类零件近净轧制成形工艺研究,开展铝合金精炼、变质、晶粒细化技术的研究,开展大型复杂压铸模具的设计制造技术研究,开发了新型铝合金材料,应用 CAD/CAM/CAE(计算机辅助设计/计算机辅助制造/计算机辅助工程)技术,使压铸模具寿命达到或超过 15 万模次;在饮用水产业方面,加强对饮用水无菌灌装工艺的改进研究,加强溴酸盐形成的监测与控制关键技术的研究,研究饮用水生物发光微生物快速检测方法。

鼎湖区还通过加强产学研合作,加速科技成果转化。目前,全区依托产学研建立的工程中心有 4 家,大学生实习和培训基地 2 家。鼎湖山泉有限公司与广东省微生物研究所建立了长期战略合作伙伴关系。肇庆恒港电力科技发展有限公司与中科院广州电子技术研究所共同开发多功能电表箱及多功能负离子养生仪等产品。肇庆市东源实业有限公司与华南理工大学、常州涂料院等进行产学研合作,开发降低铝型材涂装厚度与强度的超薄涂装剂、可降低主材料环氧树脂使用量的消光固化剂等。广东鸿特精密技术有限公司参与"汽车轻量化构件精益铸造关键技术及产业化集群示范"的产学研重大专项，正在筹建年产20万件基于双向高速抽真空压铸技术的高强度复杂铝合金压铸件——汽车发动机缸体裙架的真空压铸生产示范线。广东星湖新材料有限公司与东北大学、重庆科学技术研究院、广州有色金属研究院等签订了合作框架协议，研究开发PS板、铝箔坯料、5052合金板和汽车钎焊板等新材料，新材料广泛应用于印刷、包装、IT通信、建材、汽车、船舶、空调等领域。

鼎湖区产业可持续发展，不仅体现在现代工业上，农业科技创新也是重要的一环。近年来，鼎湖区引导支持区内温氏、威龙、金丰等农产品加工龙头企业与高校、科研院所合作进行具有突破性可能和广泛应用前景的农业高新技术研究开发，加快农业高新技术的产业化。大力推进农业信息化和标准化，提高农业生产过程控制和管理水平；加强农业科技攻关。调整农作物和禽畜品种引进和选育方向，引进和培育优质、高产的品种，利用生物技术改良土壤和禽畜养殖环境，推进林产化工、南药、水产3条星火技术产业带建设，对传统特色农业开展深加工，延长产业链，提高附加值；加强专业镇建设。积极与农业科研院校合作，利用专业镇技术创新平台，引进与创新相结合，改造传统产业，全方位提高专业镇内企业的自主创新能力，做大做强肇实、裹蒸粽产业。重点提高肇实种植的产量和质量，开展肇实深加工，培育和扶持裹蒸粽加工龙头企业，帮助企业建立QS质量认证体系，开发裹蒸粽新品种，打造无公害裹蒸粽和知名品牌。肇实专业技术协会被评为"全国科普惠农兴村计划先进单位"，沙浦镇黄布沙香蕉科普示范基地荣获国家"农村科普示范基地先进单位"，建立省级健康农业示范基地1个，建立无公害基地8个，获省农业名牌产品2个、无公害产品认证9个，建标准化生产基地3.4万亩，主要农作物良种覆盖率达98%。

绿色崛起取得突出成效

从2007年11月获得"可持续发展实验区"，到2012年已整整5年。放眼看来，鼎湖区可持续发展工作取得了积极的成效，发展格局明显提升，产业结构得到优化，社会文明和谐，体现了可持续发展的理念。

一是实验区发展格局明显提升。立足鼎湖区位优势与名山效应，抢抓《珠三角规划纲要》实施和肇庆城市东扩的战略机遇，主动融入珠三角一体发展。推进市区一体化，肇庆中心城区地位逐步确立起来。坚持规划先行，完成新一轮土地利用规划和城市总体规划修编，开展港口物流、中心城区和公交体系等 12 项专项规划设计，描绘了城市建设和产业发展蓝图。科学谋划新港物流园区、人民公园片区、砚阳湖片区等一批功能组团。规划肇庆新区 115 平方公里，为鼎湖的未来描绘了科学发展的蓝图。落实南广铁路、贵广铁路、珠外环高速、城际轻轨等重要交通基础设施在鼎湖布局建设，积极优化选线方案，避免城区中切分割，优化了城市发展空间。全力配合和推动国家、省市各项重大基础设施顺利建设，新兴交通枢纽城市发展态势已经形成，工业经济、城市经济、港口物流经济、旅游经济联动发展效应明显增强，肇庆新区建设拉开帷幕。

二是实验区产业结构明显优化。着力调整经济结构，加快产业优化升级，三大产业比例由 33.8：32.9：33.3 调整为 19：53：28。工业总量迅速壮大，规模以上企业达 93 家，新增规模企业 23 家；新增国家级高新技术企业 5 家、省级民营科技企业 10 家，新增高新技术产品 35 个；科技进步对经济增长的贡献率达 48.5%。成功建设肇庆新港，引进珠江船务公司入股经营，积极开发港口物流园区，港口物流经济逐步兴起。现代服务业蓄势待发，鼎湖国际汽车城、鼎湖海印又一城、好世界商贸城等一批重大商贸项目建设正在启动；旅游景点建设逐步加强，砚洲岛综合旅游项目启动，九龙湖旅游风景区荣获省级"森林生态旅游示范基地"称号。农业基础地位进一步巩固，建立省、市、区三级农业科技示范基地 28 个，农产品示范园面积达 3.2 万亩，肇实协会、沙浦镇香蕉示范基地被评为全国先进单位，"羚羊峡"肇实和"皇中皇"裹蒸粽获广东省名牌产品称号，"羚羊峡"肇实获评省著名商标。鼎湖经济发展活力逐步焕发、产业集聚发展态势日益显现。

三是实验区项目建设明显加快。精心策划一批重大项目，促使江肇高速至新港连接线、砚阳湖工程、九坑河水库除险加固、凤凰电网改造等重点项目纳入上级投资计划，投资总额达 4 亿多元。开辟港口物流园区，壮大莲花、永安两大工业片区，加快推进广新星湖科技产业园建设，不断完善园区配套，工业发展平台不断拓展。狠抓企业的增资扩产和促建促产，建设投产和增资扩产企业 98 个，企业增资扩产项目 169 个，增资总额 46.4 亿元。切实加大新兴产业招商力度，招商选资水平不断提升，产业集群建设成效显著。广新外贸集团系列项目、华润水泥物流项目、中储粮食物流项目等一批重点项目成为鼎湖经济发展的重要增长点。

四是实验区城乡面貌明显变化。统筹城乡发展，不断加大基础设施建设力度。5 年来，前后开展交通、能源、电力、水利等 55 项基础设施建设，投资总额达 6.6 亿元。改造和新建 321 国道鼎湖段、民乐大道、莲花路等一批城市干道，道路总长度和总面积分别增加到 98.5 公里和 103 万平方米。建设省立绿道 42.5 公里，新增绿化面积 6 万平方米。新建城区和两个中心镇污水处理厂。配合完成景丰联围、九坑河水库达标加固等重点水利工程建设。能源建设取得重大突破，永安水厂、贝水变电站、莲花变电站增容线路投入使用，22 万伏布基变电站和 11 万伏山田变电站建设正在加快推进，全区电力由年 13.5 万负荷增加到 60 万负荷。5 年来，共开发房地产项目 35 个，建筑施工面积达 128 万平方米。新建鼎湖森邻、世纪雅苑、帝豪花园、尚悦峰景等一批高档住宅小区，房地产品质逐步提升，开发规模逐步扩大，城市建成区面积拓展到 10 平方公里。

五是实验区三农工作明显深化。坚持农业基础地位，改造中低产田 7 000 多亩，改善灌溉面积 1.2 万多亩。农业产业化进程明显加快，全区拥有 18 个专业合作社，农业产业化年销售收入达 7 795 万元，年增长 5%；引进优良品种 28 个，建立无公害农产品基地 8 个，实施标准化生产 3.4 万亩，主要农作物良种覆盖率达 98%。农业机械化生产水平排在全市前列。农村基础设施建设得到加强，城乡公交初步实现一体化，建成农村公路 130 公里，基本实现了行政村道路硬底化目标。成功争取凤凰农村电网纳入广东电网改造范围。建成生态文明村 65 个、省卫生村 42 个。完成农村贫困户危房改造工程。扶贫开发"双到"工作到位，263 户贫困户实现脱贫。推进农村安全饮水工程，新增 1.55 万人用上安全自来水。农民生产生活条件得到显著改善。

六是实验区社会和谐明显提高。坚持政府财力向公共管理与服务倾斜，一批事关群众切身利益的实际问题得到有效解决，5 年来民生支出达 8.46 亿元，财政支出比例提高到 70% 以上。保障和改善民生成效显著，农村居民人均纯收入达 8 219 元，年均增长 10.5%；城镇居民人均可支配收入 13 406 元，年均增长 11.7%。建立健全社会保障、社会就业、社会救助和社会优抚保障体系。扎实推进"广东扶贫济困日"活动，共筹集善款 1 200 多万元。化解各类历史债务 11.9 亿元，解决了一大批历史遗留难题，清除了一批发展障碍。高度重视群众来信来访，着力解决群众关注的热点难点问题。加强社会治安综合治理，完善突发公共事件应急机制，处理复杂问题的能力不断增强，社会大局保持稳定。

七是实验区社会事业明显进步。切实加大教育投入，5 年共投入教育建设资金 3 亿多元，办学条件得到根本改善。提前实现普及高中阶段教育目标，连续 5 年获得市高考突出贡献奖，全区 9 成中小学建成省"规范化学校"，教师工资待遇实现"两相当"，省教育强区创建工作顺利开展。大力发展医疗卫生事业，完善城乡社区卫生服务网络，完成社区卫生服务中心建设，122 间村卫生站达到市规范化建设标准。完善新型农村合作医疗管理机制，常住农业人口参合率达 100%。创建全省首批新型农村社会养老保险全覆盖（县）区。改造提升镇（街）文化站，创建全省首个"农家书屋"，加强文化场馆建设，完成电视"村村通"工程，群众性文体活动日益活跃。全面完成"五五"普法任务，全民法律素质得到增强。人口计生工作保持全省一类地区水平。生态环境建设力度加大，顺利通过省"林业生态区"验收，单位 GDP 能耗和二氧化硫、二氧化碳排放量持续下降，国土资源得到有效保护，环境质量保持优良水平。

（载于《中国改革报》，2012 年 12 月 3 日第 11 版《深化可持续发展战略，走绿色崛起之道》）

特别关注——
莞商：一个现代商帮的崛起

　　我国波澜壮阔的改革开放进程，聚集着无数弄潮者的智慧和力量。

　　作为改革开放以来最受瞩目的国内商帮之一，莞商敢为人先尝改革"头啖汤"，厚德务实成就经济领域的"东莞奇迹"，闯出了一片宽广的天地。从单打独斗到如今的抱团发展，莞商在我国全面深化改革的召唤下，致力于经济新常态下的创新转型，并在"一带一路"的战略构想下抢抓机遇，壮大莞商这一商帮在全球经济中的分量。

　　务实，诚信，坚守法治精神，传递社会正能量，新时期的莞商，正以一个现代商帮的形象，活跃在世界的舞台上。

——题记

【莞商崛起篇】

改革开放中声名鹊起

2012 年 9 月 16 日，作为一支闻名中外的商业劲旅，莞商以一种全新的姿态，站在了世界大舞台上。这一天，来自海内外的近千名优秀莞商，见证了他们共同的大家庭——世界莞商联合会的诞生，这意味着，莞商告别过去单打独斗的竞争时代，走向了合作发展的道路。

事实上，莞商已有千年的文化沉淀和传承发展，只不过行事风格低调务实，随着我国改革开放进程的不断推进，莞商这一群体声名鹊起。

凭着敢为人先的精神，莞商尝到改革的"头啖汤"。1978年，全国首家"三来一补"企业——太平手袋厂在东莞虎门正式开工，开放政策下东莞外向型经济得到发展。1981年，全国第一座由农民集资兴建的大桥——高埗大桥诞生，打通了通往富裕的道路。很快，渴望改变的东莞人乘着改革开放的东风，创办实体经济，制造、酒店、地产行业集中兴起，创造了经济发展的"东莞奇迹"。

广东作为改革开放的前沿阵地，经济的聚集效应吸引了众多的就业者、创业者、投资者。而国际化大分工所带来的产业转移，使得大批制造业资源涌向东莞，共同为铸就这座"制造业名城"发挥作用。其中，有不少人在东莞扎根发展，逐步成为莞商的新鲜血液。

20世纪90年代，像郭山辉这样的台商，以及张华荣这样的内地商人陆续迁业东莞。经过不同商业文化的融会，本土莞商也开始向其他行业发展，股神袁德宗、众生药业张绍日、金叶珠宝王志伟等崛起，也创造出女首富张茵这样的神话，最终成就了东莞闻名遐迩的"制造之都"，仅制造业就涵盖了30多个行业60 000多种产品，现在几乎每个家庭都用过莞货，但很少人能数出这些莞商的名字。可对莞商来说，他们已经在改革开放中镌刻了自己的足印。

改革大潮汹涌，莞商永不止步。在老一辈莞商创业传奇的影响下，新世纪的莞商重扬"父辈的旗帜"，足迹遍布金融、科技、生物、医药等众多新型领域，而且他们有着较扎实的专业和管理知识，具备良好的学习素质和比较开阔的国际视野。莞商薪火相传的格局推动商帮坚强地屹立起来。

时代召唤下兴立商帮

大力发展非公经济，是我国深化改革的重要内容，也成为东莞市转型升级的有效途径。作为东莞非公经济的核心力量，莞商所承载的使命具有现实意义。

有"制造之都"称号的东莞，在经历改革开放的蓬勃发展之后，已处于经济转型、社会转轨时期，这是一个"爬坡越坎"的过程。既要加快发展步伐，又要推进转型升级，这是摆在东莞面前的新课题。

"在新时期的转型升级工作中，广大莞商要当好传统产业转型升级的加速器、提升开放型经济水平的冲锋队、实施创新驱动战略的生力军和培育大型企业集团的带头人。"时任东莞市委书记徐建华认为，莞商是一支重要的商业劲旅，一直是海内外市场的重要开拓者，创造了令人瞩目的商界传奇，为东莞的改革开放和现代化建设作出了重要贡献。作为东莞非公经济特别是民营经济的主要代表，莞商已经成为东莞经济社会发展的主力军和脊梁，东莞的发展需要凝聚莞商这支重要的力量。

可以说，新时期凝聚莞商力量建立商帮组织，是时代的召唤，是社会发展的需要。

世界莞商联合会正是在党的十八大召开前夕诞生，这个由东莞市委、市政府进行顶层设计，联合本土和海内外众多优秀莞商的商帮组织，举起了打造现代商帮的旗帜，决心将其打造成"搭建增进莞商交流、凝聚莞商力量的大平台，展示莞商风采、施展莞商才干的大舞台，建立荟萃莞商智慧、共享莞商成就的大家庭"。

"如果莞商不能形成抱团取暖文化，将难以获得成长空间，可能会失去竞争力。"世界莞商联合会首任会长莫浩棠说，单打独斗的做法已时过境迁，抱团共享资源才能走得更远。而这也道出了莞商举起商帮旗帜的另一个原因。

单打独斗曾是莞商发展的一个重要特征，有一定历史原因，最终形成了莞商今天的低调风格，但同时也使得资源共享率较低。"一块砖头并不起眼，但将众多的砖头砌在一起，就是一堵高大坚实的墙，就可以遮风挡雨，改变时代。"担任会长后，莫浩棠和世界莞商联合会将实现抱团发展作为目标，培育抱团文化，并着力打响莞商品牌。

"弘扬务实创业的莞商传统，秉承创新兴业的莞商特质，彰显诚信立业的莞商理念，厚植大德强业的莞商抱负。"在2012世界莞商大会上，与会莞商喊出了《莞商宣言》，表示要心手相连，携手并肩。

据了解，世界莞商联合会自2012年成立以来，迅速聚集了在世界各个角落开花结果的莞商，在整个东莞32个镇街设立办事处，成立青年莞商工作委员会、女莞商工作委员会，并陆续在海外成立分会，初步形成了一个辐射全球的莞商联络网。目前，世界莞商联合会人数达到近700名，越来越多的莞商加入这个商帮组织，寻求共赢之路。

运筹帷幄中莞商扬帆

与以前各自为战的莞商时代不同，也与个体莞商不同，世界莞商联合会所举起的商帮大旗，具有鲜明的时代先锋气息。

为了打造好莞商平台，世界莞商联合会迅速构建覆盖全东莞的派出机构和精干高效的服务团队，成立后一个月内召开会长会议和理事会会议，基本完善了世界莞商联合会的制度建设；3个月内创建了莞商联系平台，官网上线、《世界莞商》创刊号首发；8个月内完成了32个镇街办事处的组织建设，所在镇街莞商在当地就能找到"莞商之家"。其组织建设速度之快、制度之严，是莞商"务实"的又一个完美注脚。

无规矩则不成方圆，世界莞商联合会还重点建立科学规范、公开透明的管理体系，通过理事会或会员大会的审议，先后制定和出台一系列规章制度，以制度管人、以制度服人、以制度规范各项工作开展，让会务公开透明，让会员监督会务。在商帮的决策方面，世界莞商联合会还按照"重大事项经民主决策，会务运作分层决策，谁决策谁负责，执行团队必须让决策落地"的原则，商议各类重要会务事项，使得每项决议都能得到贯彻执行。

"一个商帮的兴起，虽然离不开经济的带动，最终却是以文化而知名。"为此，世界莞商联合会致力于打造文化崛起的商帮形象，通过创立《世界莞商》会刊、开设世界莞商网站、出版"潮涌一帆扬"等系列丛书，开展非公经济人士理想信念教育等活动，举办凝聚莞商力量的《莞商之歌》歌咏大赛，为莞商文化营造浓烈的氛围。

为了提升莞商素质和文化竞争力，2013年7月，东莞市委、市政府引进"盛和塾"这一国际经验，倡导成立莞商学院，通过借助高校教育资源和科研力量，开展座谈、讲座、交流等活动，为莞商"健脑"，推动莞商企业技术水平和经营管理水平的提升。

此外，世界莞商联合会还以多种方式打造莞商品牌，以"莞商集团军"的新面貌开展"走出去"活动，先后到了南美、中东、东南亚等地以及国内的华东、华中、东北、粤北等地进行商务考察，分别与天津市政府、哈尔滨松北区政府、韶关市政府及云浮市政府举办了商贸洽谈会，并与天津市工商联、哈尔滨松北区政府分别签订了《经贸战略合作协议书》。2014年9月，正值中国—东盟博览会期间，世界莞商联合会还组织青年莞商到广西考察，开阔眼界，扩宽思路，为参与东盟贸易活动打下基础。通过类似活动，不但为外界认知莞商打开了窗口，而且让莞商获得了更大的实业扩展空间。

【莞商力量篇】

推动经济发展的生力军

"情系东莞，商通天下"，世界莞商联合会在成立两年后于 2014 年再次召开了世界莞商大会，莞味商情更显浓厚。在开幕式上，有一项议程让人眼前一亮。开幕式现场创新性地采用了电视直播和视频回传技术，将东莞部分镇街在当天举行的一批奠基、竣工建设项目的现场视频进行直播和回传，让与会者不出会场亦能一同见证和感受到东莞蓬勃向上的经济活力。

石龙体育中心、东城台心医院、虎门电商产业园、大朗迎宾大道、黄江国泰达鸣、东城金泽商业广场、东城嘉宏振兴中心、东城嘉宏锦园花园、虎门万科城等，这批现场奠基或竣工的重大项目，都由莞商投资或参与，莞商兴业的热度和力度不断增强，正如在《莞商宣言》中所宣示的，莞商已经在转型升级的大潮中乘势而上。

东莞市 2014 年经济运行情况显示，2014 年全市生产总值 5 881 亿元，同比增长 7.8%，高于全国平均水平 0.4 百分点。外贸进出口 1 625.3 亿美元，增长 6.2%，增速在全国外贸总额前 5 位的城市中排第一（深圳、上海、北京、苏州）。而且全市工业保持了平稳较快增长，实现规模以上工业增加值 2 593.5 亿元，增长 8.8%，高于全国平均水平。新增规模以上工业企业 145 家，总数 5 382 家。新增百亿元企业 3 家、上市企业 7 家。

充满挑战的 2014 年，东莞经济发展仍旧稳步前进，而莞商企业所汇聚的推动力不可小视，作为莞商企业代表的玖龙纸业、光大集团、以纯集团、宏川化工等，在 2014 年发挥了非公经济的重要作用。同时，海内外莞商在投资家乡，带动行业、区域发展，以及投身公益、参与社会建设等方面，展示出了创新发展的新形象，传递着东莞改革发展的正能量。

肩负着"进一步推动东莞稳步迈入爬坡越坎的阶段，顺利突破转型升级的拐点"的使命，莞商的推动效应日益明显。如今，莞商企业在东莞全面深化改革的关键期，充当着越来越重要的角色，无论是大力实施科技创新，推动产业的转型升级，还是展开对外交流合作，提升国际化水平，莞商都是一支强有力的生力军。

近年来，随着东莞不断营造国际化、法治化的营商环境，努力抓好完善和落实减负政策、推动民间资本进入制造业领域、构建政产学研资合作联盟等工作，在消除准入壁垒、支持技改研发、强化保障支撑等许多方面提出了一系列改革举措，使非公经济发展步伐加快，莞商发展的空间更加广阔。时任东莞市市长袁宝成表示，东莞正积极创造条件，对莞商发展给予全方位的支持和服务，使东莞成为莞商投资创业的首选之地。

推崇依法诚信的经营观

受岭南地域文化的熏陶，过去的莞商留给人们低调务实的印象。而新时期的莞商究竟有哪些特有的精神品质？

在莞城至温塘公路边，有一座始建于明朝洪武年间的还金亭，是为了纪念袁友信苦等失主3年最终将300两银子归还而建，历代都有人修缮，彰显着东莞民俗民风的诚信传统。

诚信，是务实的莞商千年的文化传承。在首次举起商帮大旗之际，莞商同样将诚信立业的莞商理念写进宣言当中："诚信是为人之本，为商之道，无论身处顺境逆境，我们都要坚持把诚信作为安身立命、建功立业的唯一商道。"

世界莞商联合会首任会长、广东三正集团董事长莫浩棠对诚信经营有着这样一段经历。2006年，三正旗下一家主打户外旅游的酒店迎来了全国旅游星级饭店评定小组。时值连阴雨天，客人稀少，有员工提议让内部人多去走走，增加人气。相关负责人认为有理，便召集各部门进行了部署。莫浩棠得知后，当即叫停，对这位负责人解释："这个办法出发点虽好，但仍有弄虚作假嫌疑。如果一边倡导诚信，一边支持或默许这种做法，那么弄虚作假现象就会蔓延，最后连经营业绩都能作假，对企业就成了一种灾难。"

如莫浩棠一样，广大莞商正是以诚信立业才能在商海中屹立不倒，而世界莞商联合会成立后，莞商更是坚守诚信理念，"用金子一般的信诺打开一扇扇通往财富与成功的大门"。

随着我国全面推进依法治国的宏伟蓝图徐徐展开，市场经济的法治基础也将得到强化，更开放、公平的市场环境给莞商带来更长远的发展，依法诚信经营的莞商做事风格也将得到更好的推崇。"莞商的敢为人先，不是乱为，是诚信之为，是依法依规之为，所以广大莞商是渴望法治的，莞商正是在依法诚信经营之下，抓好质量，提供优质的产品和服务，才使得企业不断做大做强。"世界莞商联合会秘书长谭满矶说。

2014年11月25日，东莞市政府决定向8家企业（组织）授予年度"东莞市政府质量奖"和"东莞市政府质量奖鼓励奖"，其中获奖的莞商会员单位就有7家，可见莞商的依法诚信经营，赢得了市场和消费者的青睐，也赢得了政府的肯定。

因为依法诚信经营，黄建平在马可波罗瓷砖的生产中只会选择达到优等品的产品，并采取多种措施打击市场上的假冒伪劣产品，以保障消费者权益和品牌形象；东莞好人陈什根提出"做食品要讲良心"，对鑫源食品全套制作工艺的要求和控制极其严苛，并且 30 年如一日试吃每种产品，以自己的身体把住食品出厂的最后一道关；作为百年老店谊寿堂的第六代传人，尹创铸在创建常安医院之初，就坚持"医者父母心"的核心理念，以安全优质、精益求精的医疗服务造福乡梓；邱启光用自己的名字来命名企业，把个人的诚信和名声押在企业上，用数以万计的启光工程奠定了一个钢结构"王国"。

从 2008 年北京奥运会总面积达 3 400 平方米的摩根巨屏，到 2014 年巴西世界杯足球赛的"大力神杯"，再到 APEC 峰会的国礼外包装"大红门"，近年来"东莞制造"在国际舞台上大放异彩，而这些质量过硬的产品走向国际市场，让世界看到了莞商追求品质时对依法诚信经营的发扬和追求。

传递社会大爱的正能量

"闷声发大财"的莞商，同样热衷于"闷声做慈善"，他们心系国家，心系人民，在灾难降临的时候，毫不犹豫地伸出援助之手，他们在各自的领域，关注着社会上的弱势群体，适时为他们提供帮助，传递着温暖的力量。

广东三正集团董事长莫浩棠，向贫困地区捐建 13 所学校，资助数百名贫困大学生，向社会多项公益事业捐赠超 4 200 万元。

新世纪地产董事长梁志斌，仅暨南大学新校区学生宿舍楼建设一项就捐资 5 000 万元。

陈润光经营的光大集团，9 年时间在教育、扶贫、医疗、救灾等领域捐款超 4 亿元。

东坑中学需要重建时，东坑的莞商在一个筹款晚宴上募捐就超 3 000 万元。

诸如此类的"大手笔"，表明低调的莞商在慈善面前绝不低调。

"莞商多乐善好施，如今加入世界莞商联合会的会员，很多都成立了各自的慈善基金，用于资助教育、扶危济困等方面。"世界莞商联合会副秘书长莫韶欣称，作为一群有着"兼济天下"抱负的群体，莞商已经把回报社会当成了自己责任的一部分。据了解，在世界莞商联合会周年庆祝晚宴上，莞商还启动了东莞慈善会莞商关爱基金，共注资 1 000 万元，用于社会慈善事业，以提高莞商热心公益的形象。

扶持教育事业发展，投身家乡建设，参与对口扶贫活动，灾难面前慷慨解囊，莞商"慈善模式"如今已经逐渐形成，他们通过回报社会，反哺桑梓，展现了莞商的赤子情怀。据了解，仅2014年，莞商活跃的身影就不断出现在各类慈善活动中：虎门莞商捐资130万元为梅州黄石村修建"东莞虎门商会大桥"，并将沿桥东段线引路延长，修建了一条长1.5公里、宽5米的沿河村道，切实解决了黄石及周边超过6 000名群众的出行困难；鸿发集团在韶关投资修建了韶关至新丰高速公路新丰段；三正集团、嘉宏集团、光大集团、鸿发集团等14家企业积极参与东莞市"助学圆梦"帮扶贫困学生活动，为近800名莞籍贫困学生解决学费等等。莞商这些扶贫济困、捐资助学的慈善活动，传递着社会正能量，为莞商品牌打上了最温暖动人的烙印。

有些莞商慷慨解囊跻身慈善榜，还有更多的莞商投身公益慈善事业却低调而不为人知。据不完全统计，近两年，世界莞商联合会的会员以企业或个人名义捐助公益的款项已经超过3亿元。

（载于《中国改革报》，2015年3月11日第19版）

新常态　新莞商　新梦想

打造一流的现代商会，塑造知名的商帮品牌，在经济新常态的大环境下，"厚德务实，敢为人先"的莞商迎来了新的发展机遇，"一带一路"的战略构想使更多的莞商"走出去"，开拓市场的蓝海，随着创二代、创三代等新兴莞商力量的崛起，莞商事业的天地也更加宽广。在践行中国梦的征程中，莞商梦如星光闪耀。

——题记

薪火相传　崛起新力量

少年强则中国强，莞商梦想的开拓，正逐渐从老一辈莞商转移到了青年一代的肩上。

在世界莞商联合会创立后的第二个年头，青年莞商工作委员会成立，而且青年莞商人数占会员人数比例逐步扩大，超过了30%。在2014年世界莞商大会上，依据品德高尚、年轻有为、诚信守法、善于经营、社会责任、乐善好施六个方面的评选标准，郑耀南、莫冠良、陈健民、何志鹏、陈满新等20人被评为"优秀青年莞商"。出席当天媒体见面会的优秀青年莞商，举止言谈间青春飞扬，朝气蓬勃。他们是青年一代莞商的代表，他们在青春中挥洒汗水，继承"厚德务实，敢为人先"的莞商精神，又许下"立大志、创宏业，爱国爱乡，兼济天下"的誓言。

作为70后青年莞商的杰出代表，郑耀南的创业传奇经历诠释着青年莞商的梦想。从当年只身在南粤大地打拼，到创办知名内衣品牌"都市丽人"，郑耀南传承了老莞商的奋斗拼搏精神。在郑耀南对内衣行业的潜心探索和不断创新下，都市丽人快速发展，成长为集研发、制造、销售、营运为一体的现代化大型时尚内衣品牌运营集团。2012年荣获"2012最佳商业模式"，截至2013年底，都市丽人在全国拥有超过5 800家的销售终端门店。

从商业模式到运营细节，都市丽人在创新中求得新的发展空间。在郑耀南的运营和构想下，都市丽人首创一站式贴身衣物体验选购营销模式，怀揣让世界内衣舞台闪现中国身影的梦想，向着万店计划前行，成为国内最大品牌女性贴身衣物企业。

在事业飞速发展的同时，郑耀南以履行企业社会责任作为自己奋斗的另一个重要目标，积极向公民企业转变，从早期积极投身家乡基础建设，发展到以教育、扶贫、医疗三个方向为主的慈善捐助，先后向社会捐款捐物超过千万元。

对于莞商精神的理解，郑耀南认为，只有将创新、务实、坚守、诚信、包容这些精神融合，才能铸就一个个优秀乃至卓越的中国品牌企业以及具有行业或时代影响力的莞商。

与郑耀南一样，众多的青年一代莞商相继崛起，波澜壮阔的东莞"创业传奇"也在掀开崭新一页。

与父辈不同的是，青年莞商大多接受过良好的学历教育，相当一部分人国外留学过，有较扎实的专业和管理知识，具备良好的学习素质和比较开阔的国际视野，对现代金融、资本市场、品牌营销、信息技术、现代管理理念等更感兴趣，从而在产业投资、企业经营中会更加主动、积极推动企业的转型升级。正如袁宝成所说，新一代莞商喜欢读书，善于在书本中汲取创新动力，而东莞制造业突围离不开企业家精神的升级，善读书不仅关乎企业家的视野和胸襟，也关乎企业的创新动力和管理理念。

如今青年莞商活跃在各个行业舞台上，这批人当中不乏投资新兴产业的代表，在所处领域开辟了自己的领地，如涉足新兴产业的陈健民，专营半导体研发生产；生物医药产业的陈满新，主营医药研发生产。而传统实业的何志鹏，执掌房地产等领域的开发。

"东莞要领跑下一个 30 年，不能还靠我们这些'老骨头'，要依靠青年莞商创业立业、守业兴业。老一辈莞商打江山、创基业，但基业的长青、薪火的相传需要青年一辈继续勇挑重担，所谓'创业难，守业更难'。"莫浩棠认为，莞商二代、三代们的光鲜背后，也必须顶住"守业"的巨大压力，一样也要吃得了苦。

尽管青年莞商拥有更为完备的专业知识，但老一代莞商也有更接地气的实践运营。据世界莞商联合会秘书处负责人称，不管是世界莞商大会，还是各种重大政治会议、重要商业交流活动，老一代莞商都十分注重"传、帮、带"，用实际行动将青年莞商集体推上更高的人生舞台。而在莞商学院开办的精英班上，对东莞有重大贡献、有重大影响的企业家几乎均到场，知名莞商如莫浩棠、张茵、张佛恩、陈林等更是亲自前来为青年莞商授课。

生逢盛世不负盛世，生逢其时奋斗其时。青年莞商以"立大志、创宏业，爱国爱乡，兼济天下"的誓言，像老一代莞商一样抓住机遇，奋发图强，奋力创造一片属于自己的商业新天地，成为莞商崛起的新力量。

参政议政　莞商好声音

"闷声发大财"，这曾是外界对莞商的一种看法，随着全球信息化时代的到来，透过各种信息传播的渠道，不难发现，莞商的声音渐行渐近。

2015 年全国"两会"，广东唯美集团董事长黄建平以全国人大代表的身份来到北京，带去了一份沉甸甸的思考。作为一名莞商，他对实体经济的未来、对制造产业的憧憬充满深情，为此，黄建平以东莞为案例蓝本，提出了一个帮助传统制造业由大变强的建议。"比如海关进口设备的免税政策要与时俱进，'机器换人'、进口先进设备应得到关税上的支持。"黄建平说，因为当前海关在进口免税设备上的界定存在滞后性，不能够更好地支持企业在机器换人、自动化上面的需求。因此他建议，政府在出台有关政策的过程中要更体现具体性、针对性，在服务传统制造业企业过程中要有前瞻性，让企业能够在转型过程中第一时间得到帮助，迈开大步往前走。

事实上，作为一个成功的企业家、莞商的杰出代表，黄建平不管是在全国"两会"上，还是在政府召开的座谈会上，抑或是通过媒体面向社会，都会及时地发出自己的声音。特别是在制造业面临转型升级时期，黄建平倡议企业主动适应新常态，勇于践行自我革命。

当越来越多的"莞商好声音"出现在各个场合，人们发现，这个富有时代先锋气息的现代商帮，已经开始以一种新的方式，传递出他们的梦想和对社会责任的表达。

据了解，当前世界莞商联合会已经有209名国家级、省级、市级党代表、人大代表和政协委员，他们积极代表莞商发声，向各级政府建言献策。如在2015年1月召开的东莞两会中，世界莞商联合会的人大代表和政协委员积极履行职能，围绕地方发展以及人民群众普遍关注的热点、难点问题建言献策，为推动经济社会发展作出贡献。在这些建议中，何思模、谭景谦、邓雪芬、徐地华、吴焯光、徐辉荣、梁少康、钟汉强、黎剑业、王绍基10位莞商委员的提案被评为优秀提案；郑耀南、叶宝维、沈达荣、钟汉强、任重诚、蔡茂林、罗胜洪、邓兆华、邓献伦、罗建文、梁毓雄11位莞商委员的提案被评为表扬提案。

参政议政，让越来越多的莞商有了很好的发声平台，也放大了莞商"兼济天下"的梦想。不仅如此，莞商还经常将产业和经济发展面临的问题及时向政府部门反馈，推动了经济的繁荣发展。

"过去的一年我们一些民营企业感觉困难较多，对未来存在一些迷惘，因此，我们建议东莞市委、市政府尽快召开一次民营经济工作会议，为民营经济加油鼓劲。很快我们的建议就得到了市委书记的批示。"莫浩棠表示，世界莞商联合会通过发挥桥梁作用，采集莞商提出的问题和建议，提交政府部门，实现了政商沟通，而莞商的声音也通过这一渠道得到传递。

另外在一些论坛、沙龙和研讨会上，我们经常能看到莞商立足企业或行业实际，针对一些具体的问题进行解析，给出解决办法，而这些问题往往被东莞市委、市政府高度重视，并且成为政策措施出台的重要参考意见。

梦想起航　莞商再出发

无论是老一辈商人创造的商业传奇，还是青年商人不断垒起的新行业高地，对于敢为人先的莞商来说，任何一个时代都是不会缺位的。当我国经济发展进入新常态，莞商又将如何创造新的经济奇迹？

2014年10月31日，广东21世纪海上丝绸之路国际博览会（以下简称"海博会"）在东莞开幕，来自世界莞商联合会的30多家企业设立展位，向世界展示莞商"智"造产品，而到现场参观、采购、洽谈的不乏莞商企业的人员。

在本次博览会上，东莞华坚集团更是以 90 平方米 10 个展位的空间进行产品全面展示。东莞华坚集团是全球规模最大的女鞋生产企业之一，其在埃塞俄比亚建成了 6 条现代化制鞋生产线和鞋材厂，出口值已占到该国市场份额的四成左右，"中国制造"衍生为"非洲制造"。"国内企业抱团从海上丝绸之路'走出去'，获得成功的可能性会大大增加。"华坚集团董事长张华荣对 21 世纪海上丝绸之路抱有很大的期待。

作为另一家参展的莞商企业，龙昌玩具展示了一系列最新开发的创意类智能玩具、服务类机器人等，董事总经理梁钟铭表示，经过 50 年的沉淀与积累，龙昌玩具在日本、美国等市场"老少皆宜"，每年都有 1 亿美元的生意，如今企业在转型升级的过程中，需要开辟新兴市场，而海上丝绸之路就是一个非常好的切入点。

无论是参展还是采购的莞商，都从这次博览会觅得了商机。

据了解，在博览会召开的前一个月，世界莞商联合会的第一个海外分支机构——澳洲莞商联合会在澳洲成立，借此机会，莫浩棠率领商务考察团前往澳洲考察交流。到海博会召开之时，来自澳大利亚、瓦努阿图、俄罗斯、美国的商务人员与世界莞商联合会进行了对接，莞商对外商带来的多个投资合作项目进行研究。

因为海上丝绸之路，东莞所产莞香香飘全球，而我国"一带一路"战略构想提出后，莞商"走出去"开拓海外市场的梦想又重新点燃。

"一带一路"横跨 40 多个国家，有着涉及世界经济总量 60% 的宽阔经济带，也成为地缘政治和经济地理中颇受瞩目的焦点。在中国经济进入新常态的背景下，这个与 APEC 经济体有着极高重合性的经济区域，吸引了众多中国企业的关注，而一向善于抢抓发展先机的莞商，已经在东莞旁边湛蓝宽广的海洋起航。

在广东首届海博会结束不久，多家莞商企业就随同东莞市党政代表团，前往伊朗、土耳其、希腊寻觅商机，不断扩大与"一带一路"沿线国家的投资贸易旅游合作领域。每到一地莞商企业格外注重当地的专业市场行情，表现出开拓海外市场的强烈愿望。

莞商加强与各国的贸易往来，说明莞商已经充分意识到，莞商不但要敢为人先，还要看得更远，走得更快。

"21 世纪海上丝绸之路是一个很有力的抓手，很大的平台。"莫浩棠对莞商加强与"一带一路"沿线国家和地区的交流与合作表示期待。

借助"一带一路"拓展市场的蓝海，经济新常态下的莞商在谋划"走出去"的同时，也在积极练好"内功"，通过加大创新力度，推进转型升级，从传统发展模式过渡到创新发展中来。

广东唯美集团是我国建筑陶瓷行业的领军企业，传统制造企业如何进行变革创新，集团董事长黄建平认为，创新要与经济新常态相适应，要通过自动化、智能化、信息化，降低成本，注重产品创意研发和商业模式的创新。据了解，唯美集团早已实现"机器换人"，从传统陶瓷产业一条生产线配置200人到2014年达到150人的配置，到2015年，公司超过一半的生产线只需100人，还有部分生产线已经可以尝试五六十人。目前公司已进入努力建设企业智能化阶段，而且通过产品创新，在国内瓷砖产品最丰富，规格最齐全，拥有260多项专利技术，多年保持国内瓷砖引领地位。

"传统产业和现代产业没有先进和落后之分，只有先进制造业和落后制造业之分，传统产业如果保持科技创新，就能够用先进的科技水平和商业模式获得很好发展。"东莞市委领导在一次非公经济代表人士座谈会上的讲话，无疑印证了新常态下莞商自我变革与发展的信心和从容。

不断提高自主创新能力，抢抓"一带一路"发展机遇，莞商再一次重装出发，迎接新的商业传奇。

【莞商宣言】

莞商是当代粤商中崛起最快、活力最强、影响最大的群体之一。改革开放以来，广大莞商以超常的勇气、智慧、汗水与担当，书写和见证了举世瞩目、影响深远的"东莞奇迹"，传承和彰显了"厚德务实、海纳百川"的东莞精神。

今天，海内外莞商聚首家乡，共话乡情，共襄盛举，同谋发展，同创辉煌。值此首届世界莞商大会召开之际，全体与会莞商郑重宣誓：

我们要弘扬务实创业的莞商传统。少说多干、低调务实是广大莞商的成功基因。面对复杂多变的形势挑战，我们要沉淀历代莞商吃苦耐劳、低调谦虚的精神气质，努力传承广大莞商走正道、办实业的创业传统，大力发扬筚路蓝缕、自立自强的进取品格，牢牢把握转型发展的大好机遇，不断砥砺艰苦创业的拼搏意志，用扎扎实实的行动赢得实实在在的发展。

我们要秉承创新兴业的莞商特质。敢为人先、勇于创新是莞商立于天下的独特气质，也是莞商开疆辟土的不二法宝。在新的发展时期，我们要把开拓创新作为企业求生存、谋发展的永恒主题，在与时俱进中抢占发展先机，不断推进企业技术创新、管理创新、品牌创新、营销创新，着力提升企业综合竞争力，努力做强实业、做大主业、做久企业，积极争做科学发展的实践者、推动者。

我们要彰显诚信立业的莞商理念。诚信是为人之本、为商之道。无论身处顺境逆境，我们都要坚持把诚信作为安身立命、建功立业的唯一商道，倍加珍惜企业诚信和个人诚信建设，始终做到守信用、讲信誉、重信义，在恪守践行信诺中立人、立企、立业，齐心协力擦亮诚信立业这一金字招牌，用金子一般的信诺打开一扇扇通往财富与成功的大门。

我们要厚植大德强业的莞商抱负。小赢靠智，大赢靠德。我们要坚持义利兼顾、德行并重的大商品格，始终坚持对国家、社会、家乡、民众的感恩之情，主动承担社会责任，积极推动企业发展与社会进步、自然和谐、员工成长相辅相成。我们要群策群力，加强海内外莞商的互动交流，把更多的资本和资源投到家乡，在回报社会、反哺桑梓的生动实践中展现广大莞商的赤子情怀，努力塑造新时期莞商的崭新形象。

天下莞商同心同根，美好家园共建共享。让我们心手相连、携手并肩，在转型升级大潮中趁势而上，在共度时艰中合作共赢，在商海的惊涛骇浪中经受住历史与时代的考验，努力创造出属于广大莞商的新业绩、新辉煌、新荣光！

（载于《中国改革报》，2015 年 3 月 11 日第 20 版）

莞商公信兴会　勇创一流现代商帮

4 年前，为促进莞商交流、凝聚莞商力量、弘扬莞商精神、推动莞商发展、打响莞商品牌，莞商代表发起成立世界莞商联合会，一个全新的商帮组织在改革腹地东莞耀世而出。

4 年间，世界莞商联合会唱响莞商宣言：弘扬务实创业的莞商传统、秉承创新兴业的莞商特质、彰显诚信立业的莞商理念、厚植大德强业的莞商抱负，使莞商成为我国商业群体中耀眼的明星。

4 年后，2016 世界莞商大会召开，遍及全球的莞商精英汇聚，再论莞商精神，再启发展大计。回首世界莞商联合会 4 年走过的历程，就像是盛世下铺开的华丽篇章，充满着传奇色彩。

——题记

2016 年 9 月 7 日至 9 月 8 日，以"共迎新格局·智造新东莞"为主题的 2016 世界莞商大会在东莞举行，来自全国各地和海外的莞商及嘉宾 1 300 多人参会，回顾和总结了 4 年来世界莞商联合会立会兴帮的历程。

4 年时间，莞商群体从单打独斗的个人传奇演变成一股强大的抱团力量，成就一个具有现代意义的商帮组织，不仅有来自政策的支持和社会形势的顺应，更有以杰出莞商莫浩棠为代表的众多莞商的矢志推动，世界莞商联合会新任会长尹洪卫如此评价这 4 年来的工作：世界莞商联合会通过认真探索，积极进取，向海内外莞商交出了一份具有浓厚东莞特色的立会兴帮的答卷。

公信兴会　完善组织机构

钢枪要有准星，商会要有章程。4 年来，世界莞商联合会把章程作为办会的行动指南，坚持公信兴会，以规范的会务管理稳步推进组织机构建设，保障商会健康发展。

2012 年 9 月 17 日，世界莞商联合会成立，广东三正集团有限公司董事长莫浩棠当选为首届会长。第一届理事会共有常务副会长 7 人，副会长 25 人。4 年后，岭南园林股份有限公司董事长尹洪卫出任第二届理事会会长，本届共有常务副会长 8 人，副会长 26 人。4 年来，世界莞商联合会共召开了 17 次会长会议、13 次理事会议和 6 次会员大会，2 次修订和补正《章程》和《分支机构、派出机构管理办法》，并实行严格会费的使用制度，不定期组织会员企业的财务主管对秘书处的财务进行审查、指导，定期向会员公布账目，接受监督，使得公信力、凝聚力不断提升。从注册会员看，从 2012 年的 522 人增加到 2016 年的 743 人，增加 42.3%，世界莞商联合会的力量不断壮大。

世界莞商联合会在成立之初提出了"打基础、树形象、聚力量、促发展"的办会思路。在打基础的过程中，世界莞商联合会不仅在东莞 32 个镇（街）设立了办事处，成立了青年工作委员会、妇女工作委员会，还设立了两个海外分会和一个国内分会。

其中，2014 年 9 月 15 日，澳洲莞商联合会在澳大利亚悉尼市挂牌成立，这标志着莞商的首个海外分支机构正式成立。约 10 个月后，加拿大莞商联合会在温哥华成立。2016 年 5 月 24 日，世界莞商联合会喀什分会在喀什成立。

成立 4 年，世界莞商联合会成为国内罕见的有海外分支的商帮之一，并且正积极联络北京、上海、广西等地的莞商及其他海外莞商社团，继续在具备条件的国家和地区成立分支机构。当一个覆盖全球的莞商网络真正连接起来时，这个商帮的全球格局已然形成。

守望相助　提高服务质量

世界莞商联合会要体现它的存在价值，就要倡导会员守望相助，通过提升办会的公信力和提高服务会员的质量，为全体会员、为整个社会带来价值，从而提升商帮的存续能力。4 年来，世界莞商联合会竭尽所能为会员排忧解难，努力打造为会员提供优质服务的品牌。

为提高面向莞商的服务能力，世界莞商联合会在成立之初就由专业的团队组建了秘书处，在各镇街办事处也专设秘书长和工作人员，以保障会务工作的畅通和会员服务的对接，并且每季度都举办秘书培训活动，比如交流学习班、秘书技能提升培训班、秘书文化体育交流活动和办事处秘书长工作分片区交流会等形式多样的活动。

在服务会员方面，秘书处积极走进企业亲近会员，4 年来重点走访了会员企业近 200 家，听取诉求，维护合法权益，协助化解矛盾。通过发挥大家庭的作用，开展了"走近莞商""商道沙龙"等各种富有特色的学习交流活动，围绕"有所为有所不为，才会大有作为""幸运源于勤奋　成功源于实力""绿色、创新、共享""薪莞续薪火，传承再创新"等话题问道、论道，既促进了会员的沟通联系，更拓宽了会员的发展视野。组织会员参加了各类外联交流活动 50 多次。通过联合办、专题办、集中办、分散办等方式，举办各类专题学习会 40 多场。

低调务实是以往人们对莞商的普遍认识，而过去的 4 年，在世界莞商联合会这个大家庭的浸润下，莞商的宣传意识逐步得到增强。4 年来，秘书处自办《世界莞商》杂志、网站、微信公众平台，主动邀请媒体朋友亲近莞商，让莞商熟悉媒体，为宣传莞商服务，而一些莞商的传奇故事也逐渐为人所知，特别是隔届评选表彰的"杰出莞商"和"优秀青年莞商"，让人们看到莞商"厚德务实、敢为人先"的特质，体会到他们勇于拼搏的创新创业精神，感悟到莞商义利兼顾的社会责任和大义情怀。

同舟共进　促进政商联动

世界莞商联合会自成立后，积极壮大组织实力，着力整合会员资源，促进政企加强沟通，带动了广大莞商更加注重合作抱团发展，更加注重参与当地建设，更加注重公益事业和社会回报，建立了同舟共进、共谋发展的良好政商关系。

4 年来，世界莞商联合会定期组织"政商联动、共谋发展"联谊活动，登门拜访市属职能部门或市属职能部门领导来访、调研达 60 多次，建立了良好的联络和沟通机制。为了办好历次世界莞商大会，以"政商同心、市镇协力"为主题，密集走访各镇（街）党委、政府，得到了他们的大力支持、充分认可。

为响应东莞市金融、科技、产业三融合的政策，推进实体经济发展的号召，世界莞商联合会还通过成立莞商股权投资基金，为会员创造互惠共赢、抱团发展的商机平台，通过与来自美国、澳洲、加拿大、挪威、马来西亚等地的莞商乡亲的来访、交流，鼓励更多的莞商抱团走进来、走出去，力促东莞本地经济发展。

在这 4 年里，世界莞商联合会通过建立与政府心心相印、环环相扣、事事相连的共谋发展平台，推动商会工作上新台阶。商会坚持向市委、市政府讲真话、报实情。市领导对商会上报的请示报告、情况反映等，均实事求是从速阅处、尽快批转，还表示乐意做莞商的"后勤部长"。市委办、市府办、市委统战部等市属部门一如既往地关心、支持世界莞商联合会的会务工作，积极助推会员企业做强做大，构建了"亲""清"新型政商关系。

在政商联动良好关系的推动下，据不完全统计，至目前世界莞商联合会上市或新三板挂牌的会员企业有 33 家；3 家荣获 2014 年度"东莞市政府质量奖"，7 家获得鼓励奖的均是其会员企业；东莞市有 71 个中国驰名商标，其中会员企业有 25 个，占比 35%。

传承商道　引导青年成长

青年莞商是传承莞商精神的希望力量，与老一辈莞商不同，他们大多接受过良好的学历教育，国际视野开阔，创业创新上更加主动、更加贴近时代的新生事物。为了团结和支持青年莞商，世界莞商联合会积极引导他们爱国、敬业、守法、诚信、贡献。

在 2016 世界莞商大会前夕，世界莞商联合会组织"青年莞商立大志，智造东莞创宏业"活动，先后考察了松山湖国际机器人产业基地、松山湖光大 WE 谷，就机器人等新兴产业项目进行深入调研，青年莞商对机器人产业表现出强烈的投资兴趣。

而 4 年来，为促进青年莞商素质的提升，世界莞商联合会分别在 2012 年和 2016 年世界莞商大会期间评选表彰"杰出莞商"，2014 年世界莞商大会期间评选表彰"优秀青年莞商",彰显"厚德务实·敢为人先"的莞商精神,树立起青年莞商勤勉励志、奋发进取的典型,激励更多的青年莞商奋勇拼搏、再创佳绩。

此外,世界莞商联合会专门成立了青年工作委员会、女莞商工作委员会,召开"世界莞商青年莞商大会",齐心协力促进青年莞商团体健康发展。为响应国家"大众创新、万众创业"的号召,世界莞商联合会青年工作委员会与有关单位联合举办"我是创业家"讲坛,参加全省新生代青年大会,积极整合各方资源,集结青年力量,共同营造东莞创新创业氛围。

世界莞商联合会积极为青年莞商搭建"走出去"和"引进来"的桥梁,每年都接待来自马来西亚、美国、加拿大和中国香港等地的青年才俊组团来访,双方探讨如何进一步加强莞、外青年开展商贸往来活动。

海内外莞商聚力,中青年莞商成长,世界莞商正在薪火相传的继承与创新中,实现更大发展。

厚德兴帮　倡导义利兼顾

"义利兼顾、德行并重",是广大莞商坚持倡导的从商准则,并深深地融入他们的血液当中。4 年里广大莞商在回报社会、反哺桑梓的生动实践中展现了赤子情怀,塑造了新时期莞商的崭新形象。

2013 年,世界莞商联合会以 1 000 万元作启动资金,在东莞慈善会建立了莞商关爱基金。在 2013 年、2014 年、2015 年、2016 年东莞慈善日,该莞商关爱基金代表会员向东莞市慈善会共捐赠 250 万元,并倡导莞商会员踊跃捐资,备受社会各界关注。

历年的"广东扶贫济困日暨东莞慈善日",莞商从来都是慷慨解囊,鼓励会员企业踊跃捐款。例如,莞商关爱基金捐赠 100 万元、广东三正集团捐赠 300 万元、广东光大集团捐赠 100 万元、康华投资集团捐赠 50 万元、玖龙捐赠 20 万元等。而在 2016 年的 6 月 30 日,广东省 50 家企业获得"广东省光彩事业奖",世界莞商联合会会员圣茵花卉、嘉宏集团、都市丽人均获此殊荣。

世界莞商联合会倡导莞商善行懿德,鼓励会员通过不同的形式,不论在市内还是市外,以企业或个人名义积极捐资助学、扶贫济困,在四川雅安地震灾区捐款活动、韶关爱心帮扶、学子圆梦"111"助学行动、东莞"助学圆梦"帮扶贫困学生活动、"圆梦午餐"行动、姚基金篮球慈善赛……都能看到莞商活跃的身影。据不完全统计,三年来世界莞商联合会及会员的慈善捐款累计超过 3 亿元。

值得一提的是，广东对口支援喀什以来，莞商纷纷响应号召，积极参与产业援疆。据统计，进入喀什的莞商企业已多达 30 家，如以纯、入世丰。莞商参与投资的新疆东纯兴纺织有限公司进驻草湖产业园，目前建成投产，首期产能达 30 万锭。除此之外，韶关、云浮、汕尾、龙门等东莞对口帮扶的地区都先后有莞商的公益慈善项目落地。莞商的善行经常见诸报端，莞商的慈善群像已经深入人心。

为展现莞商的家国民生情怀，世界莞商联合会还积极支持会员参政议政，4 年来已有 250 多名会员莞商分别被评选为全国、省、市党代表、人大代表、政协委员，积极反映商情民意，为经济建设和社会发展进言献策。

商通天下　勇当开路先锋

"源自千年莞邑，驰骋万里商海。丝绸之路，敢为人先，勤劳刚毅，继往开来……齐心谋发展，合力创未来。"一首莞商之歌，道出了世界莞商联合会 4 年的抱团发展，也展现了莞商商通天下的远方诗意。

早在成立之初，世界莞商联合会就以"世界"为眼界，凝聚力量，开拓发展，到如今，莞商已经举起了商帮大旗稳步走向世界。

2016 年 5 月，世界莞商联合会喀什分会在喀什成立，得到了广东省、东莞市和新疆喀什地区的高度重视。喀什分会被认为是莞商援疆西进的桥头堡，对推动莞商与西亚的贸易往来意义重大。

喀什分会成立的意义和影响重大，迈开了世界莞商联合会国内分支建设的坚实步伐，见证了世界莞商联合会的平稳成长。其实，到目前为止，世界莞商联合会已经成立包括澳洲莞商联合会、加拿大莞商联合会在内的 3 个分支，打通了莞商对接"一带一路"机遇的西进桥头堡、"出海"联络站，而且形成发展海外贸易开放心态的莞商，加快了"走出去"的脚步。广大莞商积极拥抱"一带一路"战略，勇当发展开路先锋。

4 年来，世界莞商联合会积极引导，多方学习，多次组织企业到外地考察，选择优质项目，帮助企业"走出去"，或者吸引合作伙伴走进东莞，促进莞商进一步做大做强，特别是世界莞商联合会在海外的分支机构，多次促成了莞商的海外合作，建立起了商贸和投资合作关系。

据了解，2012 年 9 月以来，莞商跟东莞市委、市政府赴巴西、阿根廷、阿联酋等国开展经济合作等系列活动，拿回许多巨额订单。2013 年 6 月以后，与天津签订战略合作协议铺路搭桥，与哈尔滨签订松北区（哈尔滨高新区）经贸战略合作协议……如今，在"一带一路"战略机遇面前，世界莞商联合会正推出学习莞商企业样本，共同探寻新商机，逐步抱团"走出去"。

数据显示，截至 2016 年 3 月，东莞累计设立的境外投资企业 370 家，涉及中方投资总额 10.1 亿美元，主要分布在全球 35 个国家和地区。仅在去年，东莞新增"走出去"企业有 117 家，同比增长 48%，投资总额约为 5.3 亿美元，同比增长 200%。

（载于《中国改革报》，2016 年 9 月 21 日第 11 版）

莞商新思维　共迎新格局

4 年耕耘，在世界莞商联合会这个大家庭的强势推动下，莞商品牌屹立于世界之林，一个强大的商帮扬帆出海。

当前全球经济彼此相互开放、相互依赖，中国经济进入新常态，传统产业与新兴业态共生共融，而莞商也在加速聚变，越来越富有凝聚力、创造力和开拓能力，莞商抱团发展，已经成为一股世界关注的工商业力量。

在世界莞商联合会新老交替之际，我们期待一个挑起时代重担的商帮能够承继梦想，再续辉煌，在改革的大潮中添加浓墨重彩的一笔。

——题记

2012 年，世界莞商集结在厚德务实、敢为人先的家乡东莞，成立了世界莞商联合会，发出了《莞商宣言》。

2014 年，莞商扬起凝聚力量、再创奇迹的风帆，以踏石留印、抓铁有痕的毅力，唱响了造平台筑梦想的主旋律。

2016 年，莞商共迎新格局，发出了"唯改革者进，唯创新者强，唯改革创新者胜"的呐喊，展现出经济发展坚挺脊梁的大无畏气魄。

新一届世界莞商联合会会长尹洪卫甫一上任，就掷地有声地提出，继续秉承和发扬莞商精神，推动莞商在资本市场、抱团发展和海外市场开拓方面更加有为。

薪莞继薪火　传承创佳绩

2016年9月7日上午，世界莞商联合会第六次会员大会召开，近600会员出席会议。在全体会员热烈的掌声中，世界莞商联合会第二届理事会选举产生，岭南园林董事长尹洪卫当选世界莞商联合会第二届会长。王文城、方桂萍、梁志斌、黄建平、郑耀南、陈健民、黎俊东当选第二届常务副会长。

在第二届理事会成员名单中，我们看到新老交接、人才辈出的良好局面。据2016世界莞商大会组委会主任莫浩棠介绍，通过综合考虑第二届理事会成员个人事业发展情况、参与会务的热心度、社会口碑以及所在行业以及在地方的代表性等，第二届理事会呈现两个特点：一是为了提升新一届理事会的代表性、增强凝聚力和影响力，建议名单中上市公司、优秀海内外莞商的比例增加了，且在拟任常务理事、副会长职务的成员中这类莞商的比例增加了。二是从促进莞商事业薪火相传的角度考虑，候选人注重老中青的梯队结构，注重新生代的培育和提升，名单中青年莞商的比例增大了。

而在2016世界莞商大会期间聘任的荣誉会长、名誉会长、荣誉顾问、名誉顾问名单里，我们也看到世界莞商联合会第一届会长莫浩棠、秘书长谭满矶名列其中，由此可以看出，莞商这个大家庭，很好地体现了精神的传承。当莫浩棠把会旗高举到空中，新当选会长尹洪卫郑重地接过会旗，用力挥舞，预示着莞商这艘大船即将再次扬帆起航，再创辉煌。

在就职演讲中，新任会长尹洪卫表示，未来主要开展四方面工作：发挥桥梁作用，推动莞商发展；秉承莞商特质，弘扬莞商精神；推动抱团发展，凝聚莞商力量；强化宣传推介，树立莞商品牌。

转变新思维　发力资本市场

新的组织机构领导成员，面对新的经济格局，莞商又将如何开启新的思维拓宽商业版图？

在2016世界莞商大会期间，世界莞商联合会首次举办了世界莞商资本峰会，资本大咖云集东莞，分析全球宏观变局，分享产业投资机会，送来金融创新、资本运营的好点子，与莞商共同探讨如何利用资本、智本，打造世界莞商"智造"。而资本峰会上的一个举动，无疑让外界看到了莞商群体战略思维的转变。

2016 年 9 月 7 日，由莞商抱团发起的广东莞商清大股权投资基金在资本峰会上启动，由市政府、世界莞商联合会、清华大学东莞创新中心联合发起。基金主要发起人是东莞市合得来投资合伙企业，由广东三正集团、都市丽人、宏远集团、嘉宏集团共同出资组建，注册资金为 3 000 万元。从启动仪式上公开的信息看，基金第一期是 1 亿元，计划第二期是 2 亿元，第三期是 5 亿元，后期根据实际情况追加。投资定位很明确，涵盖智能装备、电子信息、环保、新材料、新能源等产业。

这一举动表明，广大莞商正谋求向资本市场发力。"今后，世界莞商联合会将推动更多莞商去运用资本市场。"世界莞商联合会第二届会长尹洪卫面对媒体采访时的说法，清晰地点明第二届世界莞商联合会将来的一个重要动向。

事实上，广东莞商清大股权投资基金是世界莞商联合会 4 年磨一剑的成果，融合了三正集团、都市丽人、以纯集团、唯美集团、中天集团、宏远集团、嘉宏集团、光大集团、鸿发集团等莞商企业的抱团信心，正如"融资大王"、金利丰行政总裁朱李月华所说，莞商 4 年来变化很大，抱团投资基金是一个很好的信号，说明莞商在主动对接资本市场。

其实在莞商群体，尤其是青年莞商中，他们或自主创业，或继承父业、延续家族企业基因，已经不乏投资新兴产业的先行者。如涉足新兴产业的中镓半导体董事长陈健民，专营半导体研发生产；生物医药产业的瀚森集团总裁陈满新，主营医药研发生产；健康产业的福华集团副总经理霍锡畴，推动福华健康管理股份挂牌新三板。

"原来不愿上市的莞商很多，他们认为做好自己的企业就好了，不用社会资本，现在要反思。岭南园林如果不上市，就没有今天。"作为上市公司岭南园林董事长的尹洪卫，更愿意将自身的经验传递给更多的莞商，作为新一任会长，他将推动莞商企业与金融和创新的结合，引导和鼓励更多莞商企业实现上市融资。

据不完全统计，过去的 4 年，世界莞商联合会上市或新三板挂牌的企业有 33 家之多，可以想象，在资本市场上我们将看到越来越多莞商的身影。

抱团做项目　凝聚力增强

莞商股权基金的成立，是新时期莞商抱团发展的一个缩影，而莞商的另一个举动，表明了莞商抱团的力度越来越大，彻底与以往单打独斗的模式告别。

2016 世界莞商大会有一项流程，就是邀请海内外莞商代表参观东莞新地标"民盈山·国贸中心"大型城市综合体项目，体验家乡新景。这个 423 米的新高度，堪称东莞乃至珠三角的城市综合体航母，是 39 名本土莞商抱团发展的标杆。

据了解，"民盈山·国贸中心"大型城市综合体这一地标性项目占地约 10 万平方米，总投资约 100 亿元，总建筑面积逾 103 万平方米，其中商业及写字楼面积就达 65 万平方米，涉及房地产、金融、酒店、民生等众多领域。

4 年前，以三正半山集团董事长莫浩棠为主的多位莞商，就在考虑抱团发展的事宜。在取得共识之后，打造一个大型商业综合体的想法日趋成熟，随后"民盈山·国贸中心"大型城市综合体破土动工，目前已具雏形，在东莞市中心傲然挺立，象征着莞商抱团发展的坚定信心。

另一个建设中的城市标志性建筑"世界莞商之家"，在名称上就直接抒发了莞商凝聚力量的意愿。世界莞商之家将采用岭南庭院设计模式，打造一个独具匠心兼有文化品位的活动会客空间。今后，这里将提供莞商形象品牌展示、莞货展览、联谊交流、培训学习，以及莞商事业发展研究促进等综合性服务。

世界莞商联合会第一届理事会会长莫浩棠在莞商大会的工作报告中以莞商"讲团结、促联合、求发展"九个字来总结莞商们抱团发展的良好愿景。其实，莞商联合会在成立之际，就一直"两条腿"走路，一是抱团做项目，实实在在地实行实业兴会模式，二是将眼光盯向海外莞商群体，打造欧美、东南亚等海外莞商联合会分支机构。而新任会长尹洪卫也表示，世界莞商联合会接下来的主要任务是团结广大会员，提升企业盈利能力，寻找具有共同发展机会的舞台。

可以预见，莞商抱团发展能力将在世界经济刮起不小的旋风。

【对话新老会长】

世界莞商联合会首任会长莫浩棠：
举起商帮大旗　走向全球市场

问：作为世界莞商联合会首任会长，这 4 年来，您感觉到莞商有怎样的发展变化？

莫浩棠：在世界莞商联合会成立后，我们就举起了"商帮"的大旗，正式向外界宣示，在现代商帮当中有一个叫"莞商"的商帮已经崛起，并且正在向更高水平迈进。莞商正受到外界越来越多的关注，得到越来越多肯定。世界莞商联合会成立4年来，可以说在促进莞商文化的弘扬和提升方面发挥了明显作用。

莞商的变化媒体朋友应该有亲身感受，过去莞商对媒体虽然很亲切，但也会有几分敬而远之的感觉。以前是"笑一笑就扭头走"，现在是"笑一笑再上来握个手"。这个细节就能看出莞商正在变得越来越自信，自信地走向全国、全球市场。

问： 世界莞商联合会如何服务会员企业发展？

莫浩棠： 在东莞甚至全球经历转型升级和结构调整的历史时期，莞商发挥了积极作用。

我们鼓励很多会员企业，在原有成熟的业务板块上，提升原有的经营水平和经营方式。转型、升级、创新并不是要跳出原来的框架、产业和业务，在原来的业务板块上对经营方式和盈利模式创新，这极为重要。很多企业，特别是新一代莞商在新领域进行的探索，做得也很好，包括高科技、金融、物流等方面，有很多成功的案例。世界莞商联合会刚起步的时候，上市企业只有3家，现在已经有33家了。

让我更欣慰的是，第二届理事会增加了一大批新鲜血液，新会长年富力强，知识渊博，一定能带领新一届理事会走向新的辉煌。

世界莞商联合会新任会长尹洪卫：
发挥桥梁作用　推动莞商发展

问： 作为新一届的世界莞商联合会会长，您对今后的会务工作有何打算？

尹洪卫： 第一届老会长带领大家做得确实非常好，可以说是标杆。交接之后，在第一届理事会打下的良好基础上，未来将主要开展四方面工作：发挥桥梁作用，推动莞商发展；秉承莞商特质，弘扬莞商精神；推动抱团发展，凝聚莞商力量；强化宣传推介，树立莞商品牌。东莞处在一个转型期，莞商联合会将配合市委、市政府大力推动企业的创新发展，特别是传统产业升级转型以及进行实业和金融相结合的创新尝试。

问： 作为较早上市的莞商代表，很多人期待您能带领低调的莞商走向资本市场。

尹洪卫： 莞商务实低调，发展过程中不声不响，总是"闷声发大财"。以前这种做法是很好的，但是现在的情况下就需要作一些思索。部分传统企业利用原有资源来发展已经难以为继，借助资本市场力量是一个大方向。东莞的企业卧虎藏龙，如果能够打开观念，拥抱资本，会有一个更好的发展。当然这个过程也需要视自身情况来决定。

问：世界莞商联合会如何拥抱世界？

尹洪卫：世界莞商联合会是一个大的舞台，绝对不仅仅是东莞本土企业家的商会。我们希望通过这个平台将海内外的优秀莞商凝聚起来，现在已经做了很多基础性工作，包括成立了澳洲分会、加拿大分会等。第二届理事会在这方面的工作也会加强，今后争取在欧美、日本以及更多国内城市建立我们的分支机构，让莞商会更加名副其实，将更多的力量凝聚在莞商会内部，为东莞的发展作更多贡献。

【寄语】

广东省副省长袁宝成：不可或缺的脊梁力量

莞商这一群体，已成为东莞经济社会发展不可或缺的脊梁力量，为促进东莞经济腾飞和崛起作出了不可磨灭的贡献。4年来，广大莞商通过联合会这个大家庭，有力地推动了互动、交流、合作和抱团发展。

希望广大莞商在世界莞商联合会的协调和推动下，把世界莞商大会打造成凝聚莞商向心力的桥梁纽带，促进莞商合作对接的投资平台，宣传弘扬莞商精神的重要窗口，为东莞在更高起点上实现更高水平发展再立新功。

东莞市委书记吕业升：最宝贵的财富

世界莞商联合会在凝聚莞商力量、促进莞商发展、弘扬莞商文化、拓展莞商品牌等方面积极探索、主动作为，颇有建树。在世界莞商联合会的团结带领下，广大莞商与东莞人民一道，披荆斩棘、克难奋进，创新发展、转型升级，为全市经济社会发展作出了突出贡献。

最令人引以为豪、值得珍视的是，东莞有一大批有着浓厚的东莞情怀、有着优秀的能力素养、有着令人可敬的社会责任担当的莞商，这个优秀群体是东莞最宝贵的财富，是东莞经济发展的脊梁。正是他们的艰苦拼搏和卓越贡献，支撑了东莞的发展，成就了东莞的辉煌。

当前，东莞市正处于更高起点上谋划更高水平发展的重要战略机遇期。希望广大莞商在强化创新中引领转型升级，成为支撑东莞经济转型、结构调整、动能转换的"顶梁柱"。

广大莞商在团结合作中助推家乡发展，主动为东莞发展牵线搭桥，努力把更多更好的项目、资金、技术、人才引回东莞，共同推动东莞在更高起点上实现更高水平发展。在诚信经营中彰显价值追求，努力实现企业与东莞同发展,与国家梦想、民族梦想同行。

东莞市长梁维东:持续擦亮招牌

相信在新一届理事会的带领下,世界莞商联合会一定会更好地团结和凝聚广大莞商的力量,进一步发挥优势,增进合作,擦亮招牌,开创出更加辉煌的业绩。

希望广大莞商在世界莞商大会持续的号召引领下,在世界莞商联合会新一届理事会的主持带领下,抓住机遇、坚定信心、奋力打拼,不断提升企业的综合竞争力,为东莞的建设和发展作出更大的贡献,东莞市委市政府将发扬重商、爱商、亲商的优良传统,倍加珍惜莞商资源,扎实推进亲企清政工程,全面构建亲清新型政商关系,坦荡真诚与莞商企业沟通交流,实实在在帮助莞商解决问题,竭尽全力做好服务,政府将积极为企业拓展市场,为加强研发、产能兼并、重组上市创造更好的条件,大力支持莞商企业增强创新能力,加快转型步伐,全力以赴提升城市规划建设管理水平,进一步提升城市品质和内涵,为莞商企业在本地发展创造更加优越的环境。

(载于《中国改革报》,2016 年 9 月 21 日第 12 版)

改革对话——
世界莞商联合会首任会长莫浩棠:
走向世界的莞商

"毫不动摇地鼓励、支持和引导非公有制经济发展。"党的十八大给予非公有制经济最坚定的发展信心,再次托起了众多产业报国人士的梦想。当我国经济发展进入新常态,一个以"莞商"为名的经济群体,秉持"立大志,创宏业"的坚强信念,融入新一轮改革大潮,追逐着做强实体经济的梦想。这是一个什么样的群体,他们有着怎样的精神力量,他们对梦想的追逐带来什么样的正能量?近日,笔者走访了世界莞商联合会首任会长、广东三正集团董事长莫浩棠，探寻一个现代商都的精神力量和远大梦想。

——题记

改革开放 30 多年来，莞商借政策的东风，大胆创业，勇于实践，成就了数十年的辉煌。入仕则造福家乡，从商则铸就大业，莫浩棠就是一位地地道道的莞商。在波澜壮阔的改革大潮中，他下海经商，创办了全国首家乡镇五星级酒店，并以"树正气，走正道，出正果"为精神，经营和壮大了多个产业并行发展的广东三正集团，成就了一个商业传奇。

与莫浩棠一样，众多莞商也是改革的弄潮者，他们务实、诚信、勇敢而坚韧，富有商人的大义情怀。2012 年 9 月，海内外莞商汇聚东莞，成立世界莞商联合会，首次鲜明地举起了现代商帮的大旗，并为实现莞商梦而不懈努力，而担任会长扛起旗帜的人，就是莫浩棠。

厚德务实　敢为人先

一个商帮，必定有其共性。说起莞商的特点，"厚德务实，敢为人先"最为人称道，莞商自己也十分认可这一点。

"忠厚、善良、诚信、利他、绝不欺骗。"说起莞商厚德务实的特点，莫浩棠一口气用了很多词语，他认为，莞商厚德是外界喜欢跟莞商打交道的重要原因。

问：长期以来，莞商的厚德务实为世人称道，您作为莞商的一员，是如何看待这一特点的？

莫浩棠：莞商的厚德，是众所周知的，这是莞商对优良传统的一种传承。如果有听到说刻薄员工之类的事情发生，多半不会发生在莞商身上，因为无论是对待合作伙伴，还是与自己的员工相处，莞商在做好自己事业的同时，将他人的感受和利益摆在非常重要的位置。这种利他的思想让莞商得到了很多忠实的合作伙伴，广交了朋友，得到了信任。大德才能兴业，在莞商身上可见一斑。

干什么事情，都要对得起天地良心，莞商在为人处事上都以善良作为出发点，讲诚信，一言九鼎，绝不行欺凌诈骗之事。为什么说东莞以"金融绿洲"的雅号扬名海内外，一个比较突出的现象就是银行坏账率很低，企业贷款必定是信守承诺，不贷还不上的款，借款必以能还为前提。

外界都讲东莞的商业模式、服务模式，其实莞商做事就是这样，来的都是客。我们长久以来形成的商业氛围就是笑迎天下客，比如客人来到我们的商场，不管是买了多少，或者只是来看一看，都是我们尊贵的客人。

问：在人们的印象里，莞商都比较少言语，真实的莞商应该是什么样的？

莫浩棠：五湖四海的莞商，在各个行业各个领域打拼，创下一份基业，不是靠嘴上说，而是一步一个脚印踏踏实实闯出来的。只要莞商认定了自己所要做的事情，下了决心，必然是扎扎实实地走下去，不喜欢讲空话套话，绝不信口开河。

在媒体面前，在社会大众面前，莞商可能带给人的印象是不善言谈。真实的情况并非如此，莞商也是一个比较有思想的群体，只不过更多的是以做事为先，先做出一番事业来，这远比空谈要好。事实证明，正是靠着务实进取的精神，莞商以自己的力量推动了社会经济的发展，作出了我们的贡献。

问：30 多年的改革开放，让敢打敢拼的莞商大显身手，您怎样看待莞商敢为人先的精神特质？

莫浩棠：无论在农耕社会还是商业社会，东莞人历来都求新求异求变，在每一个时代都是走得比较靠前的。

东莞的莞香和莞草古来就有其名，而将其涉江越洋销往海外，没有一点敢为人先的精神是做不到的，这种精神也不断得到传承。在民国初期，东莞人就在香港创办了第一家商号，随之众多莞商纷纷在香港创办实体，并进入香港政治、经济、慈善各个领域。随着越来越多东莞人走出去打拼，莞商的身影遍布全球，如英国超市大王叶焕荣、世界珍珠大王温惠仁，都是靠着自己的闯劲成就了人生。

改革开放以来，莞商的敢为人先又得到了集中爆发。还在改革开放萌动之时，东莞虎门就迎来了全国首家"三来一补"企业，尝到了改革的"头啖汤"。又如将乡镇企业做成上市公司，几十年来莞商在许多领域都开了先河，托起了"东莞奇迹"。

到今天，莞商这种敢为人先的精神也有了更加丰富的内涵，涉足更多的领域，走得更远，同时也严格信守法治的力量，只有法治下的市场环境才能将莞商的所为实至名归。

义利兼顾 德行并重

在莞商的从商准则里，非常重要的一点就是"义利兼顾，德行并重"。自世界莞商联合会成立以来，莞商更强调社会责任的表达，他们投身慈善事业，捐资助学，扶危救困，他们为社会发展发出声音，传递社会正能量。在莫浩棠看来，这就是莞商的"大义"。

问：据我们了解，莞商一直以来都有公益慈善、扶贫济困的善举，您和世界莞商联合会是如何做的？

莫浩棠：自觉承担应有的社会责任，这是莞商的共识，莞商的生存和发展也需要一个温暖的社会环境。创业这么多年来，我也一直身体力行，把三正集团慈善的事业做下去，向社会各项公益事业捐赠达数千万元，资助了数百名东莞籍贫困大学生，为广东省的河源、肇庆、韶关、梅州、云浮、惠州等地的贫困山区捐建了 13 所学校，成立了东莞慈善会"三正关爱基金"，帮助社会上需要帮助的人。

其实这样的善举在莞商中有很多。世界莞商联合会作为一个有着自身文化特质的商帮，从成立的那一刻起，就着力回报社会，回报家乡，树立慈善莞商形象。据不完全统计，世界莞商联合会的会员以企业或个人名义捐助公益的款项就超过了 3 亿元，这些善款都是面向慈善组织、教育办学、困难人士、贫困或受灾地区等。在四川雅安"4·20"地震的救灾活动中，世界莞商联合会率先伸出援手，是东莞首家捐款的机构。

同舟共济，共生共存。对莞商来说，于己于人，慈善都是一种温暖的力量，这就是莞商大义。

问：除了热心慈善，莞商的大义还有哪些体现？

莫浩棠："爱国爱乡，兼济天下"是莞商的理想信念，莞商作为一个商帮，如何实现这个群体的影响力，为社会发出"莞商好声音"，也是我们一直想做的。

世界莞商联合会有 200 多名全国、省、市党代表、人大代表和政协委员，在建言献策、反映商情民意方面有很大的优势。去年我和郑耀南作为广东省政协委员，联合提交了《关于加快石马河流域水污染治理的建议》提案，指出石马河特别是处于莞深交界处的凤岗段，承接来自莞深两地污染源，河段水质污染已经严重影响到当地居民的居住环境和身体健康，不仅影响莞深地区的形象，也极大影响了当地经济的良性发展。我们建议加快石马河流域水污染治理，得到了广东省政府及环保等相关部门的高度重视，并出台了整治细则。这一提案也在广东省政协十一届三次会议期间获得了点名表扬。

作为一个商帮组织，我们还注重搜集莞商的声音，向党委、政府反映问题，提交调研报告，也体现了政商同心、休戚与共的氛围。如面对当前复杂严峻的经济形势，在经济转型期间，莞商希望更多地维护好东莞产业生态的优势。我们认为，很多产品从东莞走出去，同时很多物资资源汇聚东莞，这是一个很好的生态产业链，对各种投资具有吸引力，政府应该着力维护好。这些建议都很快得到了回应。

顾大局，护大义，我相信新时期的莞商将会有更多的担当。

放眼全球　开拓蓝海

全球经济进入新常态时期，"一带一路"的战略蓝图徐徐拉开，敢为人先的莞商面对湛蓝宽广的海洋，重新起航。这个时候，莫浩棠认为莞商要有世界性的眼光，才能看得更远，走得更快。

问：作为一个现代商帮，世界莞商联合会如何体现它的世界性？

莫浩棠：世界莞商联合会是在东莞市委、市政府推动下建立和发展起来的一个全球性的民间社团组织，是全球莞商交流合作的大平台、施展才华的大舞台、团结温暖的大家庭。莞商是全球性的，世界莞商联合会不同于传统意义的商帮，无论是在东莞本土深耕发展，还是走向海外开拓市场，她都敞开大门，作为全球莞商交流合作的家。

如今，莞商遍布全球各地，而海外莞商主要分布的国家和地区有18个。去年我们召开的世界莞商大会就邀请了众多海外莞商，给他们留下了深刻的印象，如祖籍在东莞的华裔、全球创业者协会总会理事黎健钊在这一次寻根之旅中，就感受到了家乡的美丽与巨大变化。去年9月份，世界莞商联合会的第一个海外分支机构——澳洲莞商联合会宣告成立，使得莞商品牌的凝聚力和影响力逐步扩散，也为莞商的共赢发展赢得了更大的发展空间。如果时机成熟，一些具备条件的国家和地区也会考虑成立莞商的分支机构。

问：在国际舞台上莞商是如何发挥自身的平台作用的？

莫浩棠：莞商在国际舞台上的影响力和地位，是与莞商的奉献离不开的。如今海内外的莞商有了这个大家庭，发挥的作用可以更大。

去年我率商务考察团赴澳洲访问，与澳洲莞商就如何促成东莞与澳洲的贸易往来进行了谈论和磋商，为两地经济往来搭桥牵线。而且在澳洲莞商联合会的联络下，瓦努阿图也与我们进行了实质性的对接，希望借助莞商组织开展多方面的经济合作，在东莞召开的"21世纪海上丝绸之路国际博览会"期间，瓦努阿图如约来到东莞进行商贸交流。因为我们在这种交流和合作中所体现的民族意识、大局意识，我们还被称为不授衔的"大使"。

问：您觉得今后如何体现莞商的国际化视野？

莫浩棠：我们是一个具有时代先锋气息的现代商帮，因此在发展思路上应该看得更远，要具有世界性的眼光。对于莞商来说，就要不断地走出去、引进来。世界莞商联合会成立两年多来，我们多次组织企业到外地考察，开展了多方面的项目合作。

如今 21 世纪海上丝绸之路给莞商带来了无限的发展机遇，这是一个很有力的抓手、很大的平台，如何在这片蓝色的海洋里再现莞商的传奇，是我们思考并努力的方向。对于我们来说，应该加强学习提高综合素质，加强与"一带一路"沿线国家和地区的交流与合作，拓展市场的蓝海。

（载于《中国改革报》，2015 年 3 月 11 日第 18 版）

行业创新——
金域检验：领军第三方医检
守护百姓健康梦

处在改革开放前沿的广东，不断孕育着新生力量，并演绎着诸多传奇。20 年前，金域检验集团（以下简称"金域检验"）从校办企业蹒跚起步，凭着敢"吃螃蟹"的精神，开创了我国第三方医学检验这个全新的行业。

在改革春风的吹拂下，金域检验助力国家公共卫生事业，探索新政下的转型升级战略，推动医疗改革在基层的实践，其一系列的举措取得显著成就。金域检验在 20 年时间里引领第三方医检，成为我国改革开放中一个具有象征性的行业典型。

——题记

第三方医学检验机构起源于二十世纪五六十年代的欧美地区，在美国，35% 以上的医学检验由第三方医学实验室完成。而直到 20 世纪 90 年代初，我国才开始进入行业的探索阶段。

作为这一新型业态在中国的开路先锋，金域检验不断摸索和创新，引领国内第三方医学检验行业走向广阔的天地。

新业态中崛起领头羊

在成立之初，金域检验曾是一家负责成果转让、科技开发的校办企业，在跟医院打交道的时候，发现当时有很多医院临床医生开具的检验项目，本医院的检验科做不了，便委托学校检验系帮忙检测。随着这种委托业务增多，当时作为校办企业负责人的梁耀铭敏锐地意识到，这是一个很大的市场。经过一段时间的考察，金域检验开始将这项业务从免费过渡到有偿服务。"当时我们对于医疗检测服务行业的概念还相当模糊，只是感觉到有需求就有市场，而且这个市场具有相当大的潜力。"1995 年 12 月，金域检验迎来了第一份检验服务协议，开了医学检验服务在中国以市场经济模式运作的先河，并通过摸索，慢慢把医学检验当作企业的主营业务开展。

金域检验的探索，让第三方医学检验在中国的发展迎来曙光。2001年，梁耀铭被广州医学院选为重点培养骨干派往新加坡国立大学攻读 EM-BA，当时一个关于美国奎斯特诊断公司（Quest）公司的教学案例吸引了他的注意力，这个 1996 年在纽交所上市的全球最大第三方医学检验机构，在美国拥有 31 个区域性大型诊断中心，155 家快速反应实验室，2 100 个病人服务中心，而且在第三方医检市场的业务占有率超过 60%。"原来在国外，这早已是一个相当成熟的产业，有着自己特有的经营模式与行业标准，我们与别人的差距太大了。"第三方医学检验的行业特性，决定了金域检验走标准化、专业化建设道路，在 20 年的发展中，金域检验围绕质量体系标准化建设，开发流程再造系统，引进顶尖人才，推进医检核心技术的应用，推动着第三方医学检验在中国的迅猛发展。

"金域检验能成长到今天，关键在于坚持重视质量，将检验质量作为企业的生命线。"梁耀铭用"质量征程"四个字来形容金域检验所做的不懈努力。从 2002 年开始金域检验启动质量体系标准化建设，为使在广州成立的病理实验室运营模式得以复制，在面对资金缺乏与一些员工不理解的困难下，梁耀铭坚持进行流程再造系统的开发，终于于 2005 年启动了"业务流程再造和信息化系统重建"项目，成为中国首家实现检验全程信息化运作和监控的第三方医学检验机构。

如今，金域检验融合 ISO/IEC17025、ISO9001、CAP（美国病理学家协会）、ISO15189、NGSP（美国糖化血红蛋白标准化计划）认证、CMA（实验室资质认定）、CMAF（食品检验机构资质认定）等多个国内外质量标准，建立了有"金域检验特色"的质量管理体系，并持续创造了多个中国第三方医检行业第一：首家通过美国病理学家协会 CAP 认可，首家通过ISO/IEC17025 认可，首家获得 ISO15189 认可，首家获得政府质量奖等。当前，金域检验的检测数据和报告被欧美等的 50 多个国家和地区认可，检验室的检验品质达到世界顶尖水准。

为了不断推进质量控制和标准化规范建设，金域检验还重金引进 IBM的信息化系统和解决方案，为行业树立新的质量标杆，同时也为第三方医学检验迎来大数据时代奠定技术基础，在梁耀铭看来，这是对第三方医检未来的投资，是一种远见。

"起步晚，但起点不能低。"梁耀铭认为金域检验必须以建设国际先进、国内领先的第三方医检顶尖平台为目标。正是在以国际第三方医学检验行业的高标准要求下，金域检验紧跟医学前沿，如今已经与罗氏诊断、法国梅里埃、德国凯杰、美国临床病理学会（ASCP）、奎斯特诊断公司（Quest）等国际顶尖企业和医疗机构进行深度合作，加速行业与国际接轨。而且，金域检验还不断引进海内外的高端学科人才，并坚持研发带动，先后与中南大学等十余所高校建立产学研合作关系，并获批成立国家级博士后工作站，他们建设的生物医药检测技术平台获得国家科技部等部门的支持。

20 年的坚持和创新发展，让金域检验这个中国最早进入第三方医学检验行业的企业，发展成为全国规模最大、服务网络最广、营业额最高、增长速度最快、通过国际认可最多、检测项目最齐全的医学实验室连锁集团，真正成为代表我国第三方医学检验行业的领头羊。据了解，如今金域检验围绕医学检验、临床试验、健康体检、卫生检验、科研服务 5 大业务开展服务，拥有 22 个省级中心实验室，可检测 1 600 余项检验项目，每天为 30 个省（直辖市、自治区、特别行政区）的 13 000 多家医疗机构提供医学检验外包服务，覆盖全国近 13 亿人口所在的区域。在 20 年的发展中，金域检验也曾先后荣膺福布斯"中国潜力企业""中国最具成长性的新兴企业"等多项殊荣。

"能够在人生的事业当中开创一个全新的行业，并推动这个行业的发展，我觉得这是令人自豪的事。"梁耀铭说，如果以专注的心态，把一件事做好做强，自然能做大。

新医改下梦想践行者

诞生在一个改革的时代，也因改革而获得跨越式发展。在广东这块改革与创新的土壤里，金域检验在政策和市场的培育和滋润中，一直坚持自己的创新之路，成为梦想的践行者。

2009 年，我国新一轮医疗改革启动，而在面临"医药不分家""卫生医疗资源发展不平衡""看病难、看病贵"等难以打破的僵局时，第三方医学检验机构起到了很大的推动作用。

如何在新医改中有所作为？实际上，作为国内最大的第三方医学检验机构，金域检验一直在推进医检互认制度、整合卫生医疗资源、缓解"看病难、看病贵"问题等方面发挥了积极作用，成为各级医疗机构的有益补充。新医改的启动，使得金域检验更加明确了自身的角色。

2016 年 3 月，金域检验与广州市海珠区卫生局达成"三甲医检到家门"的新医改协作，为海珠社区医检服务提供全面支持，提升社区医检服务质量，扩大检验项目范围，使海珠区 18 家社区医疗机构集体升级，超百万的当地居民在家门口便可以享受"一级医院收费，三甲医检服务"的待遇，坐上了高速的健康"医检直通车"。

金域检验专业服务和集约化管理的模式，不仅减少了政府的重复投入，实现政府监管减负，节约社会资源，而且有助于推行检验结果"一单通"，使得市民就医简化、社区医院活化，实现了医院、病人、社会等多方共赢。"对于中小医院、诊所和社区门诊来说，通常受制于诊断设备简陋，而通过第三方医学检验机构这样的科技服务项目，可以有效地规避其在实验室设备、软件、人员等方面的高额投资，同时又极大地提高对病症的诊断精准度。对于大医院来说，有些检验项目对设备、人员要求高，投入大，单家医院由于样本量有限，投入巨资、装备齐全的实验室又浪费了大量的医疗资源，第三方医学检验机构则可以集中承接和外包这些项目，节省了投入，还能提高专业化水平和规模效益。"梁耀铭表示，在过去近 20 年里，金域检验在解决医疗资源共享，补充基层医院医疗资源短缺的问题上，进行了很多有益的尝试，特别是"医学检验社会化服务模式"已经得到很多医疗机构和社会的广泛认同，表明第三方医检已经在探索医疗社会化上表现出很多创新的优势，金域检验也在医疗改革的突围中实现着自我的价值。当前，金域检验适应医改不断深入的趋势和要求，正以广州基地为依托，进一步延伸实验室网络，促进区域医疗资源的优化配置，从而缓解基层医疗网络由于资源的缺乏而功能缺失的现状。

作为中国第三方医检行业的领军企业，金域检验在国家协同创新教育科研理念的引领下，联合广州医科大学成立广州医科大学金域检验学院。被聘为院长的梁耀铭表示，新学院将在广州医科大学原医学检验系基础上，整合金域医学检验中心的特有优势，进行一次大胆尝试，通过创新办学，摸索并实现培养与国际接轨的实用型人才，这是金域检验助力新医改的一份责任。为了推动高端人才建设，2013 年 11 月，金域检验还携手美国临床病理学会（ASCP），成立 ASCP 病理和医学检验教育及认证培训中心（大中华区），面向全社会开放，使得我国病理医生和医学检验人员有机会近距离接触国际先进的继续教育资源，更加便捷地申请国际认证考试，从而打开中国健康服务业国际化新窗口。

随着第三方医检行业在新一轮医改中的作用越来越突出，金域检验立足于服务各级医疗机构，向发展高端医疗服务业推进。2013 年国务院发布《关于推进健康服务业的若干意见》，指出要大力发展第三方检验、检测、评价等服务，这是政府鼓励基层医院将检验业务外包给第三方医检机构的信号，预计未来几年第三方医检将产生数百亿元的市场份额。

在再次面临梦想突围的机遇面前，金域检验提出了"从 10 亿到 100 亿的转型升级战略"，不断创新合作模式，强化对医院及基层医疗的支持力度，提出"从传统检验外包向临检与病理整体解决方案服务"的转变，从产品创新到技术创新、人才创新、业态创新等的综合服务能力都要有全面提升。

新时代里健康守护神

在金域检验流传着这样一句话："每一份标本都是一颗期待的心。"为了这份期待，金域检验 20 年来以对生命的尊重和对健康的守护为最高信念，脚踏实地诠释着一个企业公民的社会责任感。

2004 年，金域检验联合国家卫生部临床检验中心举办第一届中国医学独立实验室发展研讨会，此举让第三方医学检验这一行业走进大众视野，更多的医学实验室在全国如雨后春笋般出现。然而，要对老百姓的健康负责，快速、准确、高质量的检验报告才是衡量的标准，为此，金域检验首次在业内举起"质量征程"大旗，不惜高额成本也要构建起标准化的质量体系。金域检验在两个不同的转折性发展阶段，两度启动"流程再造与标准化运营"项目，梁耀铭坚持认为，只有守住了检验质量这条生命线，才能守住百姓的健康，也才能赢得百姓的信任。

为了让中国普通百姓能够享受到世界级专家的检验检测服务，金域检验通过与国际顶尖机构合作，积极引进国际标准和国外先进的经验技术，为中国第三方医检事业树立了质量及管理模式的标杆。经过 20 年的积淀和探索，金域检验的服务板块已经实现多元化，建立了血液病、肾脏病、实体肿瘤个性化、内分泌与代谢性疾病、遗传病及感染性疾病检测中心，年标本量超过 2 000 万例。就服务模式而言，随着金域检验服务水平提高和服务内涵建设，特别是技术团队素质提高、产学研一体化的追求使金域检验的服务模式随之改变。目前，金域检验正在积极探索新政下的转型升级战略，不断创新合作模式，强化对医院及基层医疗的支持力度，提出"从传统检验外包向临检与病理整体解决方案服务"转变。

在新医改的推动下，面对老百姓"看病难、看病贵"等难题，金域检验不断探索独立医学检验服务，通过实施"顶天立地"的发展战略，接轨国际，服务基层，充分满足老百姓的需求。"过去我们中心检验科只可以做简单的血常规、尿常规等50个项目，但和金域检验合作后，检验项目增加到1 600个，很多原先不能接诊的疑难病例基本都得到了有效解决，不用到大医院排队，在社区服务站就能开单检查，且这些检验单在大医院通用，老百姓非常满意和认可。"海珠区素社社区卫生服务中心是金域检验合作的受益方，中心站长郭朝阳称，金域检验不仅缓解了基层社区机构设备少、检测难等问题，更重要的是给当地市民提供了更加优质便捷的健康服务。

为了让金域检验的服务在全国推广开来，从2007年开始，金域检验采取连锁经营模式，通过网络、信息化技术，将服务范围覆盖全国30个省市自治区，其中80%的检验报告可以在24小时内发单，降低了政府资源的重复投入，弥补了各级医疗机构检验检测设备和专业人才的不足，极大地提高了基层医院诊疗水平，方便老百姓就近就医。梁耀铭称，金域检验的服务将陆续向乡镇和社区一级延伸。

作为专注健康服务业20年的企业，金域检验也正用实际行动尽可能多地为国家的公共卫生项目贡献力量。金域检验先后两次承接中国疾病预防控制中心（国家CDC）慢性非传染性疾病预防控制中心"中国慢性病及危险因素监测检测服务项目"，为全国31个省（自治区、直辖市）和新疆生产建设兵团共311个县（区）约18.66万人提供血脂四项和糖化血红蛋白检测。

截至2013年底，金域检验共完成了超过18万人次的耗材包装、耗材和质控品发放，超70万份的标本全程采用干冰运输，超35万份标本在金域检验－80℃冰库安全冻存2年，并指导全国311个县（区）疾控中心完成血糖的方法学验证和日常室内质控。

除了慢性病监测项目，20年来，金域检验还积极参与妇女"两癌"筛查、优生优育、新生儿遗传代谢病筛查、艾滋病治疗课题等国家卫生项目。梁耀铭表示，金域检验未来将会担当更大的责任，目前正在挖掘并建立起大数据，可以在基因研究、生物医药研究等方面为国家卫生事业提供更多的参考借鉴，同时金域检验也希望在更多的疾病专业检测分析方面能走得更远。

　　"做好利国利民的事业，赢得公信力，企业才有恒久的生命力。"梁耀铭心中的梦是为共筑"健康中国"的梦，是为促进基本和非基本健康服务协调发展的梦，而金域检验提出的当"健康中国守护者"，在新时代的召唤下，显得更铿锵有力。

【采访后记】
激情 20 年　创业再出发

　　"一个好行业，一点好运气，再加上一份坚持，成就了金域检验的今天！"总结金域检验的 20 年，梁耀铭轻描淡写。但是，回首金域检验在 20 年里对第三方医检行业的开拓和引领，却值得我们浓墨重彩。

　　第三方医检方兴未艾，行业广阔的发展空间正带来数百亿元的市场份额，也召唤着金域检验再次出发。事实上，在金域检验迎来 20 周年之际，梁耀铭已经在心底里激荡起二次创业的豪情。

　　远见者，方能成就大业；居安思危者，故能基业长青。如果说梁耀铭对第三方检验的坚持是一种远见，那么在事业上升期保持危机感，就是智慧和勇气的表现。

　　在采访中，梁耀铭谈到了优衣库创始人柳井正及其两本书《一胜九败》和《一天放下成功》。"如果不能自我革新保持成长的速度和质量，那么公司就会在竞争中失败"，这是柳井正追求成功的理念。如今，我们在梁耀铭身上，看到的同样是一种自我革新的力量，他带领金域检验团队开启的二次创业，在向自我发起"革命"。

　　"我们工作中究竟还存在哪些不足？""公司要发展，作为公司员工要如何行动？""如何在二次创业中实现公司的永续经营？""在通往梦想的道路上，如何保持坚定的意志和创新的激情？"……刚刚过完 20 岁生日的金域检验，公司内部迎来了一场全面的大讨论，从集团到各子公司，从梁耀铭到每一位员工，都放下了以前的成功和安定，梳理现状，思考未来，如蹒跚起步时的梦想，亦如障碍重重时的突围，在二次创业路上点燃起新的激情。

　　未来 10 年、20 年，金域检验将成就一个怎样的第三方医检帝国，在梁耀铭的展望里是一片宽广的蓝海。他坚信，通过二次创业实现资源整合，持续创新，在政策、质量、技术、体系、规模、人才等关键要素的共同构筑下，金域检验一定能踏上基业长青之路，实现做大做强医学检验事业的梦想。

（载于《中国改革报》，2014 年 10 月 16 日第 4 版）